순수와 자유의 브로맨스
J.R.R. 톨킨 & C.S. 루이스

용기는 의외의 장소에서 발견된다.

_J.R.R. 톨킨

순수와 자유의 브로맨스

J.R.R. 톨킨 & C.S. 루이스

박홍규 지음

틈새의시간

일러두기

단행본은 『　』, 그림·영화·연극·신문은 〈　〉, 잡지와 총서는 《　》, 글과 기사는 「　」, 노래와 전시는 ' '로 표시한다.

인명은 처음 나올 때 풀네임과 함께 원어와 생몰연대를 적고, 그 뒤로는 성만 적는다.

인명 외의 지명 등 고유명사도 처음 나올 때 원어를 적고, 그 뒤로는 이름만 적는다.

인용 서적 표기

1. 톨킨과 루이스의 작품

Four – C. S. Lewis, The Four Loves, Fontana, 1960
Hobbit – Tolkien, The Hobbit, George Allen & Unwin, 1937
Lord – The Lord of the Rings, George Allen & Unwin, 1968
Silmarillion – The Silmarilion, George Allen & Unwin, 1967
Surprised – C. S. Lewis, Surprised by Joy, Geoffrey Bles, 1955

2. 관련 서적

듀리에즈1 – 콜린 듀리에즈, 홍종락 옮김, 『루이스와 톨킨』, 홍성사, 2005
듀리에즈2 – 콜린 듀리에즈, 박은영 옮김, 『루이스와 톨킨의 판타지 문학클럽』, 이
    답, 2020
맥그래스 – 알리스터 맥그래스, 홍종락 옮김, 『C. S. 루이스』, 복있는사람, 2013
베스헴 – 그레고리 베스헴 외, 최연순 옮김, 『철학으로 반지의 제왕 읽기』, 이룸,
    2003
송태현 – 송태현, 『판타지』, 살림, 2003
스마쟈 – 이자벨 스마쟈, 김현아 옮김, 『반지의 제왕, 혹은 악의 유혹』, 씨앗을뿌리는
    사람, 2003
카펜터 – 험프리 카펜터, 이승은 옮김, 『톨킨 전기』, 해나무, 2004
피어스 – 조지프 피어스, 김근주·이봉진 옮김, 『톨킨: 인간과 신화』, 자음과모음,
    2001
화이트 – 마이클 화이트, 김승욱 옮김, 『톨킨: 판타지의 제왕』, 작가정신, 2003
Garth – John Garth, Tolkien and the Great War. Harper-Collins, 2004

차 례

머리말_ 소유와 권력에 저항하다 · 9

제1장 톨킨과 루이스의 성장기 · 27

J.R.R. 톨킨과 C.S. 루이스, 그들은 누구인가 / 톨킨과 루이스의 출생과 성장 / 아일랜드를 사랑한 루이스 / 호빗은 톨킨의 은유이다 / 샤이어는 어디일까 / 톨킨은 어떤 책을 즐겨 읽었나 / 톨킨의 초기 교육 / 독서 천재 루이스의 어린 시절 / 루이스의 학창 시절은 힘겨웠다 / 톨킨의 내학 시설 / 톨킨, 세1차 세계대전에 참전하다 / 루이스의 대학 시절과 제1차 세계대전 / 『다이머』

제2장 우정의 본질은 자유다 · 81

톨킨의 초기 교수 생활 / 루이스의 초기 교수 시절 / 톨킨과 루이스, 처음으로 만나다 / 루이스와 바필드의 만남 / 루이스의 개종 / 찰스 윌리엄스 / 낭독과 비평 모임 '잉클링스' / 제2차 세계대전과 전후의 명성 / 루이스의 결혼, 그리고 사별 / 톨킨과 루이스의 고요한 말년 / 『네 가지 사랑』 / 애착, 에로스, 자비 / 루이스의 우정론

제3장 《우주 3부작》 · 121

『사랑의 알레고리: 중세 전통의 연구』 / 루이스는 왜 역사를 기계 이전과 이후로 구분했을까 / 루이스의 종교관 / 《우주 3부작》 / 『침묵의 행성 밖에서』 / 『페렐란드라』 / 『그 가공할 힘』 / 『스크루테이프의 편지』 / 톨킨과 루이스의 정치관 / 「복지 국가의 노예가 되려는 의지」

제4장 『나니아 연대기』 · 153

루이스의 아동 문학론 / 『나니아 연대기』의 주제는 "선악의 싸움"이다 / 아슬란은 누구인가 / 『사자와 마녀와 옷장』 / 『캐스피언 왕자』 / 『새벽 출정호의 항해』 / 『은의자』 / 『말과 소년』 / 『마술사의 조카』 / 『마지막 전투』 / 『나니아 연대기』에 대한 비판 / 루이스는 보수주의자인가

제5장 『호빗』 · 189

인간 베렌과 요정 루시엔 / 『실마릴리온』 / 톨킨의 위계질서는 어떤 개념일까 / 악의 종족 / 분열과 중독, 비극적 운명을 상징하는 골룸 / 『호빗』 / 간달프, 회색의 마법사에서 백색의 마법사로 소생하다 / 좋은 마술과 나쁜 마술 / 야심과 악의의 본진 아이센가드

제6장 『반지의 제왕』 · 223

『반지의 제왕』 / 선악이라는 주제 / 『반지의 제왕』과 『파리대왕』에는 어떤 공통점이 있을까 / 샘은 가장 중요한 우정 캐릭터이다 / 호빗의 인생관 / 반지우정연대, 지옥의 여정을 함께하다 / 샘을 바라보는 다양한 시각 / 샘의 문화적 전통 / 정의로운 전쟁은 가능한가 / 자연과 문명 / 가운데땅은 중세적 세계이다 / 신분제와 군주제 / 톨킨의 작품에 나타나는 여성관 / 『반지의 제왕』이 보여주는 평화 회복의 아나키즘

맺음말_ 자유와 평등의 연대를 염원하며 · 275

머리말

소유와 권력에 저항하다

옥스퍼드든 하버드든 하이델베르크든 외국 대학에서 가장 인상 깊었던 점은 대학이란 모름지기 "자유와 평등의 우정 유토피아"였다는 것이다. 자가용이 아니라 자전거를 타고 학교를 오가는 백발의 교수들과 젊은 학생들, 고색창연한 건물의 강의실과 연구실에서는 물론이고 잔디밭과 술집과 산책로에서 끊임없이 이어지는 대화와 우정, 그로부터 만들어진 전통을 존중하는 학풍과 새로운 도전에 의한 창조, 수백만 권의 장서 속에서 연구에 매진하는 사람들로 가득한 도서관 풍경 등이 대표적이다.

그것은 억압과 불평등이 아니라, 교수와 학생이라는 계급이 아니라, 모두가 자유롭고 평등한 친구로서 만나 이루어낸 우정의 유토피아다. 교수들은 물론 학생들도 모두가 친구인 '우의의 유토피아'다. 교수니 강사니, 선배니 후배니 하는 어떤 계급적 권위나 허식 없이, 누구에게나 서로 다정하게 인사하면서 하고 싶은 말을 모두 평등한 평어로 자유롭게 나누는 '대화의 유토피아'이다. 거기에는 어떤 제약도 한계도 없고, 어떤 공포도 위협도 없다. 모두가 인간으로서의 존엄과 가치를 존중한다. 서로의 사상과 양심의 자유, 언론과 출판의 자유, 집회와 결사의 자유 등 모든 자유가 평등하고 완전하게 보장된다. 그렇게 자유롭고 평등한 개인들이 국가든, 정부든, 기업이든 어떤 외부 권력의 명령이나 간섭이나 개입이나 억압 없이 완전한 자치와 자율을 누린다. 학생의 입학부터 졸업까지의 모든 학업과 교수들의 지도, 교수의 채용과 승진을 비롯한 인사나 행정 등 대학의 운영은 교수와 학생들의 자율적 결정에 의한다. 그리고 그곳은 완벽한 자연 속에서 영원한 세월을 보장받는다. 자연의 돌을 깎아 세운 건물은 인공의 철근과 시멘트로 지은 건물과 다르게 아름답다. 그리고 울창한 숲과 넓은 정원이 있다.

반면 우리의 대학에는 자전거를 타는 사람도, 고색창연한 건물도, 대화도, 우정도, 전통도, 학풍도, 창조도 없다. 교수나 학생이나 값비싼 자동차를 끌고 다니며 부를 시위하고, 공장처럼 무미건조하게 지어진 강의실이나 도서관은 시험 준비를 위한 암기실로 전락한 지 이미 오래고, 교수의 연구실은 창조의 기쁨이 아니라 승진을 위해 쓰는 논문 조작의 산실일 뿐이다. 시중에서 독서실이라고 일컫는 곳도 독서가 아니라 수험을 위한 암기실일 뿐인데 대학의 도서관이나 강의실이나 연구실도 크게 다르지 않다. 학생을 돈벌이 대상으로만 보고 알량한 지식 판매상으로 살아가는 교수는 권위주의에 젖어 있을 뿐이니, 학생이 교수를 장사꾼으로 경멸하는 것이 당연한 디스토피아다. 권위와 허례허식이 지배하는 디스토피아다. 교수가 학생에게 말을 놓는 것은 물론 한 해 선배라도 후배에게 말을 놓고 함부로 대하는, 심지어 심심찮게 폭력도 가하는 디스토피아다. 게다가 교수들은 일단 교수가 되면 교육이나 연구는 뒷전이고, 정치권이나 재계, 하다못해 지역 행정 등과 관련을 맺고 그쪽으로 출세하려고 안간힘을 쓰거나, 총학장을 비롯한 알량한 학교 보직 자리에 목을 맨다. 무엇보다도 그곳에는 사상과 양심의 자유를 비롯한 모든 자유가 완전하기는커녕 국가보안법이니 뭐니 하는 법으로 제한된다. 헌법에는 대학의 자유가 규정되어 있지만, 교수에게도 학생에게도 완전한 자유란 없다. 게다가 그곳에는 자치나 자율이 없이 모든 것이 국가의 지시와 명령, 감시와 처벌에 의존한다. 살벌한 풍경 속의 그곳은 자연과도 무관하다.

오로지 취직 학원으로만 기능하는(아니 그런 학원보다 못하다고 학생들이 생각하는) 대학은 초·중·고·대라는 취업 준비 수험용 학교 체제의 하나일 뿐으로 자본주의와 국가주의의 핵심인 소유와 권력을 철저히 숭배하고 구현한다. 학문도 학교도 없고 오로지 수험 학원뿐이다. 각종 수험 전문기관인 학원이 학문과 학교를 지배한다. 대한민국만큼 학원이 많은 나라는 세상에 다시없다. 수험이 목표로 삼는 소유와 권력은 그 경쟁의 최고 정점에 다다른 극소수의 총잡이나 칼잡이나 돈잡이 외에 나머지 대다수를 개돼지나 노예로 배제하고 착취하는 국가구조를 만드는데, 이는 과거(過去) 왕조 시절의 과거(科擧) 국가를 방불하게 한다. 현대판 과거인 일류 대학 입시나 고시에 합격했다는 이유 하나만으로 권력과 부로 상징되는 모든 권위가 부여되는 나라, 그런 이들이 평생 타인을 억압하고 지배해도 무방한 나라에서 우리는 살고 있다.

한편 일류대학을 나오지 못한 나머지 대다수는 평생 기가 죽어 고시원이라는 요상한 이름의 슬럼이나 그 비슷한 콘크리트 아파트에 들어가 오로지 먹고사는 수준에서 생명을 부지하다가 그야말로 개돼지처럼 쓸쓸히 죽어간다. 그런데도 이 비참한 현실은 공정이니 경쟁이니 교육이니, 또는 성장이니 발전이니, 근대화니 산업화니, 또는 미국식이니 유럽식이 뭐니 하며 미화된다. 그게 법이고 도덕이고 관습이고 정치로 통하는 나라다. 여기에 절망한 젊은이들이 결혼하지 않고 아이도 낳지 않는다. 그래서 조만간 나라가 망할 지경이어서 '헬조선'이라는 말이 회자된다. 물론 지옥을 뜻하는 '헬'은 대다수 실패한 인생에만 해당하고, 극소수 성공한 자들에게는 이 세상 어디에도 없는 천국이 바로 대한민국이다. '헤븐조선'이다. 오 대한민국, 아름다운 서울이다. 그 서울에 산다는 것만으로도 성공한 자들 축에 속한다.

그래서인가, 거의 평생 자전거를 타고 평생 오로지 책 속에 파묻혀 학생들을 가르치고, 자본주의의 소유와 권력을 거부하는 삶을 살면서 그렇게 살자고 말하는 책들을 쓴 톨킨(John Ronald Reuel Tolkien, 1892-1973)과 루이스(Clive Staples Lewis, 1898-1963)가 그리워진다. 톨킨은 1941년 제2차 세계대전이 터진 뒤 1973년 죽을 때까지 삼십여 년간 운전을 한 적이 없고, 집 안의 차고를 서고 겸 사무실로 개조해 사용했다. 그의 집에는 세탁기도 없고 텔레비전도 없었다. 제트비행기를 타는 여행을 증오하여 그것을 지원하는 세금을 한 푼도 낼 수 없다고 했다.

루이스도 톨킨과 비슷했지만, 톨킨과 달리 자전거도 타지 않고 주로 걸어 다녔다. 인간에게 주어진 가장 영광스러운 선물인 땅을 없앤다는 이유로 자동차를 싫어하고 갖가지 기계도 싫어했다. 자시진에서 그는 지나칠 정도로 자신이 둔하다고 강조하면서, 닌롯가나 선술집에 앉아서 대화하는 것과 산책하는 것을 즐겼다. 천박한 데다가 거짓투성이라는 이유에서 텔레비전을 보기는커녕 신문도 읽지 않았다. 신문을 비롯한 미디어 자체를 가짜로 여긴 탓이다. 그에게는 가짜 뉴스가 따로 있는 것이 아니라 뉴스 자체가 가짜였다. 두 사람은 여행을 즐기지 않았지만, 어쩌다 여행하게 되면 자전거나 완행열차를 이용했다. 완행열차는 독서를 하거나 사색하기에 안성맞춤이었다.

옥스퍼드 대학교의 교수를 지낸 두 사람을 실패자라는 의미의 '루저'라고 할 수는 없겠으나, 두 사람은 성공을 숭배하는 모든 윤리를 혐오했다. '혁명이 반드시 올 것'이라고 믿는 공산주의자들도 그들에게는 성공 신화의 추앙자일 따름이었다. 공산주의자들은 언제나 미국과 같은 자본주의는 악이고 자기들은 선이기 때문에 '혁명이 반드시 올 것'이므로 이의를 달지 말고 무조건 거기에 힘을 보태야 한다고 주장했다. 만약 그렇게 하지 않고 이의를 제기하면 인민에 의해 숙청당할 것이라고도 했다.

두 사람은 또한 모든 집단주의를 증오했다. 국가주의나 민족주의는 물론 전통 가치를 폐품 취급하는 현대의 대중 교육도 싫어했다. 특히 대영제국이니 하는 배타적 애국심을 싫어했다. 과학이니 기술이니, 우생학이니 생체실험이니 하는 것도 싫어했다. 그들은 항상 시대에 순응하지 않는 사람들 편에 섰고, 상업광고에 저항하여 불매운동에 나섰다. 또한 남을 무시하는 지식인이나 권위에 젖은 관료나 종교인들을 싫어하고 평범한 사람들을 좋아하여 그들을 작품의 주인공으로 삼았다. 그러니 그들의 옥스퍼드도 영국이라는 제국 또는 대국의 외로운 섬에 불과했을 것이다.

그들에게 대영제국은 '헬영국'이었다. 그러나 헬대영제국은 세상이 아무리 썩어도 옥스퍼드 같은 섬이 필요하다고 보고 그곳을 없애지 않았다. 이것이 헬조선과 헬대영제국의 차이점이다. 대영제국은 옥스퍼드만이 아니라 모든 대학, 그리고 모든 교육기관, 연구기관, 종교 등등 신성한 곳의 자율성을 최대한 보장했다. 그래야 그것들이 어둠을 밝히는 빛으로 영속되기 때문이다. 속세가 망할 위기에 처해도 마지막 구원이 가능해지게 하기 위해서다. 반면 헬조선에서는 그런 섬을 허용하지 않는다. 학교도, 종교기관도 모두 권력과 소유의 광란에 휩싸여, 그 광풍에 쓸려간다.

반면 톨킨이나 루이스에게 대학은 공간으로서만이 아니라 시간상으로도 고독한 섬이다. 그들은 현대인은커녕 근대인도 아닌 중세인이거나 고대인이었다. 아니 그들은 그런 시대구분조차 인정하지 않는다. 그들에게는 19세기 초엽의 기계문명만이 역사를 구분하는 기준이다. 그 이전은 살 만한 세상이었지만 그 이후는 살 만한 세상이 아니다. 자신이 당면한 세상을 비판적으로 바라본 그들에게 이상향은 19세기 이전의 소박한 잉글랜드 시골이었다. 그것을 시간적으로 묘사한 작가가 톨킨이고, 공간적으로 묘사한 작가가 루이스다.

20세기 초엽의 영국이라는 계급사회에서 톨킨과 루이스는 귀족은커녕 상류층도 중류층도 아닌 하층 출신이었다. 게다가 성공회가 국교인 영국에서 톨킨은 소수 종교인 가톨릭 신자였고, 루이스는 북아일랜드 출신의 성공회 신자였으나 초교파적 기독교인이어서 교회 권력과는 친하지 않았다. 구성원 대부분이 중상류층 출신이었던 옥스퍼드에 어렵게 들어간 '소수자'로서 그야말로 '어쩌다 교수가 된 사람들'이었다. 그런 그들은 20세기의 화려한 첨단 문학이나 문화의 유행으로부터도 비켜났고, 그 기본 터전인 무신론이나 진화론, 또는 여성해방이나 성해방과도 담을 쌓았으며, 좌파나 급진파와도 친하지 않았지만, 시골 출신의 선량함만은 유지하려고 노력했다.

이처럼 헬영국의 거의 모든 것을 비판한 톨킨과 루이스는 당연히 외로웠다. 그래서 친구가 되었다. 우정을 나누었다. 교수로서는 외도라고 할 수 있는 소설을 썼다. 그것도 '영문학 교수'라는 겉모습과 전혀 어울리지 않는 환상소설, 판타지 소설을 말이다. 그들이 현실을 비판하기 위해 쓴 소설은 당시의 독서계에서 외로운 섬이었다. 그러나 그 소설은 헬영국, 헬세상을 비판한 것이었다. 그 소설이 쓰인 20세기는 세계대전과 강제수용소에서의 대학살의 시대였고, 지금은 코로나19가 상징하는 전 세계적 전염병과 빈부갈등의 시대다. 언제 어디서나 세상에는 소유와 권력의 악이 흘러넘쳤다. 그들은 그런 악에 과감히 맞서야 한다고 주장한다.

그런데 그 주인공들은 과거의 초인적인 미남미녀가 아니다. 작고 느린, 연약해 보이는 호빗이나 어린이다. 그들은 반소유적이고, 반소비적이고, 수공예품을 좋아하고, 선물하기를 즐긴다. 작은 것이 아름답고, 느린 것이 아름답고, 무소유가 아름답고, 수공예가 아름답고, 선물이 아름답다는 것을 호빗과 어린이는 작은 몸, 느린 행동, 검소한 생활로 체현한다. 소비지상주의와 편리주의에 물든 물질문명을 거부하고, 기계에 의해 대량으로 찍어낸 것들보다 손으로 만든 소박한 물건들을 좋아한다. 생일에도 선물을 받기보다는 선물하기를 더 좋아한다.

그들은 나무와 풀, 그리고 기계화되지 않은 정원과 농장을 좋아한다. 획일적으로 지어진 고층아파트에서 살지 않고 흙을 품은 낮은 굴속, 잔디 덮인 집에 산다. 제트기나 자가용이나 말을 타고 달리기는커녕 항상 튼튼한 큰 발로 걸으며 주위 자연을 천천히 구경한다(그러나 여행을 많이 다니지는 않는다). 프랑스 요리니, 이탈리아 요리니 하는 화려한 식사가 아니라 소박하고 담백한 시골밥상을 좋아한다. 말하자면, 톨킨은 호빗이고 루이스는 어린이다.

그들의 취향 중에서 지금 우리와 맞지 않는 것은 술과 담배를 즐기는 것이지만, 그것 역시 탐닉이나 중독 같은 것은 아니었다. 어디까지나 우정의 즐거움을 위한 것이었다. 두 사람 다 권력을 향한 야망 같은 것은 상상조차 못 했지만, 옳은 일을 위해서라면 용기를 내어 스스로 희생할 줄도 알았다.

루이스는 톨킨보다 여섯 살 아래였으나 두 사람은 평생 친구로 지냈다. 같은 옥스퍼드 출신이어서 학연의 선후배로 평생을 친하게 지냈지만, 그들에게는 한국식 선후배 의식은 없었다. 서로가 서로에 대해 완진히 자유롭고 평등한 친구였다. 이 책은 그런 두 시람의 우정을 이야기한다. 우정은 자유롭고 평등한 인간관계다. 서로 높낮이가 없고 권리나 의무도 없으며 소위 의리도 없다. "우리가 남이가?"라고 하면서 학연은 물론 혈연이나 지연으로 맺어지는 권력 지향의 공동체가 아니라, 오로지 서로의 생각이 같다는 점에서 자율적으로 서로를 선택하여 맺어진 '반권력-비권력-무권력'의 관계다. 그것을 나는 아나키즘의 우정이라고 부른다.

이를 가장 잘 보여주는 것이 톨킨의 소설 『반지의 제왕』이다. 절대권력을 뜻하는 반지의 폐기를 둘러싸고 벌어지는 다툼을 그린 이 소설의 원제는 '로드 오브 링스'(The Lord of the Rings)인데 여기서 로드란 그냥 주인이라는 정도의 뜻이다. '제왕'이라니 터무니 없다. 소설의 내용으로 보면 '반지 폐기'나 '반지 거부'나 '반지 증오' 정도가 맞을 것 같다. 그러나 『반지의 제왕』으로 굳어졌으니 이 책에서도 그 제목을 그대로 쓰겠다.

책이나 영화에 조금이라도 관심이 있다면 누구나 『반지의 제왕』

과 그것을 쓴 톨킨, 그리고 『나니아 연대기』와 그것을 쓴 루이스를 안다. 두 작품 모두 우정에 관한 이야기이지만, '우정'이라는 주제가 더욱 두드러지는 것은 『반지의 제왕』이다. 그 출발이 되는 아홉 명의 『반지원정대』가 1권의 제목을 번역한 것인데, 이는 'The Fellowship of the Ring'의 번역으로 '반지를 둘러싼 친구들'이나 '반지를 둘러싼 우정'으로 번역함이 옳다고 생각될 만큼 우정을 말하는 것이지 원정을 강조하는 것은 아니다. 따라서 이하 이 책에서는 '반지우정연대'라는 표현을 사용하겠다. '우정연대'라는 말은 흔히 사용되는 말이 아니지만, 달리 번역하기 어려워 만든 말이니 독자들의 양해를 구한다.

반지라는 악의 상징물을 파괴하기 위해 멀리 떠나는 아홉 명은 친구들이고 그 우정연대는 우정으로 모인 연대의 모임이다. 그런데 한국어 소설이나 영화를 보면 그들 사이에 상하관계, 주인과 하인 관계가 노골적으로 드러나 그들이 친구이고 우정 관계라는 것을 믿지 못하게 한다. 가장 친한 프로도와 샘도 주인과 하인으로 나온다. 그러나 사실은 샘이 정원사라는 직업을 가진 호빗으로 같은 호빗인 프로도 집의 정원을 관리하다가 우연히 우정연대에 합류했을 뿐이다. 따라서 상하관계라고 할 수 없다.

샘이 프로도를 부를 때 '로드'라고 하지만 그것은 '집주인' '주인 아저씨' 정도의 호칭에 불과하다. 메리와 피핀이라는 다른 두 명의 호빗은 물론 간달프를 비롯한 나머지 다섯 명의 관계도 마찬가지다. 나는 이 책에서 그들의 관계를 우정의 관계, 즉 자유롭고 평등한 자율적 관계로 설명하겠다. 내가 이 책을 쓰는 이유는 그런 우정이 이 시대, 이 땅에서도 많아지기를 바라서다. 나이나 지위, 출신이나 빈부와 관계없이 오로지 하나의 같은 목적에 의해 친구가 되는 세상이 오기를 바라서다. 그 목적이란 무소유와 무권력을 추구하는 것이다.

따라서 지금 내가 쓰는 이 책은 두 사람을 평생 무소유와 무권력이라고 하는 공동의 사상을 추구한 아나키스트 친구들로 보고, 그들의 작품들을 아나키즘으로 보는 특이한 입장에 선다. 루이스는 자신이 어려서부터 학교와 군대에 반항한 점에서 "기질적으로 극단적 아나키스트"라고 말했다.(듀리에즈2 130) 어려서부터 마찬가지였던 톨킨은 1943년 아들에게 보낸 편지에서 자신이 '모든 통제의 폐지'를 뜻하는 아나키즘에 더욱 기울어지고 있다고 고백했다. 그리고 『반지의 제왕』은 타자의 자유의지를 지배하려는 의도나 행위가 가장 나쁘다는 것을 말하는 작품이라고 했다. 루이스는 그의 대표작인 『순전한 기독교Mere Christianity』에서 "기독교 사회는 우리가 지금 좌파라고 부르는 사회가 될 것"이라고 직설적으로 말한다. 그러나 그 좌파란 마르크스주의가 아니라 아나키즘이다.

아나키즘은 소유와 권력을 거부하고 반소유와 반권력의 우정 유토피아를 추구한다. 이 책의 아나키즘은 기독교와 다르지 않다. 나는 예수야말로 아나키스트라고 주장해왔다. 예수는 무소유와 무권력을 가르쳤고 몸소 실천했기 때문이다. 따라서 이 책은 톨킨과 루이스를 기독교도라는 점에 초점을 맞춘 책들과 크게 다르지 않다. 강조점의 차이가 있을 뿐이다. 그러나 이 책에서는 기독교를 굳이 강조하지 않는다. 나는 기독교도가 아닐뿐더러 무신론자이고, 두 사람을 기독교의 관점에서 본 책은 차고 넘치니까. 또한 톨킨과 루이스의 학문도 강조하지 않는다. 그것과 관련된 논저가 많은 건 아니지만, 이 책을 쓰는 목적이 학문적 업적을 다루는 게 아니기 때문이다. 대신 그들의 아나키한 삶과 작품의 핵심인 무소유와 무권력에 집중한다.

'무소유'란 말은 한국인에게 익숙하다. 반면 '무권력'이란 말은 인터넷이나 국어사전에도 나오지 않을 만큼 낯설다. 무소유가 가진 재산이 없음을 뜻하듯이 무권력은 힘을 갖고 있지 않다는 뜻으로 무소유와 함께 대다수 한국인이 살아가는 모습을 보여준다. 한국에서 소유와 권력은 몇몇 소수에게 집중되어 나머지는 사실상 무소유와 무권력으로 살아가지 않는가? 무소유와 무권력이 옳은 삶이라고 가르친 예수의 말씀을 따르고 그것을 작품으로 쓴 톨킨과 루이스는 우정의 본질 또한 무소유와 무권력이라고 믿고 그런 우정의 공화국을 수립했다. 그 우정의 공화국은 누구든 다른 사람에게 무엇을 요구하거나 어떤 의무를 지는 것이 아니라 항상 새롭게 만난 사이처럼 자유롭고 평등한 관계를 유지하며 자치하는 공화국으로서 아름답고 평화로운 자연 속에 존재한다. 그것이 『반지의 제왕』에 나오는 호빗의 시골 마을이고, 그것이 있는 '가운데땅'이다.

호빗들이 사는 샤이어는 모든 존재의 자유의지를 존중하며, 따라서 지배 계급이 없는 평화로운 아나키 사회다. 유일하게 시장이 있지만 어디까지나 상징적 존재에 불과하고 약간의 공공서비스는 우체국에서 모두 처리한다. 상호협조로 자급자족하니 돈이 필요 없어서 자본주의와는 무관하다. 다른 곳을 여행하지 않으며, 다른 곳과 교류하거나 간섭하는 일도 없다. 당연히 전쟁도 없다. 평화롭게 공존할 따름이다. 내부적으로는 진보나 개혁과 같은 변화도 거의 없어 정체된 곳이다.

가운데땅에 있는 나라들도 마찬가지다. 왕이나 귀족이 있지만 백성을 지키는 책임만 있고 전제나 독재는 물론 착취나 억압은 없다. 남녀관계에서도 착취나 억압 없이 서로 공경한다. 이는 노자가 『도덕경』에서 묘사한 이상사회와 비슷하지만, 톨킨이 노자를 읽었다는 기록은 없다. 톨킨은 도리어 서양의 중세를 이상으로 삼았다. 반면 반지로 상징되는 기계 공장 중심의 자본주의 사회는 오르크가 사는 악의 세계로 나온다. 그 주인인 모르고스(본명 멜코르)나 사우론은 학살과 파괴의 존재로 자본가를 연상하게 하고, 그에게 맹종하는 오르크들은 대체로 노동자를 연상하게 한다. 그래서 중세와 근대가 공존한다고 볼 수도 있다.

『호빗』이나 『반지의 제왕』에 왕이 나오는 것은 중세 이야기니 당연하지 않겠느냐고 할 수도 있지만, 문제는 아나키에 기운다는 톨킨도 입헌 군주제가 아닌 비입헌 군주제를 좋아하고 민주주의를 싫어했다는 점이다. 물론 그 왕은 전제군주가 아니다. 외적의 침략으로부터 자국의 백성들을 지키고, 백성에게는 한없이 자비로우

며, 모든 일을 백성과 상의해서 결정하고 실천하는 민주적인 왕이
다. 톨킨이 군주제와 민주공화제가 공존하는 영국에서 살아서 그
럴 수 있다고 해도 나는 그런 톨킨의 군주제 보수주의가 싫다. 또
한 나는 톨킨이나 루이스가 기독교 신자들(톨킨은 가톨릭, 루이스
는 성공회)이라는 점에 시비를 걸 생각은 없지만, 그들이 기독교를
다른 종교보다 우월한 것이라고 보는 점에는 찬성할 수 없다.

그 밖에도 톨킨은 물론 루이스에게도 비판할 점이 많다. 특히 그
들의 작품은 전통적인 권선징악을 주제로 하는데, 선은 흰색, 악은
검은색이나 황색으로 형상화되는 점도 백인 우월, 흑인 및 황인 열
등의 편견과 무관하지 않다. 특히 악당인 오르크는 검은 피부의 소
유자로 나오고 영화에서도 흑인을 연상시키는 괴물로 나온다. 그
는 친구에게 보내는 편지에 "그들은 땅딸막하고, 코는 넓적하고
납작하며, 피부색은 누렇고, 입은 크고, 눈은 찢어져 치켜 올라가
있다. 사실 가장 사랑스럽지 않은 몽골 유형의 타락하고 혐오스러
운 버전이다."라고 썼다. 황인종을 연상시키는 내용 아닌가? 가장
못생겼을 뿐 아니라 흉측하기 짝이 없는 오르크가 나와 같은 황인
종이라니! 그렇게 황인종을 멸시한 톨킨의 소설이나 그것을 바탕
으로 만든 영화를 우리가 과연 즐겨 보아야 하는가? 톨킨의 황인
종 경멸은 중세 유럽의 칭기즈 칸 침략부터 톨킨 청년 시절의 중국
이나 일본에 대한 이미지에서 비롯된 것이므로 우리와는 무관하다
고 보아도 괜찮은 것일까?

게다가 오르크는 노동자들로 나온다. 톨킨은 노동자들을 무시

한 것일까? 또한 그의 소설에는 남성이 압도적으로 많고(노동자들이 아니다), 극소수의 여성은 주로 매우 비현실적인 숭배 대상인 성스러운 존재로 나온다. 1997년 초 『반지의 제왕』이 영국에서 행해진 전국 규모 여론 조사에서 '20세기 최고 문학작품'으로 꼽혔다는 점이 그 책의 가치를 보여주는 척도처럼 인용되지만, 그 원인의 하나가 소설의 기본 배경인 군주제나 귀족제의 찬양 혹은 백인우월주의나 남성 우월주의 따위 탓이었다면 참으로 가소로운 일이 아닐 수 없다. 역으로 ㄱ런 요소가 ㄱ 작품들에 있는 한 세계 차원에서는 절대로 '20세기 최고 문학작품'으로 꼽힐 수 없지 않을까?

나는 영미의 톨킨 및 루이스 전문가들을 비롯한 사람들(그리고 그들의 의견을 추종하는 한국인들)이 이 점을 지적하지 않는 것에 대해 대단히 유감이다(유일한 예외는 톨킨이 싫어하는 프랑스에서 나온 『반지의 제왕, 혹은 악의 유혹』인데, 그다지 유익하지 못하다). 이 책에서 나는 그런 문제점을 숨기지 않고 모조리 비판하겠지만, 그것을 이유로 위에서 말한 그들의 무소유와 무권력을 향한 이상이나 그 밖의 좋은 점까지 부정할 생각은 없다. 누구에게나 장단점은 있기 마련이니까. 장점만 있는 것처럼 가장하거나 그것만을 숭상하는 것도 옳은 태도가 아니지만, 몇 가지 단점을 이유로 장점이나 전체를 부정하는 것도 옳지 않다.

이 책의 제1장에서는 두 사람의 성장을, 제2장에서 두 사람의 우정을 살펴본다. 그 우정은 전통과 신앙을 중시하는 그들의 세계관에서 비롯되어 그들이 창조한 신화로 완성되었다. 제3장은 루이스의 《우주 3부작》을, 제4장은 『나니아 연대기』를, 제5장은 톨킨의 『실마릴리온』과 『호빗』을, 제6장은 『반지의 제왕』에 나타나는 우정 아나키즘을 각각 다룬다. 루이스와 톨킨의 작품을 다루는 순서에 대해서 이의를 제기할 독자도 있을 것이다. 여기서는 그들의 기독교가 모든 작품의 기본이라고 생각하고, 그 기독교에 대한 설명은 톨킨보다 루이스에 의해 직접적으로 드러났기에 루이스를 먼저 다루었다는 것을 밝혀둔다. 다시 강조하지만, 이 책은 두 사람의 종교에 대해서는 거의 언급하지 않는다. 그들의 종교에 대해서는 이미 수많은 책이 나온 탓도 있지만, 그들의 종교가 두 사람의 우정과는 직접적인 연관이 없기 때문이다. 그러나 그들의 생애나 작품을 이해하기 위해서는 그들의 기독교에 대한 이해가 필요하기에 이 책에서는 최소한으로 다루었다.

내가 이 책을 쓰는 이유는 톨킨과 루이스의 삶과 글을 반추하며 우리도 그들의 우정 유토피아를 이 땅에 세우기를 바라서다. 고대 그리스인들이 말한 국가인 res publica는 '공공'을 뜻하는 라틴어로 그것은 우정을 기초로 한 것이자 원리로 삼은 것이었다. 이를 우리말에서 '두 사람 이상이 함께 어울려 정치하는 나라'라는 뜻인 '공화국'으로 번역하지만, 이는 '우정으로 만든 사회'라는 본래의 의미를 충분히 살리지 못한다. 또한 그것이 파괴되었기에 새로운 우정의 나라를 만들기 위해 그리스도가 나타났다는 서양의 역사를 기억할 필요가 있다. 나에게 예수와 열두 사도의 이야기는 우정의 연대로, 반지 우정연대의 모델이다. 이제 이 땅에도 우정의 연대, 우정의 대학, 우정의 나라, 우정의 공화국을 세워야 하지 않겠는가? 그래서 톨킨과 루이스의 우정을, 그들의 삶을, 우정의 문학과 사상을 살펴보고자 한다.

2024년 5월
박홍규

제1장

톨킨과 루이스의 성장기

J.R.R. 톨킨과 C.S. 루이스, 그들은 누구인가

우리가 사진으로 흔히 보는 톨킨과 루이스는 평범할 정도로 온화하고 혈색도 좋아 보이는 신사들이다. 다음 사진에서 톨킨은 칠십 대, 루이스는 오십 대로 보인다. 톨킨이 루이스보다 여섯 살 더 많으니 늙어 보이는 것도 당연하다. 그런데 항상 파이프를 물고 있는 톨킨의 사진은 그가 여든한 살에 죽기 전 찍은 것이고, 루이스는 예순다섯 살에 죽기 전에 찍었기 때문인지 한 세대 이상의 차이가 나는 것처럼 보인다. 톨킨보다 루이스가 억울해할 것 같다. 루이스가 대머리인 것도 그런 차이를 강화해주는 듯싶다. 게다가 언제나 전형적인 영국 신사처럼 말쑥한 톨킨과 달리 양복을 입은 루이스는 어딘가 어색하다. 톨킨이 열아홉 살에 만난 여성과 육십삼 년간 해로한 것과 달리 루이스는 쉰여덟 살에 암환자인 여성과 결혼해 사 년 뒤에 사별한 점도 그런

J.R.R. 톨킨(좌)과 C.S. 루이스(우)

느낌을 더해준다.[*]

옷이 날개라는 말이 무의미할 정도로 두 사람은 겉치레를 싫어했다. 언제나 평범한 옷을 사서 아무렇게나 입었고, 무늬 없는 넥타이에, 시골길을 산책하는 데 편한 튼튼한 갈색 구두를 신었다. 영국인이면 누구나 들고 다니는 우산과 비옷도 어두운 색깔 일색이었다. 어쩌면 이런 외양은 당시 남녀가 구별되지 않을 정도로 화려하게 치장했던 오스카 와일드식 유미주의자들에 대한 반발이었을지도 모른다. 머리카락을 기르지 않은 것도 마찬가지다. 그렇다고 해서 두 사람이 윌리엄 모리스식의 노동자 풍이었던 것도 아니다. 톨킨과 루이스는 딱 그 중간쯤이다.

사진으로는 그들의 몸집을 짐작하기 어렵지만 두 사람 모두 영

---

[*] 두 사람의 사랑 이야기는 영화로도 다루어졌다. 도메 카루코스키 감독의 〈톨킨〉(2019)은 톨킨의 어린 시절부터 이디스와의 사랑을 다루었고, 리차드 아텐보로 감독의 〈새도우랜즈〉(1993)는 루이스 만년의 조이와의 사랑을 다루었다. 앤서니 홉킨스가 루이스로 나오는 후자는 평이 좋지만, 전자에 대해서는 평이 좋지 않다.

국인치고는 작은 편이다. 둘 다 큰 키는 아니었으나 톨킨은 호리호리하여 연약해 보이고, 루이스는 가슴이 딱 벌어져 다부진 느낌이다. 그래서일까? 톨킨보다 루이스가 더 강단 있고 리더십이 있는 것처럼 보인다. 실제로도 루이스는 대학에서나 대중 집회에서 명강의를 했지만, 톨킨은 그렇지 못했다. 두 사람이 함께한 모임에서도 루이스가 항상 중심에 섰다. 루이스는 사명감을 가지고 대중 강의에 즐겨 임했으나 톨킨은 그런 대중성을 싫어했다. 루이스의 개종은 톨킨에게 엄청난 영향을 주이시 그 뒤로 두 사립 모두 독실한 기독교인으로 살았다. 톨킨은 루이스가 대중적인 신학 서적을 집필하거나 기독교와 관련된 이슈로 강연하는 데도 무심했다. 심지어 무시하기까지 했다.

　뒤에서 보겠지만 두 사람의 성장 환경은 전혀 다르다. 한마디로 톨킨은 촌놈이고 루이스는 도시인이다. 톨킨은 비교적 전통을 따르는 축이었고 루이스는 그렇지 않다. 톨킨은 모범생이었으나 루이스는 불량스러웠다. 톨킨은 일찍 결혼해서 아이를 넷이나 두었지만, 루이스는 자기보다 스물여섯 살이나 더 많고 교육도 제대로 받지 않은 이혼녀와 오랫동안 동거한다. 어머니뻘 되는 이혼녀와 산 셈이다. 그녀와의 동거에 대해서 절친인 톨킨은 물론 대다수 영국인이 이해하지 못했다. 적어도 1920년대 영국의 사회규범에는 어긋났기 때문이다. 그녀가 죽고 난 뒤 몇 년 안 되어 루이스는 다시 암에 걸린 이혼녀와 결혼했는데, 이 역시 이해받기 어려운 일이었다.

　그래서인가. 맥그래스가 쓴 루이스 평전의 부제는 'Eccentric

Genius, Reluctant Prophet'이다. Eccentric이란 '괴짜' '상식에서 벗어난' '괴벽한' '기이한' '비정상적인' '엉뚱한' '괴팍한' 등의 뜻을 갖는데, 우리말 번역서에서는 '별난'이라고 번역하여 느낌이 부드럽다. 또 Reluctant는 '꺼리는' '마지못한' '주저하는' 등의 뜻을 갖는데 번역서에서는 '마지못해 나선'으로 번역했다. 루이스는 옥스퍼드에서도 이방인 취급을 당했다. 1954년 케임브리지 대학 교수 취임 연설에서 그는 자신을 '공룡'이라고 일컬었다. 이는 자신이 이미 사라진 선사 시대 공룡처럼 현존하지 않는 존재, 또는 세상과 너무 동떨어진 사람이라는 점을 강조한 것이다.

두 사람은 영국에서만이 아니라 세계적으로도 초일류대학인 옥스퍼드 대학의 교수일 뿐만 아니라 학계나 문학계나 종교계에서 저명한 인물이었다. 그러나 항상 주변부에서 활동했고 주류와 관계를 맺는 사교활동은 거의 하지 않았다. 정치와 얼마나 철저히 담을 쌓았는지 영국 총리가 자국 최고의 명예를 부여하고자 했을 때도 루이스는 이를 결사적으로 거부했다.

루이스는 물론 톨킨도 보수적인 영국에서는 외톨이었다. 특히 옥스퍼드 교수들 사이에서 그랬다. 톨킨은 그들을 속이 좁고 천박하며 신경질적인 사람들이라고 비난한다. 물론 영국 교수들만 그런 것은 아니지만, 아무리 그래도 톨킨과 루이스는 참으로 예외적이다. 학구적인 작업만을 숭상하는 교수 사회에서 두 사람은 시와 소설을 썼고, 남자들만의 우정을 추구했다(때로 그 우정은 동성애로도 오해받았다).

두 사람은 이십 대부터 거의 사십 년 정도를 영문학 교수로 지냈다. 정체성으로 따지자면 작가나 신학자 이전에 교수라고 보는 것이 옳을지 모른다. 무엇보다 학문을 연구하고 학생을 가르치는 일에 충실했던 교수였다. 바로 이 부분이 한국의 교수와 비교된다. 우리나라에는 교수라는 본업보다도 학내외 행정이나 정치, 혹은 사업을 더 열심히 하는 사람이 많다. 정치인이 되거나 부동산이나 주식 투기 등으로 부자가 되는 '다재다능한' 교수들도 많고, 골프니 뭐니 하는 운동까지 잘하고 제자들을 성추행까지 하는 교수들도 많다. 그러나 다른 나라의 교수들은 대부분 그렇지 않다. 한국 대학과 달리 영국 대학은 대부분 교수 대 학생이 한 사람씩 만나는 개인 수업 중심이고 그것도 대부분 비공개로 이루어지니 성추행은 물론 성행위도 더 은밀하게 이루어질 수 있을 텐데도 그렇다. 톨킨이나 루이스는 특히 그런 짓에 관심이 없었다.

당시 옥스퍼드에서는 교수가 판타지 소설을 쓰고 신학책을 쓰거나 대중 강연에 나서는 일을 일종의 외도로 보았다. 품위에 어긋난다는 이유에서다. 그러나 두 사람은 어떤 교수에 못지않게 전공 분야의 훌륭한 논저를 많이 내었고, 그 저술은 그들의 문학이나 신학과도 무관하지 않았다. 하지만 두 사람의 전공 분야인 고대영어를 다룬 학술적 논저는 이 책에서 거의 다루지 않았다. 무소유와 무권력이라고 하는 그들의 작품 주제나 사상을 이해하는 데 필요한 정도로만 간단히 언급할 것이다.

우리에게 두 사람은 소설가로 더 유명하다. 톨킨은 『반지의 제왕』으로, 루이스는 『나니아 연대기』로 유명하다. 그러나 유명세는 전자가 후자보다 훨씬 높다. 아마도 영화 때문일 것이다. 둘 다 소위 '판타지 소설'이지만 아동용이라는 점이 분명한 후자보다 아동용이자 성인용인 전자가 훨씬 인기가 높다. 게다가 톨킨에게는 『호빗』도 있다. 그 소설도 영화화되어 더 유명해졌다. 사실 『반지의 제왕』보다 『호빗』을 더 좋아하는 사람들도 있다. 호빗은 인간이 아니라 키가 일 미터 전후로 털이 난 맨발로 다니는 겁이 많은 착한 동물로 『호빗』은 물론 『반지의 제왕』에서도 주인공들인데* 묘하게도 나와 같다는 느낌이 든다. 그래서 내가 그 작품들을 좋아하는지도 모른다.

　나처럼 작고 못생기고 겁이 많은 호빗들이 주인공으로 나와 엄청난 모험을 하는 것을 보면 신이 나고 가슴도 졸이게 마련이어서 좋아하는 것 같다. 호빗들은 '반지의 제왕'과 싸우는데 그 반지나 제왕이란 착한 호빗과 반대되는 악의 상징이다. 그런데 그것을 '반지의 제왕'이라고 하여 악의 이미지와는 다른 느낌을 준다. 저명한 언론인을 '무관의 제왕'이라고 하거나, 톨킨을 '판타지의 제왕'(이는 마이클 화이트가 쓴 톨킨 평전의 한국어 제목인데, 원저에는 그런 부제가 없다. 이를 보면 왕이 없는 한국의 국민은 제왕을 좋아하는가 보다)이라고 하듯이 말이다. 원제가 'The Lord of the Rings'임을 고려하면 실은 '반지의 주인', 그것도 '나쁜 반지를 만들어 세상을

---

* 『실마릴리온』에는 호빗이 등장하지 않는다.

지배하려는 나쁜 주인'이라는 정도의 의미가 어울린다. 더구나 소설에 나오는 반지의 주인은 좋은 의미의 제왕이 아니라 악당 군주다. 그가 만든 반지를 파괴하려는 호빗과 선한 존재들은 그 일당에게 엄청나게 고통을 당한다.

『반지의 제왕』과 달리『나니아 연대기』는 스케일이나 이야기의 내용이 상당히 단순해서인지 별로 인기가 없다.『나니아 연대기』 앞에 쓴《우주 3부작》도 별로 유명하지 않다. 그 저자인 루이스는 소설가로서보다도 신학자로 훨씬 유명하다. 기독교 집안에서 태어났으나 무신론자였던 그는 서른한 살에 회심하여 기독교인이 된다. 이런 사례가 드문 것은 아니지만, 루이스 같은 저명한 옥스퍼드 대학 교수가 무신론과 유신론을 왔다 갔다 했으니 사람들의 입방아에 오르기 충분했을 것이다. 기독교의 힘을 보여주는 그럴싸한 본보기로 이용될 수 있었을지도 모른다. 그러나 기독교에 크게 흥미가 없는 사람에게는 그의 종교 체험에 관심이 없을 수도 있지 않은가. 솔직히 말해 나도 그렇다. 그의 기독교는 흔히 말하는 에큐메니컬(Ecumenical)한 것으로 종파를 초월한 보편성을 지니지만, 계시나 기적 등을 인정하는 정통 기독교의 교의를 벗어나지는 않았다.

반면 태어나면서부터 독실한 가톨릭인 톨킨은 종교 관련 책을 쓰지 않았고,『호빗』이나『반지의 제왕』과 같은 작품에서도 신에 관한 이야기를 대놓고 하지 않기에 나 같은 무신론자에게는 루이스보다 가깝게 여겨진다. 물론 이 책의 뒤에서 말하듯이 톨킨과 루이스에게는 무엇보다 기독교인이라는 점이 그들의 삶이나 작품을 이해하는 데 기본이 되지만, 이 책에서는 그 점을 그다지 중요하게 다루지 않았다(두 사람의 작품을 기독교적 차원에서 다룬 책들은 이미 많이 나와 있다).

나는 그들이 기독교인이라는 점보다도 '톨킨의 호빗'이나 '루이스의 아이들'이 상징하는 선과 순수, 그리고 그것에 반대되는 악과 불순, 특히 반지가 상징하는 권력과 자본이라는 거대 악의 대결을 반권력주의라는 의미의 아나키즘으로 재해석하려고 이 책을 쓴다. 하지만 중요한 것은 아나키즘이 아니다. 무소유와 무권력이라고 하는 톨킨과 루이스의 이상과 이념을 강조하는 것이 가장 중요하다. 그들의 작품이 나와 반대로 권력과 소유를 찬양하는 것인 양 오해되거나 가공할 독재를 자행하는 극우파 정치인들 혹은 돈만을 추구하여 세상을 지배하는 만능 반지를 소유하고자 하는 인간들이 이 책들을 자신을 정당화하는 데 이용할까 봐 그렇다. 그런 인간들이 꼴 보기 싫은 점도 이 책을 쓰는 동기 중 하나다.

톨킨과 루이스의 출생과 성장

톨킨과 루이스는 둘 다 영국인이다. 톨킨은 지금의 남아프리카 공화국에서 태어났고, 루이스는 북아일랜드에서 태어났다. 그런데 두 곳 모두 앵글로색슨족의 본거지인 잉글랜드에 속하지 않는다

(잉글랜드란 지금 영국 본토의 반을 차지하는 북부의 스코틀랜드와 아래 남부 서쪽의 웨일스를 제외한 땅을 말한다). 영국은 잉글랜드, 스코틀랜드, 웨일스 및 아일랜드섬 북부의 북아일랜드로 이루어졌는데, 1607년 최초의 열세 개 식민지 건설을 시작으로 1997년 홍콩 반환까지 지구상의 모든 대륙에 걸쳐 있던 식민제국으로서의 영국을 대영제국 또는 앵글로색슨제국이라고 한다.

톨킨이 태어난 남아프리카공화국은 1961년에 영연방에서 탈퇴하기 전까지는 영국의 식민지로 대영제국에 속했다. 루이스가 태어난 북아일랜드는 아일랜드가 1921년 영국에서 독립할 때 가톨릭이 주류인 아일랜드자유국과 달리 개신교도가 많아 분리된 이후 영국의 일부로 지금까지 유지되었으나 종교 갈등이 끊이지 않았다.

톨킨은 세 살 때 남아프리카에서 영국으로 왔지만, 항상 남아프리카에 관심을 가졌고 그곳의 인종차별(아파르트헤이트, Apartheid)은 물론 모든 인종차별에 반대했다. 그러나 앞에서 보았듯이 그는 『반지의 제왕』에서 오르크를 황인종으로 묘사한 것처럼 인종차별주의에서 완전히 벗어나지는 못했다. 물론 그가 사랑한 호빗은 피부색이 검지 않고 희지만, 평균 키가 약 일 미터밖에 안 되는 종족이므로 그런 인종차별과는 무관하다. 게다가 그는 호빗이 사는 '가운데땅'(Middle-Earth)의 샤이어(the Shire)가 대영제국(British Empire)이나 대브리튼(Great Britain)의 영국이 아니라 그 이전의 잉글랜드, 특히 시골 중심 소영국임을 항상 강조했다.

한편 루이스는 자신이 대영제국이나 대브리튼은 물론 잉글랜드인이 아닌 아일랜드인이라고 생각할 만큼 아일랜드를 좋아했다. 아일랜드는 12세기 이후 잉글랜드의 식민지였다. 16-17세기에 아일랜드에 들어온 개신교도들은 지배 세력으로 군림하면서 게일어를 사용했고, 가톨릭을 믿는 원주민들과 대립했다. 그러다가 1800년에 대영제국의 일부가 되었다. 아일랜드의 독립 주장은 이미 오래된 일이다. 반란도 여러 차례 일어났다. 특히 1845-1852년에 발생한 대기근으로 아일랜드인의 독립에 대한 열망은 증폭되었다. 그 뒤 민족주의 사상이 확산되고 초등학교가 설립되면서 영어보다 아일랜드어를 사용하는 사람들의 수가 많아졌다. 민족주의적 흐름과 병행하여 공화주의에 입각한 독립운동도 전개되었다.

루이스가 태어난 1898년에도 아일랜드에는 긴장감이 감돌았다. 특히 그가 태어난 벨파스트의 개신교도들은 가톨릭 신도들에게 배타적이어서 서로 말도 섞지 않았다. 루이스는 그런 적대적인 분위기의 벨파스트에서 성장했다. 열 살 이후에는 잉글랜드의 학교에 다니면서 그런 적대감을 더욱더 키웠을 것이다. 그 뒤 루이스는 잉글랜드의 대학에서 배우고 가르치다가 그곳에서 죽었다.

무신론자에서 유신론자로 회심한 루이스는 북아일랜드, 특히 고향 벨파스트의 종파적 갈등을 의식하여 종파를 초월하는 에큐메니컬 기독교를 주장했다. 모든 기독교 종파의 미덕을 찬양했고, 가톨릭 작가인 G.K. 체스터턴(Gilbert Keith Chesterton, 1874-1936)[*]

---

[*] 우리나라에서는 브라운 신부를 주인공으로 한 탐정소설의 작가로 유명한 체스터턴은 20세기의 가장 영향력 있는 영국 작가 중 한 사람이다. 그는 저널리즘, 철학, 시집, 전기, 로마 가톨

이 말한 '순전한 기독교'처럼 모든 교파가 공유하는 핵심적 교리를 중심으로 화합하는 것이 절실하다고 강조하였다. 루이스의 '순전한 기독교' 개념은 1950년대와 1960년대 벨파스트에서 태어난 중산층 개신교 신자들의 정치적 관점을 반영한 것이다. 그러나 루이스는 평생 가톨릭을 비난하거나 편견을 보인 적이 없다.

　북아일랜드의 정치 상황은 루이스를 비정치적인 인물로 살게 했다. 그는 어린 시절 이미 어른들이 정치와 돈 문제에만 관심이 있다는 것을 깨달았다. 정치와 돈이라고 하면 질색하며 노골적인 혐오감을 드러낸 배경이다. 그가 아버지를 혐오한 것도 같은 맥락에서다. 루이스가 십 대에서 이십 대에 걸쳐 쓴 일기나 편지를 보라. 정치와 돈 이야기는 일절 등장하지 않는다. 그런 경향은 평생 이어졌다. 그가 십 대 초 성공회에서 벗어나 무신론자가 된 이유에도 그런 측면이 강하게 작용했다. 북아일랜드에서는 종교적 갈등이 정치적 갈등을 낳았기 때문이다. "악마가 정치를 거점으로 삼을 때 사람들은 종교와 정치를 혼동한다."라고 그는 비판했다. 즉 정치를 악마의 소행으로 본 것이다.

릭교회 작가, 판타지와 탐정소설 등을 다작했다. 재기발랄하고 독창적인 역설을 잘 사용함으로써 '역설의 대가'라는 칭호를 얻었으며, 호탕한 성격과 육중한 체구의 소유자로도 유명했다. 체스터턴의 추리소설과 가톨릭 신앙론은 우리말로 소개되었으나 불행히도 그의 분배론을 비롯한 사회사상을 담은 『세상의 잘못된 점』(1910) 등은 번역되지 못했다. 톨킨의 '즐거운 영국'(Merrie English)은 체스터턴에게서 배운 것이었다고 해도 과언이 아니다. 그것은 종교개혁 이후의 청교도주의와 산업화 이후의 프롤레타리아니즘에서 벗어난 영국, 즉 모두가 살고 일하는 땅을 소유한 영국이었다. 그 역시 블레이크와 코벳에 공감하여 그들에 대해 글을 썼다. 루이스도 코벳과 체스터턴을 좋아했다. 체스터턴의 『영원한 사람』은 루이스의 개종에 결정적인 영향을 끼친 책이다. 그 책은 세계 역사를 그리스도 이전과 이후로 나누고, 그리스도의 위대함을 주장하는데, 문제는 그것이 여타의 종교에 대한 철저한 무시나 경멸을 전제로 한다는 점이다.

아일랜드를 사랑한 루이스

톨킨과 루이스 모두 어린 시절에 출생지를 떠났다. 이 일은 두
사람의 삶과 생각에 중요한 변화를 초래하는 분기점이 된다. 세 살
때 남아프리카를 떠나 잉글랜드의 버밍엄에 이사 온 톨킨에게는
문화적 충격이 없었지만, 열 살 때 북아일랜드를 떠나 잉글랜드에
처음 온 루이스는 엄청난 문화적 충격에 휩싸였다. 루이스는 자서
전이라고 해도 좋은 『예기치 못한 기쁨Surprised by Joy』(1955)에서
당시의 상황을 다음과 같이 고백했다.

> 나를 둘러싼 그 이상한 영국식 발음(잉글랜드 지역)은 악마의 목
> 소리 같았다. 하지만 더 심한 것은 영국의 풍광이었다. 어른이 된
> 지금 보아도 그 길은 잉글랜드에서 지루하고 매정한 살풍경으
> 로 보인다. ……그 단조로움이라니! 지루하기 짝이 없는 그 광경!
> 아무 특색 없이 몇 마일이나 이어지며, 사람을 바다에서 몰아내
> 가두는 듯 답답하게 만드는 그 땅! 내가 보기에는 제대로 된 구석
> 이 단 한 군데도 없었다. ……나는 이때부터 갈등해왔다. 평정심
> 을 되찾기까지 오랜 시간 걸렸던 영국(잉글랜드 지역)에 대한 혐
> 오를 나는 그때 품게 되었다.(Surprised 13)

루이스가 쓴 이 글을 이해하려면 잉글랜드 지역은 평원이 대부
분이고 산이라고 해봐야 동산 정도인 반면, 북아일랜드의 자연은

웅장한 화강암 산이나 해안이 대부분이라는 점을 알아야 한다. 나는 내가 본 영국의 땅에 대한 느낌을 루이스가 위에서 묘사한 그이상으로 정확하게 표현한 글을 읽어본 적이 없다. 그러나 나는 루이스와 달리 그와 같은 '땅에 대한 느낌'보다는 그곳 사람들이나 제도 때문에 영국을 혐오했다. 물론 루이스보다는 톨킨이 더 강하게 민주주의를 거부하고 군주제를 찬양했지만, 나는 그런 영국 군주제를 비롯한 보수주의를 정말 싫어한다.

여하튼 루이스가 잉글랜드 시외 학교에 다니게 되면서 무신론자가 된 것도 위에서 말한 충격과 무관하지 않았다. 소년 시절부터 톨킨이나 루이스는 노르웨이나 그리스 신화에 빠졌지만, 톨킨과 달리 루이스는 아일랜드 신화와 문학 그리고 아일랜드 언어에도 관심이 많았다. 그는 아일랜드 시인이자 문학가인 윌리엄 버틀러 예이츠(William Butler Yeats, 1865-1939)에 대해, 특별히 그의 시에 나타나는 아일랜드의 켈트적 요소에 엄청난 애정을 표했다.* 루이스는 예이츠에게 영향을 많이 받았다. 초기에는 예이츠가 신플라

---

* 예이츠는 20세기 초엽 영문학계에서 가장 위대한 시인이었다. 당시 영문학계에는 예이츠만이 아니라 많은 아일랜드 출신 문인들이 영국 출신 문인들을 압도했다. 가령 오스카 와일드, 조지 버나드 쇼, 제임스 조이스, 사무엘 베케트, 딜런 토머스, 시무스 히니 등이다. 그런데 루이스는 예이츠 외의 문인들에 대해서는 거의 관심이 없었다. 당시 영문학계를 아일랜드 출신들이 석권한 데에는 현대적인 세속성이 지배한 빅토리아기 영국과 달리 아일랜드는 중세적인 신성함을 유지했다는 측면도 있었다. 당시 영국에서는 과학과 진보에 대한 숭상이 알프레드 테니슨이나 매슈 아널드 같은 작가들을 낳았지만, 그런 숭상은 19세기 후반에 와서 쇠퇴하였다. 특히 아널드는 '부르주아 문화'를 부흥하여 대중문화를 제거하는 교양을 주장했다. 노동계급에는 종속과 복종의 감각을 되살려 주고, 중산층을 세련되고 관대한 계급으로 교육하여 노동계급의 귀감이 되도록 해야 한다고 말이다. 아널드의 이 같은 교양론은 문화적 복종을 강조한 사회 질서 유지를 지향하는 엘리트주의적인 것이었다. 이와 달리 중세와 사회주의를 주장한 윌리엄 모리스는 톨킨과 루이스에게 깊은 영향을 주었다.

톤주의 철학 같은 신비 사상에 몰입하여 아일랜드의 영웅담에 바탕을 둔 초자연적인 세계나 몽환적인 낭만적 세계를 노래한 데 자극을 받았다. 후기에는 예이츠가 기독교 전통 신앙의 붕괴, 혼탁한 물질문명의 소용돌이에 휩싸인 인류의 미래, 그리고 새롭게 다가올 문명의 탄생을 그린 데서 영향을 받았다.

1921년 예이츠가 옥스퍼드로 이사하자 루이스는 예이츠를 두 번 만났다. 당시 동료들이 예이츠와 켈트 회복 운동에 아무런 반응을 보이지 않는 점에 놀라면서 "내가 아일랜드 사람이라서 다행"이라고도 했을 만큼 루이스는 아일랜드를 좋아했다. 자신이 아일랜드 출신임을 드러내기 위해 원고를 더블린의 출판사에 보낼 생각까지 했을 정도였다.

뒤에 기독교로 개종한 이후, 그의 관심은 켈틱 기독교 신비주의와 반대되는 기독교 신학으로 옮겨갔지만, 아일랜드인의 우월주의를 나타내려는 경향은 여전했다. 즉 잉글랜드에 거주하는 대다수 아일랜드인처럼 그 역시 앵글로색슨족의 경박함과 둔감함을 비판했다. 그러면서 아일랜드인에 대해서는 모든 결점에도 불구하고 기꺼이 다른 민족과 함께 살아갈 수 있는 유일한 민족이라고 상찬했다. 루이스는 잉글랜드에 사는 아일랜드인의 모임을 찾아다녔고, 북아일랜드를 정기적으로 방문하였으며, 심지어 신혼여행도 북아일랜드로 갔다. 1950년대 이후의 글에서도 아일랜드를 "내 나라, 내 고향"으로 불렀을 만큼 루이스는 아일랜드를 사랑했다.

그의 작품에는 벨파스트의 다운카운티를 연상하게 하는 장면이

자주 나온다. 예를 들어 『천국과 지옥의 이혼』에서 "에메랄드빛 녹색 땅"이 가리키는 지역이 바로 그곳이다. 아일랜드는 비가 많이 내리고 안개도 많다. 덕분에 토양은 촉촉하고 푸른 풀이 무성한데, 이를 루이스는 에메랄드빛으로 표현했다. 끝도 없이 억수로 퍼붓는 비 때문에 아무것도 보이지 않는 상황에서 아이들이 노교수의 저택에 갇혀 꼼짝 못 한다는 이야기가 『나니아 연대기』 제2장의 초반에 나오는데, 이는 어린 시절 루이스가 일상으로 경험한 상황이었다. 거기에 나오는 레거내니의 고인돌, 케이브힐산, 거인의 둑길(Giant's Causeway)은 모두 다운카운티에 실재하는 곳으로 루이스에게는 어린 시절부터 익숙한 곳이다.

그러나 루이스는 어디까지나 영국 작가이지 아일랜드 작가는 아니다. 아일랜드 출신으로 영국이나 외국에서 활동한 시인이나 작가 중에는 아일랜드 작가로 간주하는 이가 많다. 예이츠, 오스카 와일드, 조지 버나드 쇼, 제임스 조이스, 사무엘 베케트, 패트릭 피어스 등이다. 성공회 목사였던 조너선 스위프트도 아일랜드 작가로 다루어진다. 그들은 모두 '더블린 작가 박물관'에 모셔져 있다. 그러나 루이스는 제외되었다. 『아일랜드 문학 사전』에도 그는 나오지 않는다. 이는 루이스의 평전을 쓴 맥그래스가 말하듯이 루이스가 예이츠처럼 "아일랜드 민족 문학을 옹호하는 이들이 거부했던 세력과 그 영향력을 정확히 대표하는 인물"(맥그래스 36)이어서가 아니다. 뒤에서 보겠지만 루이스는 대영제국주의자가 아니었다. 아일랜드 독립에 반대하거나 북아일랜드의 아일랜드 병합에 반대하지도 않았다. 그렇다고 해서 독립이나 병합에 찬성하지도 않았다. 루이스는 그런 정치적 쟁점에서는 비켜난 사람이다. 이는 위에서 나열한 아일랜드 작가들도 마찬가지다. 그들은 아일랜드 출신의 위대한 작가여서 박물관에까지 모셔진 것이지 민족주의적인 작가여서가 아니다. 맥그래스는 루이스를 "아일랜드 문학의 가장 빛나고 유명한 대표자 중 한 사람"(맥그래스 37)이라고 평하지만, 루이스는 아일랜드는 물론이고 영국에서도 아직은 위대한 작가의 반열에 오르지 못했다.* 톨킨도 마찬가지다.

호빗은 톨킨의 은유이다

톨킨의 이름은 꽤 길다. 존 로널드 루엘 톨킨(John Ronald Reuel Tolkien). 그래서 보통은 J.R.R. 톨킨으로 약칭하지만, 이 책에서는 그냥 톨킨이라고 부른다(이름에 들어간 존이나 로널드는 영어권에서 흔하지만, 루엘은 히브리어 이름으로 성서와 관련된다. 톨킨의 부모가 독실한 가톨릭 신자여서 붙인 이름이다). 톨킨이라는 성은 영어권에서 보기 드문 독일풍이다. 톨킨의 먼 조상이 독일인으로 18세기

---

* 루이스처럼 북아일랜드 출신으로 옥스퍼드 대학교의 시학 교수(1989–1994)나 하버드대학교 교수(1981–1997)로 재직하고 1995년 노벨문학상을 받은 시무스 히니(Seamus Justin Heaney, 1939–2013)는 아일랜드를 대표하는 현대 시인이다. 그는 자신의 '문화적 출발점'이 '중심에서 벗어난' 것이라고 말했는데 이는 루이스에 대한 평가와도 통하는 말이다.

에 영국으로 건너왔기 때문이다.* 톨킨의 소설 『호빗』은 영국에서 출판된 지 일 년 뒤인 1938년에 독일어판이 나왔다. 당시 독일은 히틀러가 유대인을 탄압하면서 아리아인 혈통을 띄우던 때여서 독일 출판업자는 영국 출판업자에게 톨킨이 아리아인 혈통인지를 물었다고 한다. 이에 톨킨은 자신은 아리아인이 아니고, 도리어 유대인이 아니어서 유감이며, 자기 혈통의 대다수는 순수한 영국인이라는 답장을 보냈다. 덧붙여 그런 식으로 누군가의 혈통을 묻는 것은 모욕이고, 자기 작품이 이렇듯 파괴적이고 비과학적인 인종주의에 동조하는 듯이 보였다면 너무나 후회막급한 일이라고 하면서 독일어판 출판을 당장 그만두라고 출판업자에게 요구했다. 그러나 이런 사연이 나오는 톨킨의 편지는 그가 죽고 팔 년 뒤인 1981년에 공개되었기에 1938년 당시에는 독일인들의 반감을 사지 않았다. 물론 편지가 공개된 뒤에도 독일인들은 한 마디 불평도 하지 않았다.

톨킨은 키를 제외하면 자기 소설의 주인공인 호빗과 닮았다(실은 톨킨도 그다지 키가 큰 편은 아니었다). 호빗은 톨킨이 만든 상상의 종족이다. 인간의 친척쯤 되는 종족으로 잔디에 뒤덮인 비옥한

---

* 톨킨의 조상들은 동프로이센의 쾨니히스베르크(Königsberg, 지금은 폴란드에 속한다) 인근의 크로이츠부르크(Kreuzburg)에서 살았다. 이곳에서 그의 아버지의 조상인 미켈 톨킨(Michel Tolkien)이 1620년경에 태어났다. 미켈의 아들인 크리스티아누스 톨킨(Christianus Tolkien, 1663-1746)과 그의 아들 크리스티안 톨킨(Christian Tolkien, 1706-1791)은 단치히(Danzig) 자유시로 이사하였고, 크리스티안의 두 아들은 런던으로 이민을 떠나 영국에서 톨킨 가문의 선조가 되었다. 톨킨의 조상은 둘째 아들인 존 벤저민 톨킨(1752-1819)이다. 1792년 톨킨의 증조부는 지인과 함께 시계를 제작해 판매하였다. 하지만 톨킨의 증조부는 영국 시민이 된 적이 없었다. 톨킨이라는 성은 저지대 프러시아어로 '톨크의 자손'이라는 뜻인데, 톨킨 스스로는 '저돌적'이라는 뜻의 독일어 '톨퀸'(tollkühn)에서 왔다고 말했다.

호빗의 집

흙 언덕 측면에 만들어놓은 토굴에 산다. 호빗은 로한* 사람들의 말로 '굴 파는 사람들'이란 뜻을 가진 '홀뷔틀란'(Holbytlan)이라는 단어에서 유래했다. 이는 고층 아파트에 살기를 좋아하는 현대인의 주거환경에 대한 풍자이다. 게다가 그 토굴은 직선이 아니라 곡선으로 이루어진다. 톨킨 자신이 그린 그림이나 영화에서는 대문과 내부가 완전한 원형으로 나오는데 가우디의 건축물처럼 더 자

---

*   가운데땅에 있는 정주(定住)화된 유목국가

연스러운 곡선의 토굴이어도 좋았을 것 같다. 톨킨은 자신이 살았던 20세기 전반 영국에서 유행한 대형 고층 아파트를 싫어했으니 호빗의 토굴은 그런 풍조에 대한 반발로 보인다. 사방이 흙으로 둘러싸인 토굴은 땅 위에 세워진 단층 주택보다 더욱더 땅과 가깝다.

모양보다 더 중요한 점은 호빗의 땅굴집이 투기 대상이 아니라 항구적으로 거주하기 위해 튼튼하게 지어진 집이라는 점이다. 톨킨은 집만이 아니라 모든 물건을 상품으로만 사고팔며 일회성 소비와 편리에 젖은 물질문명에 분노했다. 호빗의 삶을 그와 반대로 묘사한 배경이다.

호빗은 기계가 아니라 손으로 만든 물건을 선호하고 물건을 쉽게 버리지도 않는다. 요즘, 소박하고 단출하게 사는 것을 미덕으로 여기는 미니멀리즘이 입에 오르내리지만, 그렇다고 하여 무조건 버리는 것만이 능사는 아니다. 잔뜩 사두었다가 다시 버리는 우리와 달리 호빗은 당장 필요 없어 보이는 물건들도 앞으로 쓰일 데가 있을지 모른다며 잘 보관한다. 그러나 물건에 집착하지는 않는다. 도리어 남들에게 나누어주기를 좋아한다. 특히 생일에도 선물을 받기보다 선물하는 것을 더 좋아한다. 무엇보다도 그들은 평범하고 사소한 일상에 행복해한다. 신선한 공기와 밝은 빛, 편안한 잠과 따뜻한 목욕 같은 것들 말이다.

헤이, 노래 부르세! 하루를 끝내는 목욕!
피곤한 땀을 씻어내야지.

노래하지 않으면 멍청이.

오! 뜨거운 물은 정말로 귀해.

......

연기처럼 김이 오르는 뜨거운 물!

......

등줄기로 흘러내리는 뜨거운 물!

......

오! 하늘 밑 하얀 샘물에

튀어 오르는 물방울도 아름답지만

어떤 샘물 소리보다 달콤한 것은

두 발로 뜨거운 물을 첨벙거리는 소리!

(Lord1 111)

호빗의 외모가 인간과 다른 점은 키가 인간의 반 정도로 평균 일 미터라는 것이다(난쟁이종족보다는 크다). 그 밖에 배는 뚱뚱하고, 팔과 다리는 짧으며, 발은 거친 피부와 수북한 갈색 털로 덮여 있어 맨발로도 먼 거리를 무리 없이 걷는다. 이러한 설정은 키 크고 날씬하며 팔다리가 길고 멋진 구두를 신어야 미남미녀로 취급하는 당대 풍조에 대한 거부이자 풍자이다. 호빗의 얼굴형이 둥글고, 머리카락은 짧은 갈색의 곱슬머리이며, 수염을 기르지 않는 점역시 당대의 이상적 용모에 대한 거부이자 풍자이다. 특히 털이 난 큰 발은 발로 직접 걷거나 뛰면서 주위를 천천히 살피며 여행하기에 적합한데, 이 점도 앞에서 말했듯이 자동차나 비행기 등으로 빠르게 여행하는 속도 중독의 현대인을 비판하고 풍자하는 것이다.

톨킨은 속도가 빠른 교통수단을 이용하면 대개는 풍경이나 사물을 무심결에 지나치고, 그럼으로써 그 속에 깃들어 있는 영광을 보지 못하고, 결국 공간 자체를 하찮게 여겨 짓밟게 된다고 비판한다. 특히 제트비행기를 비난했다. 추상적이며 형태가 없는 점과 점을 순간적으로 연결하는, 파멸로 몰아가는 기계라면서. 그래서 자신이 내는 세금이 초음속 제트 여행을 지원하는 데 쓰인다는 점에 분노하여 세금 내기를 거부했다.

빠른 속도에 광적으로 집착하는 현대인에 대한 비판은 조급함과는 상관없이 천천히 자라면서 다른 생물보다 장수하는 나무에 대한 사랑으로도 나타난다. 느림의 미학을 구현하는 거목 엔트가 보기에는 호빗조차 성급하기 짝이 없다. 나무에 대한 톨킨의 사랑은 나무를 무자비하게 베어내는 벌목에 대한 분노로 나타난다. 벌목은 동물에 대한 고문이나 살육과 마찬가지다. 톨킨은 나무만이 아니라 자연의 모든 것을 사랑한다. 그래서 꽃과 채소는 물론 잔디에까지 이름을 지어주었다.

여하튼 호빗의 면모는 인간과 크게 다르다고는 할 수 없지만, 귀가 상당히 크고 뾰족하여 요정인 엘프(Elf)와 비슷한 점은 인간과 분명히 다르다. 귀가 그렇게 생긴 것은 그들이 남의 말을 새겨듣거나 자연의 소리를 듣는 데 능숙하다는 특징을 드러낸다. 평균 수명이 백 세인 그들은 먹고 마시기를 즐기며 겁이 많다. 그래서 칼을 쓰거나 용맹함을 발휘하는 일 따위엔 관심이 없지만, 돌을 던지는 데엔 능숙하다. 녹색 벨벳 바지, 빨간색 또는 노란색 조끼, 갈색 또는 녹색 재킷, 금 또는 황동 단추, 짙은 녹색 후드와 망토처럼 녹색과 노란색 등 밝은 옷을 즐겨 입고, 수줍음이 많지만 어려운 일을 당하면 용감하게 이겨낸다.

샤이어는 어디일까

톨킨은 자신이 영국인이지만 대영제국이나 대브리튼이 아니라 작은 영국인 잉글랜드의 중류계급 사람이라고 말한다. 『호빗』과 『반지의 제왕』에서 빌보와 프로도가 각각 간달프(Gandalf)를 만나 대여정을 시작하는 출발지인 '샤이어'는 호빗이 사는 지역으로 가운데땅의 에리아도르에 위치한다. 톨킨은 자기가 어린 시절에 살았던 영국의 시골, 성인이 되어 교수로 살았던 옥스퍼드 주변의 시골, 잉글랜드 서부 미들랜즈(West Midlands)의 시골 지역을 모델로 이곳을 그려냈다. 샤이어는 원래 우리의 도(道)나 외국의 주(州)를 의미하는 카운티(county)의 옛말인데, 톨킨 소설에서는 정관사를 붙여 고유명사로서 지명이 되었다. 이는 톨킨이 15세기 이래의 대영제국이나 대브리튼의 중앙집권적인 대국이 아니라 그 이전의 지방분권적인 소국을 중시했다는 의미이다.

잉글랜드의 중간지역인 미들랜즈가 톨킨 소설에서는 가운데땅

"가운데땅"의 지도

으로 나온다. 그러나 여기서 '가운데'란 양쪽으로 바다가 있다는 뜻이지 땅 가운데인 중간이라는 뜻은 아니다. 이 점에서 가운데땅은 미들랜즈와 다르다. 톨킨은 네 살(1896년)부터 여덟 살(1900년)까지의 유년기 사 년을 미들랜즈 중의 워윅셔 버밍엄(Birmingham)의 세어홀(Sarehole)이라는 낭만적인 전원에서 살았다. 당시는 20세기 초였으나 세어홀은 '기계화 이전' '산업화 이전'의 모습을 간직한 곳으로 현대사회와 등진 채 남아있었다. 굴뚝이 높은 오래된 방앗간이나 거대한 바퀴 아래로 흐르는 개울물이 그 상징이다. 톨킨은 그곳이 자신의 진짜 고향이라고 생각했다.

세어홀은 『반지의 제왕』에 나오는 호비튼(Hobbiton)의 깊은 물가의 방앗간이 새 벽돌 건물로 바뀌면서 시골의 정취가 사라졌다고 하는 장면으로 재현된다. 이는 톨킨이 1933년 세어홀을 방문했을 때 쓴 일기에 다음과 같은 분노로 표현되었다.

내가 어린 시절을 보냈던 그곳은 이제 전차가 다니는 무의미한 곳이 되어버렸다. 어릴 적 좋아했던 길의 왼쪽으로 내려가 우리가 살던 시골집 대문 앞을 지났는데, 그 길은 이제 붉은 벽돌집들로 꽉 차 있었다. ……예전 방앗간으로 가는 초롱꽃 꽃길은 차가 빨간 등을 켜고는 위험스럽게 달려 건널 수조차 없다. 아이들을 자극했던 흰 괴물의 집은 주유소가 되어버렸고, 짧은 산책길과 그 사이의 느릅나무와 교차로는 사라져버렸다. 내 소중한 어릴 적 경치가 이런 폭력에 무참히 노출되어 낯설고 끔찍한 모습으로 바뀌지 않기를 그토록 바랐는데.(카펜터 225-226)

톨킨은 전시(戰時)에 쓰일 비행장과 도로 개수 공사로 교외가 훼손되는 점에 불같이 화를 냈다. 결국 나무나 언덕이 사라지고 자연이 쓰레기로 뒤덮일 게 뻔했기 때문이다. 이러한 톨킨의 감성은 가운데땅에 대한 묘사에서 그대로 드러난다. 가운데땅은 선의 지역과 악의 지역으로 나뉜다. 선의 지역은 산업화 이전 장인의 솜씨가 중시되는 곳이다. 『반지의 제왕』 프롤로그 첫 장에서 장인과 농부들이 사는 즐거운 소영국인 샤이어는 다음과 같이 묘사된다.

호빗들은 눈에 잘 띄지는 않지만 아주 오래된 종족이다. 그들은 평화와 고요, 잘 경작된 땅을 사랑하기 때문에 지금보다 옛날에는 더 많이 살고 있었다. 잘 정리되고 경작된 시골은 이들이 가장 좋아하는 곳이었다. 호빗들은 연장을 잘 다루지만, 대장간 풀무, 물방앗간, 손으로 짜는 베틀보다 더 복잡한 기계는 옛날부터 이해하지도 좋아하지도 않았다.(Lord 13)

로스로리엔(로리엔, '황금숲'이라고도 한다) 요정들의 왕은 "우리는 우리가 만든 모든 물건에 사랑하는 모든 것에 대한 생각을 담는다."라고 하면서 장인 정신을 대변한다.(Lord 390) 반면 악의 지역은 산업화와 기계화로 오염된 황무지로 장인의 기술로는 만들 수 없는 온갖 재산을 축적하는 물질주의가 지배한다.

대기는 거칠고 숨을 못 쉬게 하여 입을 바싹 마르게 하는 독한 악취로 가득 찬 것 같았다. ……프로도는 겁에 질려 둘러보았다. 이전에 죽음의 늪과 인적 없는 대지의 메마른 황야가 무섭기는 했지만, 이곳은 그보다 더 가공할 나라로, 더디 가는 시간 속에 이제 서서히 움츠러든 그의 눈앞에 모습을 드러내고 있었다. …… 이 나라는 봄도 여름도 결코 다시 오지 않는 곳이었다. 이곳에는 아무것도 살지 않았다. 심지어 썩은 것을 먹는 더러운 생물조차 살지 않았다. 마치 산맥이 내부의 오물을 여기저기 토해놓은 것처럼 웅덩이들은 희뿌옇게 바랜 화산재와 꾸물거리는 진흙으로 가득 차서 숨이 막혔다. 으스러져 가루가 된 바위의 높은 둔덕과 불에 타고 독에 오염된 거대한 원뿔꼴의 대지가 불결한 묘지처럼 끝없이 펼쳐져 있는 모습이 흐린 빛 속에서 서서히 드러났다.(Lord 657)

『호빗』에 나오는 난쟁이 드왈린(Dwalin)도 다음과 같이 악의 지역 용들을 경멸한다.

너도 알다시피 용들은 황금과 보석을 발견하기만 하면 인간과 요정과 난쟁이들로부터 빼앗아 죽을 때까지 지켜(용들이 살해되지만 않는다면 그것은 사실상 영원히 지키는 것을 의미해). 그런데 놈들은 놋쇠 반지 하나도 즐길 줄 몰라. 사실 용들은 좋은 공예품과 나쁜 공예품을 구별하지도 못해. 이런 물건들이 시장에서 보통 얼마에 팔리는지 잘 알고 있지만 말이야. 그놈들은 제 손으로는 아무것도 만들 줄 몰라서 갑옷미늘이 좀 헐거워진 것조차 고치지 못해.(Hobbit 30)

톨킨은 어떤 책을 즐겨 읽었나

톨킨은 1892년 일월 삼 일 오렌지 자유국(현 남아프리카공화국)의 블룸폰테인(Bloemfontein)에서 영국계 은행 관리자인 아더 루엘 톨킨(Arthur Reuel Tolkien, 1857-1896)과 그의 아내 마벨 톨킨(Mabel Tolkien, 1870-1904) 사이에서 태어났다. 아더가 은행의 지점장으로 승진한 뒤 톨킨은 세 살 때 가족과 함께 영국의 버밍엄으로 갔다. 그때부터 글을 읽기 시작했으며, 네 살 무렵엔 글을 유창하게 쓸 수 있었다. 톨킨이 네 살 때 그의 아버지가 류마티스로 세상을 떠나자 소득이 끊긴 그의 어머니는 두 아들을 데리고 세어홀로 이사했다. 톨킨의 어머니는 집에서 자식들을 가르쳤다. 특히 톨킨에게 식물학을 가르쳐서 식물에 대한 흥미를 일깨워주었다. 어린 톨킨은 그림 그리는 것도 좋아했으나 언어를 공부하는 데 관심이 더 많았다. 이에 어머니는 라틴어 기초를 일찍부터 가르쳤다.

톨킨은 어린 시절 어머니의 권유로 독서에 열중했다. 『보물섬 *Treasure Island*』과 『피리 부는 사나이*Pied Piper of Hamelin*』는 싫어했고, 루이스 캐럴의 『이상한 나라의 앨리스*Alice's Adventures in Wonderland*』는 재미있지만 불안한 이야기라고 생각했다. 반면 인디언 이야기와 조지 맥도널드(George MacDonald, 1824-1905)의 환상적 동화 『공주와 고블린*The Princess and the Goblin*』(1872) 『공주와 커디』, 앤드류 랭(Andrew Lang, 1844-1912)의 『요정 이야기 *Green Fairy Books*』를 좋아했다. 톨킨의 글쓰기는 이 같은 독서의 영향인 듯싶다.

톨킨과 루이스가 인기를 끈 뒤 150여 년이 지나 우리말로 소개되기 시작한 맥도널드는 스코틀랜드의 작가이자 시인이자 목사였다. '세계 최초의 본격 어린이 판타지 문학작품'으로 평가받는 『공주와 고블린』은 착한 요정과 악한 고블린(도깨비)이 기독교 나라에서 권력을 두고 싸우는 이야기인데, 이러한 주제는 뒤에 톨킨의 소설에서 그대로 재현된다. 『공주와 고블린』은 태어나자마자 보모들과 함께 외로운 삶을 살아야 했던 여덟 살 아이린 공주와 광부의 아들인 커디라는 착한 아이들이 주인공으로 나오는 소설이다.

공주는 인간에게 복수하려고 하는 고블린(인간에 의해 땅속 세계로 쫓겨났다)들 때문에 혼자서는 밖으로 다니지 못한다. 그러던 어느 날 밖으로 나간 공주는 고블린들에게 쫓기다가 커디에게 구조된다. 커디는 고블린들이 말하는 것을 우연히 듣고 그들의 약점이 부드럽고 취약한 발이라는 점을 알게 된다(이런 발을 가진 고블린은 뒤에 톨킨 소설에서 호빗으로 나타난다). 이어 두 사람의 복잡한 모험이 이어지는데, 공주가 만나는 현명하고 마술적이며 선견지명이 있는 할머니는 『반지의 제왕』에 나오는 갈라드리엘을 연상시킨다. 맥도날드는 루이스가 좋아한 작가이기도 했다. 2021년에 나온 『조지 맥도널드 선집』 표지에는 '루이스의 스승'이라는 부제가 적혀 있다.

맥도널드와 마찬가지로 스코틀랜드의 시인이자 소설가인 랭은 2013년에 번역된 『책 사냥꾼의 도서관』 외에 동화로는 우리에게 소개된 적이 없지만 랭의 『붉은 요정 이야기』 마지막에 나오는 시구르드(Sigurd)가 용 파프니르(Fáfnir)를 무찌르는 이야기는 톨킨의 작품에 자주 등장한다. 톨킨은 1930년경에 『시구르드와 구드룬의 전설 The Legend of Sigurd and Gudrún』을 썼는데 이는 2009년에 간행되었다.

톨킨의 초기 교육

톨킨의 외가는 가족 모두 열성적인 성공회 신자였다. 하지만 그의 어머니는 1900년 로마 가톨릭교회로 개종하였고, 당시 여덟 살이었던 톨킨도 가톨릭으로 개종했다. 조지프 피어스는 『톨킨: 인간과 신화』에서 "톨킨은 가톨릭이 자기 아버지의 신앙은 아닐지 모르나 자기 선조의 신앙이었다는 것을 깨닫는데, 중세에 대한 그의 관심은 바로 그 깨달음에서 싹트고 자라났다."(피어스 33)라고 썼다. 물론 실제로 그랬을지는 의문이다. 독일에서 온 톨킨 선조들이 가톨릭이었다는 증거가 없을뿐더러 당시에는 독일인 대부분이 개신교도였기 때문이다. 여하튼 가톨릭 신자인 톨킨은 평생 영국 국교회(성공회)를 경멸했다.

외조부 집에서는 딸이 개종하자 톨킨 가족에 대한 경제적 원조를 끊어버렸다. 아들의 통학 비용을 댈 수 없게 된 톨킨의 어머니는 학교에서 가까운 모즐리(Moseley)로 이사했다. 뒤에 톨킨은 당시 산업도시로 변하고 있던 모즐리 시절을 "끔찍했다"라고 회상한다. 이후 집이 철거되는 바람에 다시 역 주변으로 이사했지만 그곳 역시 끔찍했다. 그런 가공할 도시에 대한 기억이 뒤에 톨킨 소설에 그대로 반영되었다.

톨킨이 열두 살이 된 1903년, 어머니가 서른넷의 젊은 나이로 세상을 떠난다. 그로부터 9년이 지난 뒤 톨킨은 어머니가 참된 순교자라고 썼다. 어머니는 죽기 전에 버밍엄의 프란시스 사비에르

모건(Francis Xavier Morgan, 1857-1935) 신부에게 아들들의 후견을 부탁했는데, 모건 신부는 존 헨리 뉴먼(John Henry Newman)이 창설한 버밍엄 수도회(Oratorio)에서 봉사하고 있었다. 톨킨이 평생 존경한 모건 신부의 배려로 그는 버밍엄의 에지배스턴 지역에서 성장기를 보낼 수 있었다. 그리고 킹 에드워드 학교(King Edward's School)와 세인트 필립 학교(St Philip's School)에 다녔다.

톨킨은 킹 에드워드 학교 시절 그리스어에 매력을 느꼈다. 반면 셰익스피어는 싫어했다. 가령 『맥베스』에서 주인공 맥베스가 말한 "거대한 버넘숲이 던시네인 언덕을 움직여 오는 것 같은"이라는 대목은 좋아했으나 잉글랜드군이 나뭇가지로 위장하여 공격한 탓에 죽는 장면을 읽고서는 자신은 이와 달리 나무들이 실제로 전쟁을 치르는 이야기를 만들겠다고 마음먹었다. 이는 『반지의 제왕』에서 나무 거인 엔트들이 인간과 오르크를 상대로 전투하는 장면으로 구현되었다.

십 대 초반, 톨킨은 사촌인 매리 인클던(Mary Incledon)과 매조리 인클던(Majorie Incledon) 자매의 발명품인 동물언어(Animalic)를 처음으로 접한다. 그는 당시 라틴어와 앵글로색슨어를 공부하고 있었다. 동물언어에 대한 관심은 곧 희미해졌지만, 매리와 톨킨 등은 네브보시(Nevbosh)라는 새롭고 복잡한 언어를 개발했다. 또한 톨킨은 그 뒤로 새로운 언어인 나파린(Naffarin)을 만들었다. 톨킨은 1909년 이전에 에스페란토어를 공부했고, 1909년 무렵에는 열여섯 페이지짜리 「폭스룩의 책 *The Book of the Foxrook*」이라는

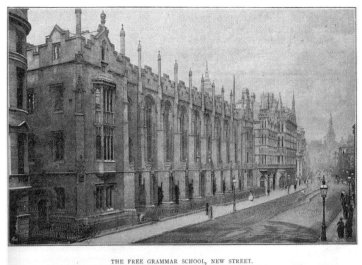

THE FREE GRAMMAR SCHOOL, NEW STREET.
(From a Photograph by Whitlock, New Street).

톨킨이 다녔던 킹 에드워드 학교

글을 에스페란토어로 썼다. 거기에 톨킨이 만든 초기 언어가 등장한다. 1911년 킹 에드워드 학교에서 톨킨은 세 명의 친구와 함께 비밀 단체를 결성하여 함께 시를 썼다. 스위스에서는 여름휴가를 보내면서 하이킹도 했는데, 당시의 경험은 뒷날 그의 작품에 반영되었다.

1908년, 톨킨은 세 살 연상의 이디스 브렛(Edith Mary Bratt, 1889-1971)을 만나 사랑에 빠진다. 이디스가 개신교도라는 점을 좋지 않게 생각한 톨킨의 후견인 모건 신부는 톨킨이 스물한 살이 되기 전까지 그들의 교제를 금지했다. 톨킨은 그의 말에 순종하여 시간이 흐르기를 기다렸다가 스물한 살이 되는 생일에 가톨릭으로 개종한 이디스에게 청혼하는 편지를 썼다. 두 사람은 1916년 삼월에 결혼했다. 훗날 톨킨은 당시의 상황을 회상하면서 직업도 없고, 돈도 별로 없는 데다가, 제1차 세계대전에 참전하여 죽을 가능성 밖에는 없는, 소위 "비전 없는" 남자와 기꺼이 결혼하려 했던 아내의 의지에 감탄을 표했다.

독서 천재 루이스의 어린 시절

앞에서 본 톨킨이 전형적인 시골 사람으로 여덟 살부터 가톨릭 신도로 평생을 살았다면, 루이스는 북아일랜드의 수도 벨파스트(Belfast)에서 태어나 자란 모태 개신교도였다. 그는 열세 살에 무신론자가 되었다가 서른한 살에 다시 개신교도가 되었다. 두 사람에겐 어려서부터 독서에 열중했고 신화를 좋아했다는 공통점이 있었다. 하지만 다른 점도 많았다. 루이스가 자서전 격인 『예기치 못한 기쁨』 같은 종교 서적을 쓴 반면, 톨킨은 그런 작품을 내지 않았다는 점도 다르다. 그러나 『예기치 못한 기쁨』은 1929년 그가 서른한 살에 기독교를 믿게 된 시점에서 끝난다. 1963년에 죽기까지 후반생인 삼십사 년간을 다룬 이야기는 없다.

루이스는 1898년 11월 29일 북아일랜드의 수도 벨파스트에서 태어났다. 벨파스트는 1960년대 말부터 1998년까지 이어진 북아일랜드 분쟁의 중심지로 유명하다. 그곳은 루이스가 태어날 무렵부터 이미 그런 분쟁의 씨앗을 품고 있었다. 루이스의 증조부는 감리교회의 목사인 열성적인 종교인이었고, 조부 리처드 루이스는 19세기 중반에 웨일스에서 아일랜드로 이사한 농부였다. 루이스의 아버지 제임스 루이스(Albert James Lewis, 1863-1929)는 사무 변호사(solicitor)*였지만, 전도용 팸플릿을 집필할 만큼 독실한 기독교 신자였다. 루이스의 어머니 플로렌스 어거스트 루이스(Florence Augusta Lewis née Hamilton, 1862-1908)는 아일랜드 성공회 사제 집안 출신으로 당시로서는 보기 드물게 벨파스트의 퀸스 대학교를 졸업했다. 이 같은 이력에도 불구하고 루이스는 어려서부터 기독교에는 흥미를 느끼지 못했다.

부모의 성격도 대조적이었다. 루이스는 어려서부터 "쾌활하고 온화한 어머니의 사랑과 감정 기복이 심한 아버지의 성격"을 의식했고(Surprised 9), 그 결과 감정에 대해 불신감과 혐오감을 느꼈다. 그러나 이는 루이스가 감정적이지 않았다거나 아버지를 닮지 않았다는 뜻은 아니다. 뒤에 루이스는 상상하기를 좋아하는 자신과 성향이 다른 부모 사이에는 어떠한 연관성도 없다고 말했다. 그러나 자식은 누구나 부모의 성격으로부터 자유로울 수 없는 법이다. 그가 친구는 물론이고 저술을 통해서만 자신을 아는 팬들에게는 따뜻한 마음으로 헌신적이었지만, 동료 교수나 학생들에게는 종종 거부감과 불쾌감을 보였다는 점도 대조적인 부모의 성격이

---

* 영국의 변호사는 하급 법원에서 고객을 대리하며 상급 법원에서 재판할 수 있도록 사건을 준비하는 변호사인 사무 변호사(solicitor)와 변론을 담당하는 법정 변호사(bartrister)로 나누어진다.

결합된 복잡한 면을 잘 보여준다.

　루이스에게는 세 살 위의 형인 워런 해밀턴 루이스(Warren Hamilton Lewis, 1895-1973)가 있었다. 형제는 옷을 입고 말을 하는 동물들이 다스리는 '복센 세계'를 만들어 그것을 둘로 나누어 즐겼다. 루이스는 세 살 무렵부터 독서에 빠지기 시작해 집에 있는 수많은 책을 거의 다 읽었을 정도로 책 읽기에 열중했다. 운동이나 게임에는 관심이 없었고 재주도 없었다. 그저 시간만 나면 책을 읽거나 글을 쓰거나 그림을 그렸다. 네 살 때 반려견 잭시(Jacksie)가 자동차에 치여 죽자 그때부터 자기 이름을 '잭시'라고 부르게 하다가 나중에는 '잭'이 되었다는 일화도 있다(증명되지 않은 이야기다). 아마 그만큼 루이스가 동물을 사랑했다는 뜻이리라(물론 그가 동물을 매우 좋아한 것, 어린 시절부터 가족이나 친구들에게 잭이라고 불린 것은 사실이다).

　루이스가 일곱 살이 되던 1905년, 그의 가족은 벨파스트 동부 교외의 농촌 지역인 스트랜타운에 있는 '리틀 레아'(Little Lea)로 이사했다. '작은 초원'이라는 뜻의 그 집은 굴뚝이 다섯 개나 달린 대저택이었다. 지붕 아래 있는 방은 독립된 공간으로 아이들 차지였다. 그곳에서 루이스 형제는 베아트릭스 포터(Helen Beatrix Potter, 1866-1943)의 『피터 래빗 The Tale of Peter Rabbit』(1902)을 비롯해 동물들이 주인공으로 나오는 동화에 흠뻑 빠져들었다. 때로는 자신들이 상상한 동물 이야기를 직접 글로 쓰기도 했다. 루이스는 아버지에게 물려받은 장애로 엄지손가락의 마디가 하나뿐이

1905-1930년 사이에 루이스 가족이 살았던 리틀 레아

었다. 손으로 무엇을 만드는 것은 거의 불가능했고, 오직 글을 쓰는 것만이 가능했다. 그러나 아홉 살 때 밀턴의 『실낙원*Paradise Lost*』을 읽었을 정도로 조숙했다.

루이스의 학창 시절은 힘겨웠다

루이스가 열 살이 되기 석 달 전인 1908년 팔월, 어머니가 암으로 세상을 떠났다. 『예기치 못한 기쁨』에서 루이스는 어머니가 죽었을 때 "모든 기존의 행복이, 자신에게 평온함을 주며 신뢰할 수 있었던 모든 것이" 그의 삶에서 사라져버렸다고 썼다. 그만큼 정신적인 충격이 컸다. 이는 그가 몇 주 후 처음으로 기숙학교에 가려고 집을 떠나면서 더욱더 심해졌다. 줄곧 가정 교사에게 교육받았던 루이스는 런던 교외에 있는 왓포드(Watford)의 윈야드 학교(Wynyard School)에서 공부를 시작했다. 형 워렌은 1905년에, 루이스는 그 삼 년 후에 입학했다. 학생들을 마구 대하고 체벌을 일삼았던 학교는 얼마 후 학생 수가 감소하여 문을 닫는다. 『예기치 못한 기쁨』에서 윈야드 학교는 '벨슨'(Belsen, 나치의 강제수용소)이라는 이름으로 등장한다. 이 시절 그는 "우정"을 행복의 가장 큰 원천이라고 생각했다. 그러나 단순히 사람들과 안면을 트거나 일반적으로 행해지는 사교 행위에는 무관심했다. 진정한 친구가 될 수 없다는 걸 뻔히 아는 사람들과 친분을 맺고 싶어 하는 마음도 이해하지 못했다. 그래서 루이스는 "대규모 집회나 명분에도 무관심하게 되었다."라고 『예기치 못한 기쁨』에 썼다.

그 뒤 1910년 루이스는 북아일랜드로 돌아와 집에서 일 마일 정도 떨어진 캠벨 칼리지(Cambell College)에 입학했으나 호흡기 질환 때문에 몇 달 뒤 학교를 그만두었다. 그러고 나서 1911년에 잉글랜드의 웨스트 미들랜드(West Midland)에 있는 몰번의 셔버그 하우스(Cherbours House in Malvern) 학교에 들어간다. 여기서 그는 교사들의 영향으로 북유럽의 신화와 초자연적인 마술에 관심을 두게 된다. 그러면서 기독교만이 옳고 다른 종교는 거짓이라는 주장을 받아들일 수 없다면서 무신론자가 되었다. 훗날 루이스는

『예기치 못한 기쁨』에서 종교를 '완전한 거짓'이라고 할 수는 없어도 '자연스럽게 생겨난 현상'에 불과하며 "인간이 유혹되기 쉬운 고질병 같은 헛소리에 불과하다고 생각해 기독교를 버렸다."라고도 말했다.(Surprised 71)[*] 루크레티우스, H.G. 웰스, 로버트 볼 등의 책을 읽으며 지낸 그곳에서 루이스는 처음으로 이 년간의 행복한 학교생활을 즐겼다.

이어 1913년 초부터 부근의 몰번 칼리지(Malvern College)[**]에 다녔으나 치열한 경쟁과 체육을 강조하는 억압적인 분위기에 질려 반년 만에 그만둔다. 그곳은 상급생이 하급생을 노예처럼 부렸고, 무엇보다도 운동을 중시했으며, 단체의식과 표준화된 행동을 교육의 목표로 삼았기에 루이스는 도무지 적응하기가 어려웠다. 나날이 심신이 피로해진 그는 결국 학교를 증오하게 된다. 루이스보다 먼저 그곳에 다녔던 형은 뒤에 루이스의 묘사가 실제와 다르다고 하면서도, 루이스가 기숙학교에는 가지 말았어야 했다고 회상했다. 기숙학교의 경험은 루이스에게 권력욕이야말로 여러 인간의 본능 중 악을 유발하는 가장 큰 요인이라는 인식을 심어주었다. 나아가 그의 삶이나 작품세계의 기본이 되었다. 그가 증오한 권력욕은 타인 위에 군림하고자 하는 내면의 교만일 뿐만 아니라, 외면의 악으로 타인에게 자신의 안전을 보장받기 위해 아부하는 모습으로도 나타난다. 루이스는 뒤에 「홀데인 교수에게 보내는 답글」에서

---

[*] 루이스가 종교를 버린 이유로 어머니의 죽음을 드는 견해(송태현, 49)가 있으나 의문이다.
[**] 『예기치 못한 기쁨』에서는 와이번이라고 한다.

가장 세속적인 집단은 남학생들의 집단이라고 했다. 그러고는 강자들의 잔인함과 오만, 약자들의 사대주의와 상호배신, 그리고 양쪽 모두의 끝없는 속물근성을 그 요인으로 보았다. 하지만 이런 속성은 영국 사립 기숙학교만의 현상이 아니라, 세계 모든 나라의 학교나 사회에서 볼 수 있는 집단 혹은 조직의 특성이다.

루이스는 열여섯 살부터 열여덟 살까지 잉글랜드 남부의 시골인 서리에서 아버지의 옛 스승인 윌리엄 커크패트릭(William Kirkpatrick)의 지도로 대학입시를 준비한다. 논쟁할 때마다 상대를 꼼짝 못 하게 격파하여 소위 '격파왕'(Great Knock)이라는 별명도 얻었다. 경쟁과 집단 체육에서 벗어나 행복했던 그곳에서 루이스는 호메로스의 『일리아스』 같은 고전을 고대 그리스어로 읽었다. 라틴어, 독일어, 이탈리아어도 배웠다. 그리고 조지 맥도날드, 윌리엄 모리스(William Morris), 존 러스킨(John Ruskin) 같은 19세기 작가들의 작품을 읽었다. 특히 모리스를 가장 위대한 작가라고 생각했다. 시인으로서는 예이츠를 중시했다.

그 뒤 스칸디나비아 고전 문학의 시와 전설에 크게 감명받았다. 루이스에게 자연의 아름다움이란 곧 북쪽 이야기였고, 북쪽 이야기는 곧 자연의 아름다움이었다. 그래서 북유럽 신화나 자연 세상에 대한 새로운 관심을 서사시나 오페라 같은 형식으로 쓰기 시작했다. 루이스는 커크패트릭에게 배우면서 그리스 문학과 신화에 깊은 관심을 가지게 되었고, 논쟁과 추론 능력도 겸비하게 되었다.

톨킨의 대학 시절

1911년 시월, 톨킨은 옥스퍼드 대학교 엑서터 칼리지(Exeter College)*에 입학했다. 그곳은 우중충한 산업도시 버밍엄과 달라서 톨킨의 마음에 들었다. 하지만 학생들 대부분이 부유한 상류층 출신이어서 톨킨은 소외감을 많이 느꼈다. 하인을 데리고 호화롭게 생활하는 그들과 달리 톨킨은 가난하게 지냈다. 고급 사립학교 출신 학생들이 즐기는 보트 경기 같은 활동에는 참여하지 않았다. 그러나 학문적인 토론회에는 적극적으로 참가했는데, 그가 평생 즐기게 되는 파이프 담배도 이때 시작했다.

톨킨은 처음에는 고전을 공부했지만 1913년에는 영어와 문학으로 전공을 변경하였고, 그 무렵 윌리엄 모리스에 심취했다. 모리스도 1853년부터 1856년까지 엑서터 칼리지에 다녔다(이 사실을 톨킨도 알고 있었다). 그는 특히 모리스의 작품 중에서 1천 쪽이 넘는 영웅 소설인 『세상 끝의 우물*The Well at the World's End*』의 영향을 받았다. 1913년 톨킨은 상금으로 받은 돈으로 모리스의 『울핑 가문*A Tale of the House of Wolfing, and All the Kindreds of the Mark Written in Prose and in Verse*』(1889)을 샀다. 톨킨은 모리스가 작품

---

* 옥스퍼드 대학교에는 30개의 칼리지가 있지만 그 칼리지는 우리가 말하는 전공학과 중심의 단과대학이 아니라 기숙사를 기본으로 한 독립대학으로 여러 전공학과에 속한 교수와 학생들이 있다. 각 칼리지에는 기숙사 외에도 정원, 체육관, 식당, 술집, 예배당, 음악연습실, 공연장, 도서관, 운동장도 있고, 학생 주도 합창단, 음악, 연극 및 스포츠팀을 포함하여 다양한 학생 그룹, 클럽 및 동아리가 활동한다.

윌리엄 모리스

에서 다룬 주제만이 아니라 산문과 운문이 결합된 문체에서도 큰 영향을 받았다. 모리스가 톨킨을 작가의 길로 안내한 셈이다.

『울핑 가문』은 게르만 고딕 부족의 삶을 낭만적으로 재구성한 것으로 고풍스러운 문체의 산문과 많은 시를 포함하고 있다. 모리스는 그들을 로마제국의 공격으로부터 가족과 자유를 지키기 위해 영웅적인 행동을 취하는 단순하고 열심히 일하는 사람들로 묘사했다. 그들이 사는 머크우드(Mirkwood)라는 숲은 뒤에 『반지의 제왕』에서 '어둠숲'으로 등장한다. 그들은 마크(Mark)라는 지역에 살면서 말을 제물로 바쳐 그들의 신인 오딘(Odin)과 티르(Tyr)를 숭배하고, 심령술사이기도 한 예언자에게 의존한다. 그들은 적에 맞서 자신들을 이끌어줄 리더를 울핑 가문과 락싱 가문에서 각각 한 명씩 선발한다. 울핑의 지도자 티오돌프(Thiodolf)는 신비롭고 신성한 전생을 지닌 인물이다. 그는 웅장한 드워프가 만든 미스릴 (작은 금속 고리가 패턴으로 연결되어 그물망을 형성하는 구조로 이루어진 일종의 갑옷) 때문에 줄곧 능력을 위협당한다. 하지만, 신들의 가족인 연인 우드 선(Wood Sun)과 그 딸인 홀 선(Hall Sun)의 지원을 받는다. 이야기의 주제와 함께 여러 명칭도 『반지의 제왕』에 영향을 주었다. 톨킨은 모리스를 모방하는 습작을 썼다.

톨킨, 제1차 세계대전에 참전하다

1914년 팔월, 영국은 제1차 세계대전에 참전했다. 톨킨은 주위의 비난에도 불구하고 일 년 뒤 졸업할 때까지 입대를 연기하고 1915년에 최고 우등으로 졸업하였다. 그리고 1915년 칠월에 입대하여 십일 개월간 훈련을 받고 1916년 유월에 프랑스에 투입되었다. 그 석 달 전에 이디스와 결혼한 톨킨은 훈련 중 아내에게 보낸 편지에서 "상급자 사이에 신사는 드물고, 심지어 인간도 드물다." 라고 썼다. 한국이라면 사전 검열 때문에 그런 편지를 보낼 수 없었을 것이다. 뒤에 그는 "하급 장교들이 일 분에 열두 명씩 살해당했다. 그때 아내와 헤어지는 것은…… 마치 죽음과 같았다."라고 썼다.(Garth 138)

톨킨은 프랑스에서 자신이 속한 부대가 소환되기를 기다렸다. 그는 지루한 시간을 보내기 위해 칼레로 넘어왔는데, 그때의 감정

솜 전투 중 영국군 진영

에서 영감을 얻어 「외로운 섬」이라는 시를 지었다. 한편으로는 영
국군의 우편 검열을 피하려고 자기만의 점자 코드를 만들기도 했
다. 1916년 유월 말, 톨킨은 아미앵 근처에서 랭커셔의 광산, 제분
및 직조 마을에서 입대한 사병들을 지휘하게 되었다. 톨킨은 노동
계급 사람들에게 호감을 느꼈지만, 군법상 다른 계급 간의 우정은
금지되었기에 친하게 지내지는 못했다. 대신 그들을 책임지고, 징
계하고, 훈련하고, 그들의 편지를 검열했다. 동시에 조국에 대한
그들의 사랑과 충성심을 고취해야 했다. 뒤에 그는 "부적절한 직
업이란······ 다른 사람을 지배하는 것이다. 백만 명 중 한 명도 이
에 적합하지 않으며, 기회를 찾는 모든 사람 중 가장 적다."라고

개탄했다.(Garth 149)

1916년 7월 톨킨은 1차 세계대전에서 가장 참혹하다고도 알려진 '솜 전투'(Battle of the Somme)에 참가했다. 톨킨이 솜 전투에 참전한 기간은 이디스에게 가공할 스트레스였다. 1916년 시월 말 톨킨은 참호열에 걸려 십일월 초 영국으로 후송되었다. 톨킨이 후송된 후 톨킨과 친한 친구들의 대부분이 전사했고 부대는 거의 전멸했다. 병을 회복하면서 그는 북유럽의 신화와 민간전승에 기반한 우화를 쓰고자 계획을 세운다. 1919년 7월 톨킨은 장애연금을 받고 현역 복무를 중단하고 이듬해 십일월 제대했다.

루이스의 대학 시절과 제1차 세계대전

루이스는 1916년 옥스퍼드 대학교에서 가장 오래된 칼리지인 유니버시티 칼리지(University College)에서 공부했다. 퍼시 비시 셸리나 스티븐 호킹이 공부한 곳으로 유명한 그곳은 1249년에 세워졌다. 셸리는 1811년 『무신론의 필연성』이라는 제목의 팸플릿을 익명으로 발표한 탓에 6개월 만에 쫓겨났으나 칼리지에는 그의 거창한 기념상이 있다.

제1차 세계대전이 터졌을 때 아일랜드 출신인 루이스는 군에 갈 의무가 없었지만 자원입대했다고 보는 견해(듀리에즈1 39)도 있다(납득하기는 어렵다). 루이스가 옥스퍼드에서 장교가 되기 위한 훈련을 받았을 때 같은 방을 썼던 패디 무어(Paddy Moore, 1898-1918)도 아일랜드 출신이었다. 그 무렵 루이스는 무어의 어머니인 제니 킹 무어(Janie King Moore, 1873-1951)를 만나게 된다. 그녀는 마흔다섯 살로 루이스의 어머니가 사망했을 당시의 나이와 비슷했다. 1917년 유월이었다. 당시 루이스는 패디가 전장에서 죽게 되면 전쟁이 끝난 후 그의 어머니와 누이를 돌보아주겠다고 약속한 터였다. 따라서 전후에 그들과 동거했다는 이야기가 있지만, 최근에는 루이스가 무어 부인을 사랑해서 동거했다고 보는 것이 일반적이다.

1917년 십일월, 루이스는 열아홉 번째 생일날 프랑스의 솜 계곡 최전선에 도착하여 참호전을 겪었다. 다음 해 사월에 부상으로 군인병원에서 삼 주간을 보내면서 그는 G.K. 체스터턴을 읽고 좋아했다. 아일랜드의 고향을 그리워하며 우울증을 겪던 그는 시월에 복귀하여 영국 앤도버로 발령을 받고 1919년 일월에 제대했다.

그는 『예기치 못한 기쁨』에서 군대가 혐오스럽기는 했지만 극도로 싫어하지는 않았다고 썼다. 누구도 군대를 좋아하리라고 생각해본 적 없고, 좋아하라고 강요한 사람도 없으며, 심지어 군대를 좋아하는 척이라도 하는 사람 하나 없기 때문이라고 했다. 반면 학교는 누구나 좋아하리라고 기대하지만 실제로는 완전히 기대에 반하는 경험을 하게 된다는 말도 했다. 학교에서는 서로에 대한 불신과 냉소주의를 불러일으키지만, 군대에서 경험하는 직접적인 시련은 동지애를 불러일으키며, 고난을 함께 겪는 사람들 사이에 사랑의 마음도 형성한다고 했다. 루이스는 죽기 한 해 전인 1962년에 친구에게 보낸 편지에서 기숙학교 경험이 프랑스 참호에서 보낸 시간보다 훨씬 불쾌했다고 썼다. 사실 그는 『예기치 않은 기쁨』에서 학창 시절에 대해서는 상세하게 참상을 기록하면서도 전쟁의 참상에 대해서는 거의 언급하지 않았다. 이는 제1차 세계대전에 참전했던 작가들*이 전쟁의 비참함을 다룬 작품을 많이 쓴 것과 비교할 때 매우 이례적이다.

군대에서 루이스는 보통 사람들에 대해 알게 되었고, 그들에게 연민과 존경심을 품게 되었다. 이러한 변화는 톨킨이 일반 사병에 대해 느낀 감정과 같은 것이다. 루이스는 전쟁 경험이 그의 삶에 끼친 영향에 대해서는 별로 언급하지 않았지만 1939년 친구에게 보낸 편지에서 "지난 전쟁 때의 기억들이 오랫동안 꿈속에 나타나 괴롭히곤 했다."라고 썼을 만큼 평생 영향을 받았다. 군대는 그에게 의외의 변화를 가져오기도 했다.

루이스는 패디와의 약속을 지키기 위하여 그녀를 양어머니로 삼아 죽을 때까지 거처할 집을 마련해주었다. 한때는 그녀에게 로맨틱한 감정을 품기도 했다. 패디의 어머니는 자기주장이 강하고 요구하는 것이 많았으며, 남을 지배하려고 하였고, 교육도 별로 받지 못한 사람이었다. 또한 기독교인도 아니었다. 그녀는 뒤에 루이

---

* 가령 에리히 레마르크의 『서부전선 이상없다Im Westen nichts Neues』, 어니스트 헤밍웨이의 『무기여 잘 있거라A Farewell to Arms』(1929), 마르탱 뒤 가르의 『티보가의 사람들Les Thibaults』, 보리스 파스테르나크의 『닥터 지바고Доктор Живаго』

스가 기독교인이 되자 자신이 소외되었다고 느끼며 신앙생활에 거리를 두었다. 그러나 무어 부인과 같이 살면서 루이스는 타고난 고독감에 빠져 자신을 소외시키는 데서 어느 정도 벗어날 수 있었고, 학문의 상아탑 밖에 있는 사람들과 그들의 삶에 대하여 배울 수 있었다. 이런 경험은 훗날 그가 어린이와 어른을 위한 여러 작품을 쓸 때 큰 도움이 되었다.

루이스는 1916년 옥스퍼드의 유니버시티 칼리지에서 공부를 시작한 이래 옥스퍼드에서 삼십오 년을 살았다. 같은 해 낸 첫 책인 시집 『구속된 영혼Spirits in Bondage』에서 그는 옥스퍼드를 "추악한 물질적 이익이나 매서운 늑대 같은 권력/ 제국의 배부른 잔치를 위해 세워지지 않은 곳"이자 "오래된 개울들이 유유히 흐르는 깨끗하고 상쾌한 도시/ 비전의 장소이자 사슬이 느슨해지는 곳/ 선택받은 자들의 피난처, 꿈의 탑"*이라고 예찬했다. 무소유와 무권력의 상징으로 본 것이다. 그러나 동시에 그곳은 엘리트들의 구역이기도 했다. 이런 옥스퍼드가 과연 무소유와 무권력의 상징일 수 있는지 의문이다.

스물한 살에 대학 생활을 다시 시작하면서 루이스는 옥스퍼드에서 평생 고전어 및 고전 문학을 연구하는 고전학(literae Humaniores) 학자로 살겠다고 결심한다. 고전학은 고대 그리스어와 라틴어 습득을 전제로 고대 그리스와 고대 로마 문헌을 직접 연

---

* C. S. Lewis, *Spirit in Bondage*, Heinemann, 1919, p. 82-83.

구하고, 고대 그리스 및 로마의 역사와 함께 철학, 고고학, 언어학 등에 초점을 맞춘 학부 사 년 과정이다. 여기서는 주로 고전 문장을 영어로 번역하고 논평하는 일 대 일 지도와 강의가 이루어진다. 루이스는 1921년 논문 부분의 총장상을 비롯하여 헬라어와 라틴어 부문, 그리고 고전철학, 영어와 영문학 부문에서도 상을 받았을 정도로 성적이 우수했다. 1922년에는 고전학 학부 과정을 일등으로 졸업하고, 1923년에는 영문과를 일 등으로 졸업했다. 이어 1924년부터 일 년 동안 강사로서 철학을 강의한 뒤 옥스퍼드의 모들린 칼리지(Magdalen College)*의 펠로가 되어 거기에서 삼십여 년을 봉직했다.

제1차 세계대전이 끝난 1919년 전후로 아일랜드 독립문제는 더욱 심각해졌다. 가족이 벨파스트에 그대로 살고 있었던 루이스에게 아일랜드 문제는 남의 일이 아니었다. 그러나 당시의 일기나 글들을 보면 아일랜드 독립문제를 별로 심각하게 인식하고 있지는 않았던 것 같다. 당시 그의 관심은 어린 시절 추억이 담긴 아일랜드가 아니라 옥스퍼드에 쏠려 있었다. 하지만 루이스가 열일곱 살이었던 1916년에 작업하여 1925년에 완성해 1926년에 출판한 두 번째 시집 『다이머』를 보면 그가 아일랜드 독립문제를 아예 간과한 것은 아님을 알 수 있다.

---

* 이를 마그달렌(화이트 185)으로 읽어서는 안 된다.

『다이머』

톨킨과 루이스의 젊은 시절을 보여주는 작품인 『다이머Dymer』
는 루이스의 시 중에서 최고 걸작으로 평가받는다. 그러나 영미에
서는 무시되는 경향이 있고, 한국어로도 번역되어 있지 않다. 루이
스는 1950년, 이 시집에 새로운 서문을 붙이면서 자신이 시를 쓰
던 당시 1910-1920년대 일어난 러시아혁명, 아일랜드의 부활절
봉기를 비롯한 아일랜드의 분열 사태에 불안감을 느끼는 가운데
『다이머』를 썼다고 말했다.

2,065행으로 이루어진 이 장편 서사시는 조롱조로 '완벽한 도
시'라고 불리는 전체주의 국가에서 태어난 주인공 다이머가 자신
이 낳은 괴물의 손에 죽게 되는 모험을 노래한다. 오프닝에서 다이
머는 국가의 통제하에 열아홉 살까지 배급식량과 과학식품을 먹고
성장한다고 나오는데, 루이스는 그 관리도시의 모델이 플라톤의
『국가』에 나오는 도시이고 거기에 자신이 다닌 학교*와 군대에 대
한 반감을 집어넣었다고 말했다. 그러면서 자신이 "기질적으로 극
단적 아나키스트"라고 고백했다.(듀리에즈2 130)

다이머는 봄의 영향과 노래하는 새의 모습을 보고 강의실에서
일어나 나이 많은 강사를 살해한 후 떠난다. 그의 행동에 놀란 사

---

* 듀리에즈2, 130쪽에서는 이를 '공립학교'라고 번역하지만 영국에서 public school은 사립기
숙학교를 말한다. 로비트 밸라르드, 박상은 옮김, 『C. S. 루이스와 함께한 하루』 47쪽에서도 마
찬가지다.

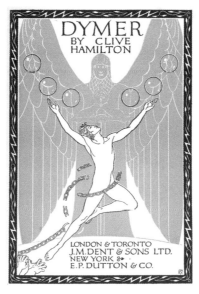

클리브 해밀턴이라는 이름으로 출판한 『다이머』의 초판 표지

람들을 뒤로하고 다이머는 환상에 불과하다고 생각한 기존의 현실에서 벗어나 도시 밖에서 방황한다. 그러던 중 문명을 등지듯 옷을 벗어 버리고는 숲속을 헤매다가 음식이 준비된 텅 빈 마법의 성을 발견한다. 그는 거기서 더 좋은 옷을 입고서 연회 테이블에 앉아 혼자만의 잔치를 벌인 후, 성의 어둠 속에서 자신에게 다가오는 보이지 않는 여인과 함께 잠을 잔다. 잠에서 깨어난 다이머는 궁전 밖으로 나와 숲속을 행복하게 돌아다닌다. 연인을 찾아 궁전으로 돌아온 그는 모든 출입문이 가공할 늙은 여자 괴물에 의해 닫힌 것을 발견한다. "당신의 법에서 단 한 번, 일 인치만 양보해달라."고 그녀에게 간청한다. 그 뒤 다이머는 싸우려는 의도를 품은 채 여성

에게 접근한다. 이때 무슨 일이 일어났는지는 불확실하다. 다이머는 부상을 입은 채 궁전에서 나와 숲속으로 절뚝거리며 들어간다.

그날 밤 숲속에는 비가 내리기 시작한다. 다이머는 어둠 속에서는 볼 수 없는 또 다른 사람인 상처 입은 남자를 만난다. 이 남자도 '완벽한 도시' 출신으로 다이머에게 자신이 없는 동안 일어난 일, 특히 브란(Bran)이라는 혁명가가 다이머의 행동과 이름을 사용하여 시민들에게 폭력적인 시위를 선동한 후 도시를 약탈하고 파괴했다고 말한다. 그래서 도시가 환란에 빠졌다는 것이다. 그 이야기에 다이머는 경악하고 남자의 상처가 조금이나마 아물 때까지 밤을 지킨 후 다시 광야로 출발한다.

다이머는 광야에서 이상한 액체를 사용하여 자신을 꿈 상태로 밀어 넣는 또 다른 사람을 만난다. 그 남자는 자신의 고뇌에 대한 답이 꿈의 세계에 있다고 다이머를 설득한다. 결국 다이머는 액체 한 컵을 삼킨다. 환각 속에서 다이머는 저택에서 전 애인을 만나지만 그녀가 괴물이라는 것을 깨닫는다. 이것을 진실로 받아들이는 대신 다이머는 악마들이 일어나 자신을 공격하자 현장을 떠난다. 잠에서 깨어난 다이머는 꿈꾸는 남자의 위협을 받고 다시 황야로 떠난다. 나중에 묘지에 도착하여 그에게 가공할 괴물이 숨어 있다는 사실을 알려주는 천사를 만난다. 괴물은 신적인 존재와 필멸의 존재 사이의 결합으로 잉태되었다. 그 짐승이 자기 아들임을 깨달은 다이머는 전투에서 아들과 맞서야 한다고 말한다. 수호자의 갑옷을 입고 괴물과 싸울 준비를 하고, 결국 자신이 죽고 짐승은 신이 된다. 이렇게 다이머는 자신이 낳은 괴물의 손에 죽고 파멸과 맞닥뜨린 뒤 정화되어 다시 일어난다.

그 시는 비평가들에게는 호평을 받았지만 대중은 별로 좋아하지 않았다. 그러다가 루이스가 유명해진 뒤에야 『다이머』도 재조명된다. 루이스는 그 시를 쓰면서 유물론과 무신론에 회의를 느끼고 유신론과 관념적 이상주의로 서서히 돌아선다.

제2장

우성의 본질은 자유다

톨킨의 초기 교수 생활

톨킨은 제1차 세계대전 후 개인 교습을 하다가 1921년 리즈 대학교에서 영문학 강사로, 1924년부터는 교수로 일한다. 1925년 시월에 옥스퍼드의 교수가 된 톨킨은 1959년 퇴직하기까지 삼십사 년간 그곳에 재직했다. 한편 루이스는 1924년 유니버시티 칼리지에서 일 년간 철학을 가르치다가 1925년 오월 모들린 칼리지 펠로로서 1954년 케임브리지로 전직하기까지 이십구 년간 재직하고, 1963년 죽기까지 구 년간 케임브리지대학교에 재직했다. 이처럼 두 사람 모두 학사 자격만으로 교수가 되어 일한 것을 보면 석사에 박사까지 요구하는 우리와는 사정이 많이 다른 것 같다. 두 사람이 특출해서 그런 것이 아니라 당시 영국에서는 그런 사례가 많았다.

군대에서 제대한 후 톨킨은 잠시 옥스퍼드에서『옥스퍼드 영어사전』편찬에 관여하다가 1920년에 리즈 대학교에서 영어 언어학

조교로 강의했고, 1924년에 리즈 대학교의 정교수가 되었다. 리즈는 지금 영국에서 가장 아름다운 도시로 꼽히지만, 당시에는 톨킨이 그렇게 싫어하던 버밍엄처럼 불쾌한 산업도시였다. 1924년 톨킨은 영국 대학에서는 보기 드물게 서른두 살의 나이로 정교수가 되었다.

이어 1925년에는 옥스퍼드 대학교 펨브로크 칼리지(Pembroke College)의 펠로(Fellow: 이를 특별연구원으로 번역하기도 하지만, 옥스브리지에서는 교수직의 하나이므로 펠로로 표기한다)이자 '롤린슨 보스워스 엥글로-색스어 교수'(Rawlinson and Bosworth Professor of Anglo-Saxon)로 취임했다. 후자는 1795년 리처드 롤린슨이 설립하고 1858년에 그 자리에 취임한 조지프 보스워스를 기념한 교수직으로 톨킨은 1945년까지 이십 년간 그 자리에 있었다. 그 뒤 그는 옥스퍼드 머튼 칼리지의 영어영문학 교수로 선출되었다.

영국 대학의 펠로란 일반적으로 대학 내에서 학업 또는 행정 업무를 수행해야 하는 대학의 교원(상급 교원을 시니어 펠로, 하급 교원을 주니어 펠로라고 부르기도 한다)으로 대학 기부금의 지원을 받거나 혜택을 누리는 직위를 말하고 대부분 교수직을 겸한다. 펠로의 주 임무는 자기가 속한 칼리지의 학생을 지도하는 것이다. 반면 교수는 칼리지에 관계없이 학과를 기반으로 가르치지만, 편의상 특정 칼리지에 속한다. 한국의 대학에는 그것에 상응하는 직위가 없다.

옥스퍼드와 케임브리지에서는 19세기 말까지 펠로가 성직자로 그 직에 있는 동안에는 결혼을 할 수 없었으나, 그 뒤로 비성직제를 도입하면서 기혼자를 위한 주택들이 대학 교외에 많이 들어섰다. 톨킨 가족도 북부에 소박한 집을 매입하여 이십여 년간 그곳에서 살았다.

톨킨의 초기 업적 중 하나는 1926년 『베오울프』 번역을 완성한 일이다. 당시 학계에서는 『베오울프』를 현실적인 부족 전쟁이 아니라 괴물과의 유치한 전투를 다룬다는 이유로 비난했으나, 톨킨은 『베오울프』의 저자가 특정 부족 정치에 국한하지 않고 일반적인 인간 운명을 다루고 있다면서 『베오울프』를 높이 평가했다. 톨킨은 『베오울프』를 완역한 데 이어 『역주 베오울프』 『베오울프: 괴물과 비판자들』 『베오울프와 비판자들』 『베오울프의 번역에 관하여』 등의 책도 썼다.

루이스의 초기 교수 시절

루이스는 1924년 시월부터 유니버시티 칼리지에서 '가치 기준 가운데 선(善)이 차지하는 지위'라는 주제로 학부생에게 강의하면서 개별 지도도 겸했다. 그러나 그의 신분은 한 학기 강사였다. 이어 1925년 팔월 모들린 칼리지의 영문학 펠로로 칼리지 학생들에 대한 개별 지도와 함께 옥스퍼드 영문학부 학생 대상으로 강의하면서 학업을 지도했다. 5년 계약직으로 시작하지만 계약 갱신이 가능하므로 사실상 정년이 보장되는 교수직이었다.

옥스브리지 전체에서 가장 부유한 칼리지에 속한 모들린 칼리지의 펠로 취임식은 거창했다. 펠로 전체가 바라보는 가운데 루이스는 학장 앞에 무릎을 꿇고 장문의 라틴어 낭송을 들어야 했다. 거기서 그는 침실 하나와 거실 두 개로 이루어진 공간을 배당받았다. 그곳 펠로들은 원칙적으로 점심과 저녁 식사를 함께해야 하고, 루이스 같은 독신자들은 아침 식사까지 함께해야 했다. 그만큼 옥스퍼드 내의 다른 칼리지보다 공동체성이 강조되었다. 식사 시에는 가운을 입어야 했다. 교수 휴게실에서는 집사가 시가와 술을 팔았다. 펠로들은 동료와 학생들에게 대접하기 위한 시가와 술을 자기 숙소에도 두었다. 루이스도 주중에는 칼리지에서 생활하고 주말에는 버스를 타고 집으로 갔다.

루이스의 초기 교수 시절, 그의 아버지가 1929년에 사망했다. 앞에서 보았듯이 그가 사랑한 어머니가 일찍 세상을 뜬(1908년) 일은 루이스의 삶에 중요한 전기가 되었다. 그러나 경멸의 대상이었던 아버지가 암으로 죽어갈 때는 임종조차 하지 않았다. 사람들은 루이스의 불효를 비난했고, 루이스 자신도 오랫동안 죄책감을 느꼈다. 이 일은 훗날 그가 기독교로 회심하는 계기 중 하나가 되었다.

톨킨과 루이스, 처음으로 만나다

톨킨과 루이스는 어려서부터 자신들이 시대와 불화할 수밖에 없다는 사실을 잘 알고 있었다. 그들에게 당대는 너무나 괴롭고 어두웠다. 이처럼 어두운 시대에 태어나 지독하게 외로웠기에 두 사람이 참된 우정을 쌓아갈 수 있었던 게 아닐까? 함께 둘러앉았던 연구실이나 거실, 서재나 술집, 또는 함께 걷는 오솔길 등은 오로지 그들만의 세상이었다. 그곳에서 두 사람은 세상이 인정하지 않는 환상 소설을 낭독하고 함께 상상의 세계를 탐험했다. 그곳은 바로 그들이 만들어낸 '우정 공화국'이었다.

톨킨과 루이스는 1926년 오월 십일 일, 옥스퍼드 대학교 영문학과의 학과 회의에서 처음 만났다. 앞서 보았듯이 톨킨은 1892년생이고 루이스는 1898년생이니 톨킨이 육 년 연상이다. 처음 만났을 때 톨킨이 서른네 살, 루이스는 스물여덟 살이었다. 톨킨은 세 개의 교수직 중 하나를 일 년 전부터 맡아왔고, 루이스도 같은 해 모들린 칼리지의 영어영문학 개별 지도 교수를 맡게 된 터였다. 루이스는 처음 본 톨킨을 "키가 작고 사근사근하고 창백하고 언변이 좋다."라고 표현했다. 옥스퍼드 대학교는 서른아홉 개의 칼리지로 구성되는데 칼리지는 기숙사를 기반으로 한 독립 칼리지이고(따라서 여러 칼리지에 루이스 같은 영어영문학 교수가 있다), 이와 별도로 옥스퍼드의 학과들이 있고 톨킨처럼 거기에 속하는 교수들도 있다. 옥스퍼드 전체의 영문학과 회의에는 칼리지 교수들도 참석한다.

두 사람이 1926년 이후 자주 만난 곳은 루이스가 속한 모들린 칼리지의 우중충하고 초라한 연구실이었다. 우리가 흔히 보는 한국 대학의 현대적인 콘크리트 연구실에 있는 냉장고나 에어컨이나

오디오 심지어 텔레비전 같은 것들은 지금 영국 대학의 교수 연구실에서도 거의 볼 수 없다. 1920년대 영국에서는 더 말할 것도 없다. 톨킨이나 루이스의 고색창연한 연구실에 있던 무거운 벨벳 커튼은 지금도 현대적인 블라인드 대신 영국 대학 창문에 드리워져 있다.

두 사람의 연구실에는 책상 위만이 아니라 방 전체에 책과 서류, 원고들이 여기저기 흩어져 있었다. 그들은 난로 옆에 앉아 밤늦도록 문학과 역사 그리고 자신들의 저술에 대해 논의하고 서로의 원고를 읽어주었다. 톨킨이 루이스에게 가장 먼저 보여준 것은 「베렌과 루시엔의 무용담」이었다. 루이스는 그 글을 읽은 저녁을 "몇 년만의 즐거움이자 호사이자 행복한 시간"이었다고 했다. 누구나 그렇듯이 두 사람은 서로의 비평에 민감했고, 루이스의 비평을 읽고서 톨킨은 원고를 새로 쓰다시피 고쳤다.

톨킨은 루이스를 만난 지 몇 달이 지난 1926년 가을, 루이스를 콜비타(Kolbitar: 석탄을 물어뜯는 사람들이라는 뜻의 아이슬란드어)라는 이름의 아이슬란드어 문헌 독서회에 가입시켰다. 한국에서라면 무슨 연구회나 학회라고 했을지 모르지만, 영국에서는 모임에 그런 우스꽝스러운 이름을 붙이는 경향이 있다. 톨킨과 달리 루이스는 아이슬란드어를 거의 몰랐지만 차츰 낭송에 익숙해졌다. 당시를 생각해 적은 듯한 문장을 읽어보자.

완벽한 우정 관계에서는 ……흔히 저마다 자신이 나머지 친구들에 비해 부족하다고 느낀다. 자기보다 훨씬 더 나은 사람들 사이에서 뭘 하고 있는지 하는 생각도 든다. 그런 사람들과 친구가 된 것을 행운으로 여긴다. 특히 모두가 같이 모여 서로에게 가장 좋고, 가장 지혜롭고, 가장 재미있는 면들을 이끌어가는 시간에 더욱 그렇다. 그런 시간은 정말 황금과 같다. 실내화를 신은 발은 난로를 향해 뻗고, 팔꿈치 옆에 술잔을 두고서 이야기하는 도중에, 전 세계와 세계 너머의 무엇인가가 우리들의 머릿속에 드러날 때, 서로에 대한 어떤 요구나 의무도 없이, 한 시간 선에 저음 만난 듯이 서로가 평등한 자유인이면서도, 동시에 오랜 세월 동안 익어온 사랑이 우리를 감싸는 그런 시간이다. 삶, 자연적 삶에서 더 이상 좋은 선물은 없다.(Four 68)

콜비타는 1930년대 초에 그 목적을 이루어 활동이 느슨해지면서 두 사람은 1933년부터 '잉클링스'(Inklings)라는 모임에 가입했다. 그것은 당시 학부생이었던 에드워드 탕예 린(Edward Tangye Lean:『아라비아의 로렌스』를 만든 영화감독 데이비드 린의 아우)이 만든 문학 클럽으로 교수들이 가입해 함께 활동했는데, 교수와 학생들의 모임이 엄격히 구분되는 한국 대학에서는 상상하기 어려운 일이다. 잉클링스에서 두 사람은 1949년까지 활동한다.

이처럼 두 사람은 1926년부터 1963년 루이스가 죽기까지 삼십칠 년간 친구로 지냈다. 육 년 차이면 우리에게는 한참 후배인데 친구로 지냈다. 서로의 작품이나 저술을 격려하고 서로의 인생관이나 세계관에도 영향을 주었다. 가령 무신론자였던 루이스를 기독교로 개종시킨 사람은 톨킨이었다. 물론 두 사람의 우정에도 기복은 있었다. 특히 나이가 들수록 서로 소원해졌다. 그러나 지금 우리가 보기에 그들은 다르다기보다 같은 점이 훨씬 더 많다.

두 사람은 평생 교수로 있으면서(톨킨은 삼십팔 년, 루이스는 삼십구 년) 1928년부터 환상 소설을 쓰기 시작한다. 『호빗』은 1930-1931년부터 쓰기 시작했는데, 루이스는 1932년에 그것을 읽는다. 톨킨은 1937년 『호빗』을 출판한 뒤 뒤이어 『반지의 제왕』을 쓰기 시작한다.

루이스도 소설을 쓰고 기독교에 관련된 강연을 한다. 두 사람 모두 교수로서 열심히 학생들을 가르치고 전공 분야에서도 탁월한 연구 업적을 남겼지만, 우리에게 그들은 소설이나 기독교 관련 저술로 더 유명하다. 한국에서는 보기 힘든 경우다. 문학 교수가 소설을 쓰는 경우는 가끔 볼 수 있지만 종교와 관련된 저술을 하는 사례는 거의 보기 어렵다. 게다가 순수문학이 아닌 대중적인 환상 소설을 쓰는 경우는 거의 없다. 이는 옥스퍼드는 물론이고 영국의 전체 대학에서도 보기 드문 일이었다. 그래서 당시 그들은 종종 비난받았고 멸시의 대상이 되기도 했다. 물론 두 사람 모두 처음에는 그런 사실을 비밀로 했다. 둘이 처음 만났을 때가 바로 각자 은밀한 작업을 막 시작했을 즈음이다. 아마도 이 비밀이 그들의 우정을 더욱 돈독하게 해주었을 것이다.

루이스와 바필드의 만남

톨킨과 루이스를 중심으로 한 우정공화국에는 다른 친구들도 있었다. 그중 한 사람인 오웬 바필드(Arthur Owen Barfield, 1898-1997)는 루이스가 톨킨을 만나기 전부터 친구였다. 바필드는 옥스퍼드 학부생으로 만난 이래 사십사 년간 루이스의 가장 가까운 친구로 대학 졸업 후 십 년 넘게 시인이자 작가로 활동하다가 1934년 이후 런던에서 변호사로 일했다. 『예기치 못한 기쁨』에서 루이스는 두 종류의 친구가 있다고 했다. 하나는 자신이 편안함을 느끼며 생각이 비슷한 사람이고, 다른 하나는 자신에게 다른 관점을 제시하는 친구다. 전자는 또 하나의 자아인 분신(alter ego)인 반면 후자는 반자아(anti-self)이다. 어린 시절부터 루이스의 절친한 친구인 아더 그리브스(Arthur Greeves)*가 전자이고, 루이스의 개종에 영향을 미친 바필드가 후자다. 바필드와 처음 만났을 때 루이스는 무신론자였다.

루이스와 바필드가 만난 1920년대 옥스퍼드에는 프로이트가 관심의 중심이었는데, 루이스도 그에게 심취하면서 해방감을 느꼈다. 그러나 바필드는 루이스와 생각이 달랐고, 두 사람 사이에는 종종 격렬한 논쟁이 벌어졌다. 이 논쟁은 바필드와 하우드

---

* 루이스와 그리브스는 동성애를 나누었다고 보는 견해가 있고, 그리브스는 그것을 인정했다는 주장도 있으나, 루이스 자신은 동성애를 죄라고 생각했다. 루이스가 죽을 때까지 두 사람은 지리적 거리, 지적 적성 차이, 기타 여러 가지 차이와 불일치에도 불구하고 우정을 유지했다.

(A.C. Harwood)가 1924년 오스트리아에서 온 루돌프 슈타이너 (Rudolf Joseph Lorenz Steiner, 1861~1925)의 강의에 참석한 후 인지학을 받아들이면서 시작되었다. 인지학(人智學, anthroposophie, anthroposophy)은 신지학(神智學, theosophy: 19세기에 헬레나 블라바츠키를 중심으로 설립된 신지학 협회에서 비롯된 밀교, 신비주의적인 사상 철학)과 기독교를 합성하여 지각적 체험과는 관계없는 사고를 배양함으로써, 인지적 상상, 영감적 고취, 직관의 능력들을 계발하는 것을 목표로 삼은 '영적 과학'이다. 주로 교육, 대체의학, 유기농법, 예술과 건축 등에 많은 영향을 주었다.

바필드는 그 뒤 평생에 걸쳐 슈타이너의 철학을 연구하고 그의 저술 중 일부를 번역했다. 심지어 자신의 초기 에세이 중 일부는 인지학을 주종으로 하는 출판사에서 냈다. 바필드와의 대화를 통해 루이스는 유물론적 현실주의(우리의 감각적 세계가 자명하며 존재하는 전부라는 생각)를 포기하고 그가 항상 초자연주의라고 경멸적으로 언급했던 것에 더 가까워졌다. 이러한 대화는 루이스가 『나니아 연대기』 시리즈를 집필하는 데 영향을 미쳤다. 바필드는 루이스의 친구이자 교사였을 뿐만 아니라 그의 법률 고문이자 수탁자였다.

1936년 루이스는 바필드에게 자신의 첫 저서인 『사랑의 알레고리』를 헌정했다. 그리고 책 수입으로 자선 단체인 아가페 재단을 설립해달라고 부탁했다. 루이스의 전 재산 중 약 90퍼센트가 이 재단에 쓰였다. 루이스는 그 책의 서문에서 바필드의 문학 이론과 실천을 전파하는 것 외에는 아무것도 요구하지 않았다고 밝히고 그 책을 자신의 "가장 현명하고 최고의 비공식 교사들"에게 헌정했다. 『인간 폐지 The Abolition of Man』(1943)의 세 번째 강의에서 루이스는 바필드의 멘토인 루돌프 슈타이너가 "관찰 대상의 특성을 생략하지 않는 구원받은 과학적 방법"으로 가는 길을 찾았을 수도 있다고 말했다. 루이스는 1949년에 낸 최초의 『나니아 연대기』인 『사자와 마녀와 옷장 The Lion, the Witch and the Wardrobe』(1950)을 바필드의 딸인 루시 바필드(Lucy Barfield)에게 헌성했다. 또한 1952년에는 바필드의 양자인 지오프리(Geoffrey)에게 『새벽 출정호의 항해 The Voyage of the Dawn Treader』를 헌정했다.

바필드는 톨킨에게도 영향을 미쳤다. 바필드는 『현상계의 구제 Saving the Appearances』(1957)에서 인간이 태고의 단일체를 상실했으나 지금도 그것이 지각과 언어에서 나타난다고 하고, 그것에 다가갈 수 있는 유일한 방법은 원초적 참여라는 감각을 통해서인데 이는 주로 꿈이나 시·신화를 통해 감지할 수 있다고 주장했다. 바필드에 의하면, 고대에는 인간의 사고 자체가 세계에 참여했기에 현실을 경험하는 방식이 언어에 온전히 반영되었으나 지금은 다르다. 이는 톨킨이 『반지의 제왕』에서 채택한 현실에 대한 성사적 관점, 예를 들어 엘프들과 톰 봄바딜(Tom Bombadil)의 관조적인 예술성과 자연스러운 일체감 그리고 호빗의 단순한 즐거움으로 나타났다. 또한 루이스의 과학소설 『그 가공할 힘』에도 동물의 의식이 원초적 참여의 작은 단서임이 나타난다.

바필드는 T.S. 엘리엇을 비롯하여 다른 많은 작가에게도 영향을 미쳤다. 윌리엄 골딩의 『상속자들 The Inheritors』이 좋은 예다. 골딩은 런던의 슈타이너 학교에서 아이들을 가르친 적이 있는데, 그 무렵 루이스와 바필드의 친구인 세실 하우드가 인지학에 가까워졌다. 루이스는 바필드와의 논쟁을 통해 기독교로 개종하였지만, 슈타이너의 인지학에는 반대했다.

옥스퍼드 재학 중 친구가 된 사람 중에는 네빌 코그힐(Nevill Henry Kendal Aylmer Coghill, 1899-1980)도 있었다. 코그힐은 루이스와 마찬가지로 아일랜드 출신(북아일랜드가 아닌 남부 아일랜드)으로 옥스퍼드에서 공부하면서 루이스와 친구가 되었고, 제1차 세계대전에 참전했으며, 1924년부터 1957년까지 펠로를 지냈다. 1927년에 결혼하여 딸을 두었으나 1933년에 이혼하고 동성 연인을 사귀었다. 코그힐의 친구인 H.V.D. 다이슨도 뒤에 잉클링스에 합류해 톨킨 등과 함께 루이스의 개종을 도왔으나 톨킨의 『반지의 제왕』에는 호감을 표하지 않았다.

루이스는 왜 개종(改宗)했을까

루이스의 개종 문제를 간단히 살펴보자. 그 시기에 대해 여러 가지 주장이 있지만, 여기서는 맥그리스의 주장에 따라 검토하겠다. 그에 의하면 루이스의 개종은 "기존의 무신론에서 1930년 여름, 신에 대한 확고한 지적 믿음으로 넘어갔다가 1932년 여름, 마침내 기독교에 대한 분명한 헌신으로 연결되는 느린 과정"(맥그리스 179)이었다. 이는 종래 루이스 자신이 『예기치 못한 기쁨』에서 1929년에 개종했다고 한 것과 다르다. 그러나 정확한 시기를 따지는 것은 중요한 의미를 갖지 않으므로 개종의 의의를 살펴보는 것으로 충분할 것이다.

루이스의 개종은 1920년대 영국의 개종 움직임과도 연관된다. 가령 루이스는 물론 돌킨도 좋아한 체스터턴은 1922년에, 그레이엄 그린(Henry Graham Greene, 1904-1991)은 1926년에, 에블린 워(Arthur Evelyn St. John Waugh, 1903-1966)는 1930년에 각각 가톨릭으로 개종했다. 한편 루이스와 톨킨이 함께 싫어한 T.S. 엘리엇은 1927년 성공회로 개종했다.

『제3의 사나이 *The Third Man*』(1949) 등으로 유명한 그린은 쫓기는 자의 불안과 공포를 묘사하여 악의 세계를 그림으로써 신의 사랑을 증명하는 작품을 썼다. 그는 버지니아 울프나 E.M. 포스터 같은 모더니스트들의 작품을 비판했다. 작중 인물들이 가벼운 세계에서 가볍게 방황할 뿐 아니라 그들의 글에 현실감이 없고 종교적 감각도 없다면서 말이다. 에블린 워도 같은 취지로 비판하면서 기독교 신앙에 입각한 문학을 주장했다. 루이스도 같은 주장을 했다. 그는 『예기치 않은 기쁨』에서 조지 버나드 쇼나 H.G. 웰스의 작품을 가볍고 단순하다고 보았다.(Surprised 249)

제1차 세계대전을 경험한 뒤 루이스는 중세의 『신곡』에서 다루어진 세계가 사라졌다고 생각했다. 중세는 현대가 상실한 통합된 우주와 세계질서에 대한 상상력 넘치는 시각을 제공했지만, 현대는 얄팍한 합리주의가 지배하는 시대일 뿐이라고 여겼다. 이런 식의 사고가 밑받침되어 기독교로의 개종이 이루어졌다고도 볼 수 있지만, 이와 반대로 세계대전의 경험은 독실한 신앙인을 허무주의자나 무신론자로 바꿀 수도 있다.

찰스 윌리엄스

바필드와 함께 우정공화국의 중요한 멤버인 찰스 윌리엄스 (Charles Walter Stansby Williams, 1886-1945)는 대학을 중퇴하고 1904년 감리교 출판사에서 포장 일을 하다가 1908년 옥스퍼드 대학교 출판부에서 교정 보조원을 거쳐 편집자가 되었다. 그의 편집 업적 중 하나는 쇠렌 키르케고르(Søren Kierkegaard)의 최초 영어 판 선집을 출판한 것이다. 삶의 경험을 중시하는 키르케고르에게 깊이 공감한 윌리엄스는 소설, 시, 문학 비평, 신학, 드라마, 역사, 전기 및 수많은 서평으로 더 유명하지만, 그의 작품들은 우리말로 번역되지 못했다. 그의 첫 소설인 『엑스터시의 그림자Shadows of Ecstasy』에는 아프리카에서 유럽 백인에 대항하는 대규모 봉기를 이끈 인물이 주인공으로 나온다. 이어 1930년에 낸 『천국의 전쟁』에서는 권력의 남용을 다루었다. 그리고 『다차원』은 솔로몬 왕의 돌을 사용해 자신들의 목적을 이루려는 자들을 폭로한 소설로 톨킨의 『반지의 제왕』을 연상하게 한다.

1933년 루이스가 낸 첫 소설 『순례자의 역정』은 윌리엄스의 영향을 받은 작품이었다. 윌리엄스는 1936년 루이스의 『사랑의 알레고리』를 읽고 루이스와 친구가 되었고, 제2차 세계대전이 터진 뒤 1939년 옥스퍼드 대학교 출판사가 런던에서 옥스퍼드로 이사하면서 그도 옥스퍼드에 와서 1945년 59세로 죽기까지 잉클링스에 참여했다. 멤버 대다수가 옥스퍼드 대학교 출신이었던 그 모임에서 윌리엄스는 특이한 사람이었다.

영국 국교도이면서도 마술과 오컬트에 젖은 윌리엄스는 상호 내재(Co-inherence: 공동내재라고도 번역한다)라는 개념을 발전시켰다. 사랑에 빠진다는 것은 그에게 사랑하는 사람을 신의 눈을 통해 보는 것처럼 보는 신비로운 상상의 한 형태였다. 상호 내재는 교부신학에서 예수 그리스도의 인성과 신성 사이의 관계, 그리고 복된 삼위일체의 위격들 사이의 관계를 설명하기 위해 사용된 용어다. 윌리엄스는 인간을 포함하는 신의 창조물의 개별적 부분 사이의 이상적인 관계를 포함하도록 용어를 확장했다. 즉 그리스도는 우리 안에 있고 우리는 그리스도 안에 있으며 상호 의존적이라는 것이다. 이는 또한 사회 구조와 자연 세계가 기능하는 사회적, 경제적, 생태학적 상호 관계의 그물이기도 하다. 그러나 특히 윌리엄스에게 상호 내재는 그리스도의 몸과 성도의 교통을 말하는 방식이었다. 그에게 구원은 고독한 일이 아니었다. "하느님의 사랑은 당신과 다른 모든 사람을 구원할 만큼 강하지만, 당신만을 구원할 만큼 강하지는 않다."라고 그는 말했다. 그러면서 윌리엄스는 대속과 교환을 실천하고, 신의 사랑 안에서 살며, 진실로 서로의 짐을 지고, 기꺼이 희생하고 용서하며, 서로를 위해 살고, 그리스도 안에서 서로를 위해 사는 공동 내재의 동지회를 제안했다. 상호 내재는 그가 쓴 모든 소설의 주제이기도 하다.

낭독과 비평 모임 '잉클링스'

『루이스와 톨킨의 판타지 문학 클럽』이라는 책이 있다.* 콜린 듀리에즈(Colin Duriez)가 쓴 *The Oxford Inklings*를 번역한 것인데, 잉클링스는 1929년 톨킨과 루이스가 친구들과 만나 격식에 얽매이지 않는 낭독과 토론을 시작한 모임이다. 따라서 우리말 번역 제목의 '판타지 문학 클럽'은 반드시 적절한 제목이라고 할 수 없다. 잉클링스의 본래 의미는 "모호하고 완성되지 않은 암시와 아이디어를 찾는 사람들"이다.

---

* 영국에는 문학인들이 그룹을 형성해 활동하는 전통이 있다. 가령 호반시인들(Lake Poets)이나 블룸즈버리 그룹(Bloomsbury Group) 등이다. 호반시인들은 19세기 초 영국의 컴벌랜드와 웨스트모어랜드(현재의 컴브리아) 호수 지역에 살았던 윌리엄 워즈워스(William Wordsworth), 새뮤얼 테일러 콜리지(Samuel Taylor Coleridge), 로버트 사우스이(Robert Southey)와 같은 시인들을 말한다. 워즈워스와 콜리지는 초기 낭만주의 운동을 주도했다. 블룸즈버리 그룹은 20세기 전반 런던과 케임브리지를 중심으로 하여 버지니아 울프, 존 메이너드 케인스, E.M. 포스터, 리튼 스트레이치 등으로 구성된 작가, 지식인, 철학자, 예술가의 집단이다.

독수리와 아이(The Eagle and Child) 술집의 내부 모습.
여기에 잉클링스에 관한 작은 전시공간이 있다.

　그 모임은 J.R.R. 톨킨, 변호사 오웬 바필드, 소설가 찰스 윌리엄스, 네빌 코그힐, 문학교수 H.V.D. 다이슨(Henry Victor Dyson Dyson, 1896-1975), 세실 하워드, 추리 소설가 도로시 세이어즈(Dorothy Leigh Sayers, 1893-1957)*, 의사 험프리 하버즈, 경찰서장 제임스 던더스그랜터, 성공회 신부 피터 바이드, 루이스의 형 워런 루이스, 루이스의 양아들 더글러스 그레셤, 톨킨의 아들 크리스토퍼 톨킨 등의 멤버로 구성되었다.

　그들은 주로 '독수리와 아이'(The Eagle and Child)라는 이름의

---

* 　세이어즈는 추리작가로 유명하다. 그녀가 1923년부터 쓴 피터 윔지 경(Lord Peter Wimsey 시리즈는 추리소설의 황금기(제1차 세계대전과 제2차 세계대전 사이의 기간)를 대표하는 걸작으로 애거사 크리스티와 견줄 만한 명성을 얻었고, 우리나라에도 다수 소개되었다.

술집에서 모였다. 1939년부터 1949년까지 매주 화요일 밤 이곳에서 잉클링스 모임이 열렸다. 잉클링스 멤버들은 이 술집을 '새와 아기'(the Bird and Baby)라고 불렀다. 17세기에 세워진 작고 좁은 이 선술집은 잉클링스 시절에는 옥스퍼드 대학교 소유였으나 2003년에 세인트 존스 칼리지에 매각되었다.

잉클링스 모임은 자유로웠다. 어떤 격식도 차리지 않았고 의제도 회의록도 없었다. 빠지지 않고 참석할 의무도 없고 불참하는 경우에도 미리 연락할 필요가 없었다. 목요일 밤 모들린 칼리지의 루이스 방에서 아홉 시가 지나 모이면 차를 끓이고 담뱃불을 붙인 뒤 루이스가 "자, 누가 읽어주실까요?"라고 소리치면 누군가가 원고를 큰 소리로 낭독하고, 낭독이 끝나면 모두가 날카로운 비평을 했다. 모임은 늦은 시간에 끝났다.

1930년대 어느 날, 시중에 읽을거리가 없다고 한탄하면서 루이스는 공간 여행에 대해서, 톨킨은 시간 여행에 대해서 각각 쓰기로 하고 「잃어버린 길」과 『침묵의 행성 밖에서』를 집필하기 시작한다. 그것은 뒤에 『반지의 제왕』과 《우주 3부작》으로 우정의 열매를 맺는다.

그러나 1939년에 찰스 윌리엄스가 잉클링스에 가입하면서 톨킨과 루이스의 우정에 금이 가기 시작했다. 윌리엄스는 톨킨의 『반지의 제왕』을 좋아했지만, 톨킨은 윌리엄스의 작품이나 그가 좋아하는 책들을 싫어했다. 이에 대해 카펜터는 루이스가 윌리엄스를 좋아한 점에 "확실히 톨킨은 은근한 질시를 느낀 듯싶다."라고 말했다.(카펜터 270) 루이스가 기독교 옹호자로 유명해진 점도 그 상황에 작용했을지 모른다. 가톨릭인 톨킨은 성공회를 싫어했기 때문이다. 그러나 톨킨은 루이스가 언젠가는 가톨릭으로 개종할 것으로 생각하고 그에게 끝없는 애정을 보였다.

제2차 세계대전과 전후의 명성

1939년 구월 제2차 세계대전이 터졌다. 그러나 톨킨과 루이스에게 큰 변화는 없었다. 톨킨은 공습에 대비해 이웃들과 차례로 돌아가며 망을 보았으나, 옥스퍼드에는 폭탄이 투하되지 않았다. 옥스퍼드 대학교에는 장교 양성을 위한 속성 과정이 설치되었고 톨킨과 루이스는 거기서 강의해야 했다. 1941년 톨킨은 다음과 같이 썼다.

이 나라의 모든 사람은, 우리가 적으로 삼고 있는 독일인들이 집단적으로 뭉쳤을 때 우리보다 더욱 큰 복종과 애국심의 미덕을 가진다는 것을 아직도 깨닫지 못한 것 같다. 나는 유럽에 크나큰 공헌을 한 숭고한 북구의 정신을 파괴하고 타락시키고 악용하고 영원한 저주를 내린 저 작달막한 독불장군 아돌프 히틀러에게 개인적인 원한을 느낀다. 내가 사랑한 그 숭고한 정신을, 그 진정한 의미를 보이려 지금껏 노력해왔는데 말이다.(카펜터 345)

전쟁 중에도 톨킨은 『반지의 제왕』을 계속 집필했다. 1945년 오월 팔 일, 제2차 세계대전이 끝났다. 일주일 뒤 '독수리와 아이'에서 전후 첫 잉클링스 모임이 열릴 예정이었다. 그러나 바로 그날 찰스 윌리엄스가 요양원에서 죽었다. 모두가 충격을 받았지만 루이스가 가장 심했다. 전쟁 동안 그는 루이스에게 톨킨보다도 중요한 친구였다.

그해 가을, 톨킨은 머튼 칼리지의 영문학 교수가 되었는데, 그 몇 달 뒤 같은 칼리지의 영문학 교수 자리가 나서 선거를 치렀을 때 후보자였던 루이스가 떨어졌다. 톨킨이 누구에게 투표했는지는 알려지지 않았지만, 그 일로 두 사람의 관계는 멀어졌다. 게다가 잉클링스에서 루이스가 『반지의 제왕』을 비판하면서 그들은 더욱 멀어졌다. 한편 톨킨은 루이스의 『나니아 연대기』를 싫어했고 그가 신학자로 변해가는 점도 못마땅해했다. 게다가 일곱 권에 이르는 『나니아 연대기』가 『반지의 제왕』 집필 기간의 반에 불과한 칠 년 만에 집필되어 출판되자 톨킨은 자괴감에 빠지기도 했다.

1947년 구월, 마흔아홉 살의 루이스가 〈타임〉 지의 표지 모델이 되었다. 전쟁 중의 BBC방송으로 그는 오 년 전인 1942년부터 이미 유명인의 반열에 올라선 터였다. 이에 따라 자연스레 그의 사생활도 알려졌다. 언론은 그를 '금욕주의자'로 묘사하는 등 이러쿵저러쿵 사생활을 왜곡하기에 바빴다. 비난도 많아졌다. 신학적으로 경솔한 이단이라느니, 대중에게 학자의 양심을 팔았다느니 하는 공격도 나왔다. 그 와중인 1951년 일월, 무어 부인이 사망했다.

루이스의 결혼, 그리고 사별

1952년 구월 루이스는 조이 데이빗먼(Joy Davidman)이라는 열일곱 살 연하의 여성을 처음 만난다. 젊은 시절 미국 공산당원으로 활동한 무신론자이자 마르크스주의자였던 조이는 미국의 소설가인 빌 그레셤(Bill Gresham)의 아내이자 두 아이의 어머니였다. 시인이었던 조이의 결혼 생활은 이미 파경을 걷고 있었고, 부부는 잠정 별거에 합의한 상태였다. 루이스와 조이의 만남은 1950년 조이가 루이스에게 편지를 쓰면서부터 시작되었다. 1946년경 조이는 그리스도인으로 회심했는데, 그때 루이스의 책이 영향을 미쳤다. 그녀의 편지는 명민함과 섬세함이 돋보이는 매우 지적인 것이어서, 루이스의 눈에 금방 들어왔다. 두 사람의 만남은 지적 교류의 차원이었다. 그러나 조이는 처음부터 루이스에게 이성으로서의 호감을 가졌다.

조이는 1952년 팔월 영국에 와서 루이스를 처음 만나고, 1953년 초 두 아들과 함께 미국에서 영국으로 이주한 뒤 이듬해 이혼한다. 그 무렵 조이와 루이스는 단순한 우정을 넘어 본격적인 애정의 만남을 시작한다. 그러다 영국 정부가 조이의 비자를 더 이상 연장해 주지 않아 오월 말 미국으로 돌아가게 되자 루이스는 그녀에게 영국 시민권을 얻게 해주기 위해 1956년 사월 결혼한다. 쉰 살이 넘도록 독신으로 살아온 루이스를 곁에서 지켜본 친구들 가운데는 톨킨처럼 반대하는 이들도 있었다. 톨킨은 그 결혼을 '아주 이상한 결혼'이라고 했다.

그러나 문제는 그것만이 아니었다. 맥그리스는 "데이빗먼은 본인과 두 아들의 미래를 보장받기 위해 나선 꽃뱀"이라고 했다.(맥그리스 425) 정말 그랬다면 1993년 영화 〈새도우랜드〉(Shadowlands)에 그려진 동화처럼 아름다운 로맨스는 거짓이 될 수도 있다. 그러나 설령 꽃뱀이었다고 해도 로맨스를 부정할 수는 없다. 쉰 살이 넘은 독신 남성이 열일곱 살 연하의 지적이고 아름다운 여성에게 얻을 수 있는 것은 많지 않았을까?

톨킨은 루이스를 1954년에 케임브리지의 중세 및 르네상스 문학 교수로 추천했고, 톨킨도 참석한 케임브리지의 선정위원회에서 루이스는 만장일치로 선출되었다. 이로써 두 사람의 우정이 여전하다는 것이 증명되었으나 안타깝게도 루이스가 케임브리지로 가면서 두 사람이 만나는 시간은 더욱 줄어들었다. 그때 이미 루이스와 조이는 연인 관계였는데, 1960년 그녀가 암으로 죽기 직전 병원에서 우연히 만나기까지 톨킨은 그녀를 만나려 하지 않았다. 그 만남으로 톨킨과 루이스의 우정이 약간은 회복되는 듯싶었지만, 삼 년 뒤 루이스가 죽을 때까지도 두 사람은 거의 만나지 못했다.

1954년 루이스가 케임브리지 대학에서 한 취임 강연은 루이스의 사상을 집약적으로 보여준 것으로 매우 중요한데, 그 내용은 이 책의 제3장에서 언급하겠다. 같은 해 루이스는 그의 학문적 업적 중에서 가장 중요한 『16세기 영문학』을 출간하고, 이듬해에는 자서전 격인 『예기치 못한 기쁨』을 출간한다. 이러한 작업의 밑받침에는 조이와의 사랑이 있었다.

  그러다가 1956년 시월 조이가 골수암 판정을 받자 루이스는 깊은 충격에 빠진다. 루이스의 어머니 또한 그가 어렸을 때 암으로 사망했다. 루이스의 문학적인 표현을 빌자면, "죽음의 신이 연적이 된 상황"에서 조이에 대한 루이스의 사랑은 급속히 깊어졌다. 두 사람은 1957년 삼월 조이의 병실에서 성공회(Anglican) 혼인예식에 맞게 다시 결혼식을 올렸다. 결혼식 이후 한때 호전되는 모습을 보였지만 1959년 가을에 골수암이 새발했고, 소이 데이빗먼 루이스는 이듬해인 1960년 칠월 세상을 떠난다.

  톨킨과의 관계는 계속 냉랭했다. 그러나 루이스는 1960년 가을 노벨문학상 추천을 의뢰받자 톨킨을 추천했다. 1961년 수상자는 이보 안드리치로 결정되었다. 톨킨은 그레이엄 그린을 비롯한 다른 경쟁자들보다 부족하다는 평가를 받았다.

  루이스는 아내와 사별한 뒤『헤아려본 슬픔A Grief Observed』 (1961)을 쓴다. 아내의 죽음 이후 신에게 느꼈던 분노와 당혹감, 그리고 아내 없는 삶을 자세히 설명하는 이 책은 루이스가 십구 년 전에 쓴『고통의 문제The Problem of Pain』에서와는 상반된다고 느껴질 만큼 하느님을 향한 솔직담백한 원망과 의심의 고백이 수두룩하다.

  고통은 "선하고 전능하신 하느님이 인간이 스스로 저지른 죄의 결과에서 빠져나올 수 있도록 치료하시는 과정 중 발생하는 필연적인 현상"이라고 쓴『고통의 문제』가 고통이 야기하는 지적인 문제에 대한 루이스의 답변이라면, 『헤아려본 슬픔』은 정서적인 측면에서 그가 내린 답이다. 루이스가 『고통의 문제』에서 확신의 옷을 입고 탁월한 논리의 기독교 변증을 선보였다면, 『헤아려본 슬픔』에서는 확신이 사라지는 대신 정서적으로 풍부한 솔직함과 진솔한 고백으로 하느님을 신뢰하는 모습을 담아냈다.

톨킨과 루이스의 고요한 말년

톨킨은 루이스의 결혼에 어이없어하다가 분노하곤 했다. 그의 분노는 1960년 조이가 죽을 때까지 이어졌다. 조이가 이혼녀여서 그랬을 수도 있고, 루이스가 (톨킨에게) 자기 아내에게 예의를 갖출 것을 기대해서 그랬을 수도 있고, 조이가 두 사람의 우정에 끼어들었다고 생각하여 분노했을지도 모른다. 그러나 톨킨과 상관없이 조이와 이디스는 친구가 되었다. 여하튼 1950년대 중반부터 루이스와의 정기적인 만남을 중단한 것으로 두 사람의 우정은 막을 내린다. 그 뒤로 톨킨은 몸이 불편한 아내를 돌보는 일 외에 하루 종일 혼자 지냈다. 옥스퍼드 대학교도 편협하고 비사교적이며 비기독교적인 곳으로 바뀌었다.

1958년 그는 옥스퍼드에서 은퇴했다. 40년 교수 생활의 끝이었다. 그 뒤로는 방문객도 줄어들었다. 톨킨은 『실마릴리온』을 완성하는 등의 집필 작업을 계속해나갔다.

1963년 십일월 이십이 일, 루이스가 세상을 떠났다. 톨킨은 부고 기사를 작성해달라는 요청은 물론 장례식에 참석해달라는 요구도 거부하고, 여러 해 중단한 일기를 다시 쓰기 시작했다. 1968년 톨킨은 아내가 좋아한 본머스로 이사했으나 아내는 삼 년 뒤에 세상을 떠났다. 톨킨도 이후 옥스퍼드로 돌아와 이 년 뒤에 사망했다. 이디스는 여든두 살, 톨킨은 여든한 살이었다.

옥스퍼드 울버코트(Wolvercote)에 있는 톨킨의 묘석에는 부부의 이름과 생몰언데 외엔 아무런 글거가 없다. 특이한 점이 있다면 아내 이디스의 이름 밑에는 '루시엔', 남편 톨킨의 이름 아래

톨킨의 묘석(상)과
루이스의 묘석(하)

엔 '베렌'이라고 적혀 있다는 것이다. 반면 옥스퍼드 헤딩턴 쿼리 (Headington Quarry)의 홀리 트리니티 교회(Holy Trinity Church) 안뜰에 있는 루이스의 묘석에는 "인간은 누구나 온 곳으로 가나 니"라는 글이 새겨졌다. 셰익스피어의 「리어왕」에 나오는 글귀 다. 19세기에 지은 회색의 석조건물 교회는 『나니아 연대기』의 이 미지가 담긴 창으로 유명하다. 루이스가 죽은 지 이십팔 년 뒤인 1991년에 설치된 것으로, 창에는 가로등 기둥, '나니아'라는 단 어, 올빼미(Glimfeather), 날아다니는 말(Fledge), 검, 방패, 사자, 마 녀, 옷장 이야기에 나오는 강장제 병, 새벽 출정꾼, 성 케어 파라벨 (Cair Paravel), 수잔의 뿔피리와 화살통이 달린 활, 그리고 말하는 동물들이 그려져 있다.

『네 가지 사랑』

　루이스가 쓴 책 중에서 내가 가장 좋아하는 책인 『네 가지 사랑』 은 루이스의 육십여 권 저서 중에서 중요하지 않게 여겨지기도 하 지만, 전임 교황 요한 바오로 2세는 그 책을 자신이 가장 좋아하 는 책 중 하나라고 말했다. 그 책의 특징을 가장 잘 보여주는 챕터 는 제4장 '우정'이다. 톨킨과 루이스 두 사람의 우정을 말하는 것 이다. 그 우정론을 보기 전에 루이스가 말하는 사랑에 대해, 그리 고 네 가지 사랑 중 우정 외의 애착, 에로스, 자비를 잠시 살펴보

자. 이 세 가지에 대한 루이스의 설명은 전통적인 설명에서 벗어나지 않는다. 반면 우정에 대한 설명은 루이스의 독특한 사랑론이다.

루이스가 말하는 사랑 중 첫째인 Affection을 내가 애착이라고 번역한 것은 그것이 남녀의 사랑이 아니라 부모의 자식 사랑이나 형제 사이의 사랑과 같은 가족애, 또는 반려동물이나 좋아하는 물건에 대한 사랑과 같은 것이기 때문이다. 이를 우리말 번역본에서는 애정이라고 번역하여 에로스(Eros)와 구별하지만, 우리가 보통 애정이라고 하는 것은 루이스가 남녀 사이의 사랑으로 말하는 에로스에 해당한다. 루이스는 애착이 가장 낮은 단계의 사랑이고 점점 올라가서 자비(Charity)에 이르러 가장 높은 단계의 사랑, 가장 완전한 사랑이 이루어진다고 말한다. 루이스는 애착, 우정, 에로스를 자연적인 사랑(Natural love)으로, 자비를 초자연적인 사랑(Supernatural love)으로 구별한다.

루이스는 또 사랑을 세 가지 요소로 구분한다. 바라는 사랑(Need-Love)과 주는 사랑(Gift-Love)과 고마워하는 사랑(Appreciative-Love)이다.* 바라는 사랑은 요구하는 사랑이나 필요로 하는 사랑, 주는 사랑은 선물로 주는 사랑, 고마워하는 사랑은 감사하는 사랑이라고도 번역할 수 있다.** '나 그대 없이는 못 살아가'가 바라는 사랑이고, '나 그대에게 모든 걸 주리'가 주는 사랑

---

* 루이스는 『네 가지 사랑』의 1장에서는 바라는 사랑과 주는 사랑만을 말하다가 2장에 와서 고마워하는 사랑을 더하면서 사랑의 3요소라고 한다.

** 우리말 번역본에서는 필요의 사랑, 선물의 사랑, 감상의 사랑이라고 번역하는데 세 번째의 번역어에는 의문이 든다.

이며, '나의 그대는 아니지만 바라보아 즐겁다'가 고마워하는 사랑이다. 신의 사랑은 주는 사랑이지만, 우리는 가난할 때 신에게 사랑을 바라고, 신을 섬길 때 사랑을 주며, 신의 영광에 감사하게 된다. 그런데 루이스는 신은 사랑이지만, 사랑이 신은 아니라고 주장한다. 우리가 사랑하는 여러 모습 속에 신이 계시기도 하고, 신의 속성과 가장 근접한 우리의 활동이 바로 사랑하는 것이지만, 사랑 자체가 신이 되는 것에 대해서 루이스는 경고한다. 사랑은 생산적일 수도 있고, 파괴적일 수도 있다. 사랑은 누군가를 살릴 수도 있지만, 사랑 때문에 수많은 사람이 죽기도 한다. 사랑은 모든 것을 집어삼킬 수도 있다.

자연에 대한 사랑도 그렇다. 루이스는 워즈워스를 그 대변자로 보고 자연에 대한 사랑이 하나의 종교가 되면 신이 되기 시작하고 동시에 악마가 되기 시작한다고 경고한다. 애국심도 마찬가지다. 애국심이 악마적이라면 통치자는 악한 행동을 하기 쉽다. 전체주의 국가에서 애국심으로 다른 민족을 대량 학살하는 경우가 그 예이다. 루이스는 그 보기로 러디어드 키플링(Joseph Rudyard Kipling, 1865-1936)과 체스터턴을 비판적으로 언급한다. 가령 "나는 내 제국의 적들을 사랑하지 않는다."라는 키플링의 말은 참으로 어이가 없다고 본다. 나아가 모든 나라의 역사는 시시하고 수치스러운 행위로 가득하다고 비판한다. 그리고 영웅담 같은 것을 그냥 하나의 이야기로 보지 않고 진지하고 조직적인 역사로 착각하거나 대체하면 위험하다고 경고했다. 특히 자국이 타국에 비해 월

등하게 우월하다는 쇼비니즘은 인종차별주의가 됨으로써 위험하다고 지적했다. 결국엔 기독교와 과학에 맞서게 되며 제국주의를 정당화하는 길이 될 뿐이라는 것이다. 키플링이 말한 '백인의 책무' 역시 열등하다고 간주하는 민족의 씨를 말릴 수도 있다고 경고했다.

그래서 루이스는 과거 대영제국주의가 저지른 인디언과의 조약 파기, 호주 원주민의 절멸, 가스실, 나치의 포로수용소, 인도의 암릿자르 학살, 아일랜드인 학살, 아파르트헤이트 등을 고발한다. 여기서 루이스가 국가주의나 민족주의를 경멸하고 세계와 인류에 대한 사랑을 주장한다는 것을 알 수 있다. 루이스의 애국심 비판은 모든 집단애에 대한 비판으로 확장된다. 자기 학교, 자기 부대, 자기 가문, 자기 학급, 자기 교파, 자기 종단 등에 대한 사랑이 그것이다. 그리고 그런 그릇된 사랑을 찬양하기 위해 천상의 사랑이 악용되었다고 한탄하면서, 인류가 행한 모든 잔학하고 배신적인 행위 가운데 기독교 사회가 가담한 점을 기독교가 철저히 참회하여야 한다고 역설한다.

루이스는 사랑하는 연인 사이에서 두 사람만 있으면 다른 모든 것을 버릴 수 있다고 생각하는 것도 같은 사례라고 보았다. 즉 한 사람을 사랑하기 위해서 다른 모든 것을 파멸시킬 수 있다고 여겨 "사랑이 신이 되어버리면" 사랑을 신으로 섬기는 사람에게는 자신의 모든 행동이 사랑으로 합리화될 수도 있겠지만, 다른 사람에게는 당황스러운 일이 될 수 있다. 루이스는 지나친 애착이나 우정도 위험하지만 제일 위험한 것은 에로스라고 보았다. 그것이 신이 되는 순간 주변의 모든 것을 빨아들여서 파괴하는 블랙홀이 될 수 있기 때문이다.

애착, 에로스, 자비

사랑 중에서 가장 순수하고 가장 널리 퍼져 있는 사랑은 사람이나 동물 심지어 물건에 대한 애착이다. 그것은 가장 겸손하고 개인적이며 은밀하고 보편적이고 가장 덜 까다로우며 폭넓은 사랑이다. 또 가장 본능적이고 동물적인 사랑이어서 질투심은 그만큼 격렬하다. 애착은 그 자체만으로도 존속하지만, 대개는 다른 세 가지 사랑에 색깔을 주고 그것들이 성장하고 번창하게 하는 수단이 된다. 사람은 누구나 남의 애착을 간절하게 바란다. 리어왕은 "바라는 사랑"을 너무도 갈망한 탓에 큰 대가를 치른다. 그러나 애착이 극단적으로 되면 타인을 도망가게 만들고 자신의 목마름을 축여준 분수조차 막아버리게 된다.

애착은 바라는 사랑과 주는 사랑 모두를 포함하지만, 감사하는 사랑은 아니다. 가령 어머니는 자녀에게 생명을 주고 젖을 주고 보호해주지만, 태아를 출산하지 않으면 자신이 죽고 젖을 물리지 않으면 자신이 고통받게 된다. 그래서 자녀는 어머니를 바라는 사랑을 하지만, 어머니는 바라는 사랑을 할 수도 있고, 주는 사랑을 할 수도 있다. 어머니는 어머니를 바라는 자녀의 사랑을 바라는 사랑을 할 수도 있다. 어머니는 자녀의 바람을 채워주면서 삶의 의미를 찾는다. 그러나 자녀는 자라기 마련이고, 그래서 어느 날 더는 어머니의 사랑을 바라지 않게 된다. 자녀의 바람을 채워주려고 하는 어머니를 거절하는 자녀의 반응에 어머니는 당황하게 된다. 이때 대체물로서 반려동물을 이용할 수 있다. 반려동물은 주인의 도움이 절대적으로 필요한 존재다. 주인이 밥을 챙겨주지 않으면 반려동물은 죽을 수도 있다. 이런 상황은 별로 바람직하지 못다. 주는 사랑으로서의 애착도 얼마든지 왜곡될 수 있기 때문이다. 오로지 가족을 위해 산다는 어머니가 가족을 완전히 불행하게 만들 수 있다는 것이 좋은 예다.

에로스란 연인들이 "빠져드는" 사랑이다. 루이스는 에로스에 내재한 육체적이고 동물적인 성적 요소를 비너스(Venus)라고 일컬었다. 에로스의 사랑은 성이 개입된 사랑이지만, 성 자체가 에로스를 구성하는 것은 아니고, 그것을 구성하는 하나의 요소일 뿐이다. 성을 극도로 진지하게 여기는 것은 위험하다. 과도하게 성 해방을 추구하는 소설은 포르노일 가능성이 크다. 에로스가 무한하게 허용되면 악마가 되기 쉽다. 에로스는 서로 맞지 않는 사람들을 짝으로 맺어주는 패착을 범하기도 한다. 서로를 불행하게 할 수 있다는 뜻이다. 마찬가지로 연애결혼도 불행할 수 있다. 에로스는 사랑 중에서 그 수명이 가장 짧다. 분명히 알아두어야 할 점은 에로스에서 성적 욕망의 충족은 이차적이라는 점이다. 에로스의 전적인 헌신은, 우리가 신과 이웃에게 행해야 하는 사랑의 패러다임 내지 본보기가 될 수 있다. 에로스의 최고 경지는 모든 사랑 중에서 가장 신을 닮았다. 그러나 에로스가 오직 바라는 사랑으로 타락할 때 사랑 안에 있는 미움의 독으로 서로를 괴롭히며 각자 받는 일에만 혈안일 뿐, 주기는 한사코 거부하며 서로 질투하고 의심하고 분을 품고 휘어잡으려 하며 자신은 자유로워지려고 하면서 상대에게는 자유를 허락하지 않으며 끊임없이 소란을 일으킨다. 에로스가 악마로 변할 때는 실로 끔찍하다. 따라서 에로스도 신의 도움으로 자비로 승화되어야 한다.

사랑 그 자체인 사랑이 자비이고 그것은 세상의 모든 사랑을 초월한다. 인간의 자연적인 사랑, 그래서 완전한 사랑이 될 수 없는 애정, 우정, 에로스와 같은 사랑과 달리 자비는 완전한 사랑이다. 신만이 할 수 있는 사랑이지만 인간도 그 신의 사랑에 동참할 수 있다. 인간도 나병환자, 범죄자, 지적장애인, 혹은 자기를 조롱하는 사람들을 사랑할 수 있다. 우리는 먹는 것과 입을 것을 우리 이웃에게 나누어줄 수 있다. 신의 사랑은 바라는 사랑이 아니라 주는 사랑이다. 신 안에는 채움을 필요로 하는 어떠한 욕망도 없으며, 오로지 주고자 하는 풍부함이 있을 뿐이다. 생물학적인 이미지를 써서 표현하자면, 신은 일부러 기생물을 창조하고는, 기생물인 우리가 신 자신을 "이용해 먹을 수 있게" 하는 숙주(宿主)다. 이는 모든 사랑의 발명자이자 사랑 자체인 신의 사랑이다.

루이스의 우정론

　루이스에 의하면 우정은 근대 이전의 모든 사랑 가운데 가장 행복하고 인간미 넘치는 최고의 사랑이었다. 그러나 현대에 와서는 줄곧 무시당하여 참된 우정을 경험한 사람을 손에 꼽아야 할 정도다. 애정을 예찬하는 시나 소설은 넘쳐나지만, 우정을 예찬하는 시나 소설도 현대에는 쓰이지 않는다. 현대의 우정은 주변적인 것이 되어버렸다. 삶의 중심이 아니라 일종의 여흥, 혹은 남는 시간을 채워주는 여가 활동 같은 것으로 말이다.

　우정은 다른 사랑에 비해 가장 덜 본능적이고, 덜 육체적이고, 덜 생물적이며, 덜 집단적이고, 덜 필수적이며, 덜 자극적이다. 우정이 없어도 사람은 얼마든지 살 수 있고, 번식할 수 있다. 그런데도 고대에는 우정이 중시되었다(현대에 와서 우정이 무시당하는 것과 반대로 말이다). 우정은 몸을 자극하지 않고 신경과 무관하며, 심장을 뛰게 하거나 얼굴을 붉히게 하거나 창백하게 만들지 않는다. 우정은 또한 철저히 개인적이어서 친구가 되는 순간 다른 무리에게서 떨어진다. 애정 없이 우리는 태어날 수 없고, 양육되지 못하지만, 우정 없이도 인간은 얼마든지 살아갈 수 있다. 생존의 차원에 꼭 필요한 것도 아니다. 도리어 생존에 방해가 되기도 한다. 특히 소위 지도자들에게는 우정이 경멸의 대상이다. 모든 단체의 우두머리는 아랫사람들의 우정을 증오하니까.

　금욕주의가 지배한 고대에는 자연이나 감정이나 몸은 영혼을 저해하는 것으로 여겨져 자연에 대해 독립적이고 반항적인 우정이 중시되었다. 당시의 우정은 공동사회에 실질적으로 유용하다고 간주되었고, 모든 사랑 중에서 인간을 신이나 천사의 수준으로 끌어올리는 것으로 칭송되었다. 반면 감정의 탐닉에 빠진 현대인들은 피에 깃든 암흑 신을 예찬한다. 본능, 육체, 생물, 집단, 필수, 자극 등이 중시되는 시대이기에 우정은 도외시된다. 갈수록 파편화되고, 점점 더 속도를 중시하며, 각자가 누리는 쾌락과 물질적 부와 성공을 추구하는 데 초점이 맞추어진 현대 환경에서는 참된 우정을 쌓아갈 여지가 없다. 참된 우정이 형성되려면 시간이 걸리는데, 파편화된 세계에서는 누구에게도 그럴 만한 여유가 없기 때문이다.

또한 우정은 소수를 따로 선택하는 일이어서 개인보다 집단을 중시하는 현대인들은 우정을 경시하게 된다. 집단이나 권력체가 우정을 미워하거나 불신하는 배경이다. 진실한 우정은 일종의 이탈, 심지어 모반이라고도 할 수 있는데, 그 누구와도 친구가 아닌 세상에서는 이탈의 위험이 없다. 완전한 예속만이 서로를 지배할 뿐이다.

그러나 모든 문명화된 종교는 소위 "작은 규모의 친구 모임"에서 시작되었다. 예수와 열두 사도 역시 친구라고 할 수 있고, 그 뒤의 모든 종교 개혁 운동도 친구들 사이에서 비롯되지 않았는가? 그뿐만이 아니다. 고대의 학문도 친구들의 교류에서 시작되었다. 당시의 우정은 생존 가치(survival value)가 아니라 문명 가치

(civilization value)였다. 아리스토텔레스가 말하듯이 우정, 즉 필리아(Philia)는 단순히 사회의 생존에 필요한 것이 아니라 잘 살도록 돕는 것이었다. 물론 고대에만 우정이 있었던 것은 아니지만, 근대 이후에는 보기 드물다. 그래도 세상을 변화시키는 자들은 세상에 등을 돌린 소수의 친구들이다. 르네상스도, 낭만주의 운동도, 공산주의 운동도, 노예제 폐지 운동도 모두 친구들로부터 시작되었다. 그것은 본질적으로 현대 자본주의나 민족주의 내지 국가주의에 대항하는 운동이었다.

루이스는 우정은 아니지만 우정의 모체가 될 만한 것들로 동료 의식, 공동 활동 그리고 공동의 비전을 지적한다. 우리가 흔히 '친구'라고 말하는 동료는 우정의 모체이지만 우정 자체는 아니다. 동료가 친구가 되기 위해서는 어떤 공통의 본능이나 관심사나 취향이 있어야 한다. 그때 비로소 우정이 시작된다. 따라서 우정은 서로의 신상에 대해서는 무심하고, 각자 그저 자신일 뿐이다. 누구도 상대의 지식이나 직업, 계급이나 수입, 인종이나 과거사 등에 대해서는 전혀 신경 쓰지 않는다. 우정은 그런 것에서 해방된 영혼의 만남이다. 각자 독립된 나라의 군주로 각자의 배경을 떠나 중립적 입장에서 만난다. 애정에서는 벌거벗은 몸이 만나지만 우정에서는 벌거벗은 인격이 만난다.

따라서 우정은 독단적이고 무책임하고 의무와도 무관하다. 나는 누구의 친구가 될 의무가 없고, 세상의 누구도 나의 친구가 될 의무가 없다. 어떤 권리주장도, 필연성도 없다. 우정은 생존에 도

117

움이 되는 가치를 갖지 않고, 생존을 가치 있게 만들 뿐이다. 우정은 서로에게 사랑과 지식이 존재할 수 있게 해준다. 연인들은 얼굴을 마주 보며 서로에게 빠지지만, 친구는 나란히 앉아 공통의 관심사에 빠진다. 연인들은 서로 구속하지만, 친구들은 모두 자유인들이다. 우정은 본능으로부터 자유롭고, 흔쾌히 떠맡는 것 외의 모든 의무로부터 자유롭고, 거의 전적으로 질투로부터 자유롭고, 타인의 필요를 필요로 하는 데서도 완전히 자유롭다.

친구들의 눈은 항상 앞을 바라본다. 따라서 단순히 '친구를 원하는' 한심한 사람들은 결코 친구를 사귀지 못한다(이런 사람들은 사실 친구 외에 다른 것을 원하기 때문이다). 서로 공통점이 드러나면 같은 방향을 걷는 동행자로 친구가 된다. 우정은 보답을 바라지 않고 주어지는 것이다. 진정한 친구는 옹호자나 동맹자가 필요할 때 충실하게 임할 수 있으나 도움과 보살핌을 제공하는 것이 우정의 본분은 아니다. 친구는 항상 신실하지만, 신실함이 친구를 만드는 것은 아니다. 진정한 우정은 자기를 망각하는 것이다. 우정은 완전히 자유롭다. 따라서 완벽한 우정은 어려움이 닥쳤을 때 도움을 주고받은 뒤에도 변화를 용납하지 않는다.

진정한 우정은 여러 사랑 중에서 질투가 가장 적다. 새로 온 사람만이 진정한 친구가 될 자격이 있다면 두 친구는 세 번째 친구, 세 친구는 네 번째 친구와 합류하는 것을 좋아한다. 친구들은 공통점을 중심으로 뭉치면서 나머지 세계에 맞서 단결하기도 한다. 초기 그리스도인들은 오로지 형제들의 사랑에만 관심을 두고 주변에 있는 이교도 사회의 의견에 귀를 기울이지 않았기 때문에 살아남았다. 그러나 이처럼 외부 세계의 의견에 귀를 닫으면 일종의 파벌을 형성하거나 패거리가 되거나 자신들만을 엘리트로 여기는 경향도 생길 수 있다. 이는 앞에서 보았듯이 루이스가 『그 가공할 힘』에서 설득력 있게 묘사한 "내부 패거리" 개념이다. 내부 패거리 안에는 참된 우정이 존재하지 않는다. 그 안에 속하고 싶어 하는 자들은 권력과 우월감을 추구할 뿐이고, 그런 집단은 곧 교만을 낳게 마련이다. 가령 '잉클링스'노 내부 패거리로 변할 수 있다.

따라서 우정만으로는 충분하지 않다. 고대인들은 형제애인 "필리아"를 모든 형태의 사랑 중에서 가장 칭찬할 만한 것으로, 미덕 발전의 초석으로 여겼으나, 필리아는 결코 신성한 아가페의 수준에 도달하지 못한다. 우정도 다른 자연적인 사랑과 마찬가지로 자기 자신을 구원할 수 없다.

이러한 루이스의 우정관은 톨킨의 우정관이라고 해도 무방하다. 즉 톨킨의 『호빗』이나 『반지의 제왕』에 나타나는 우정은 루이스가 말한 우정의 본보기들이다. 루이스는 1935년 십이월 편지에서 "우정은 세상의 가장 큰 재화입니다. 확실히 나에게는 그것이 인생의 가장 큰 행복입니다. 청년에게 살 곳을 조언해야 한다면 '친구들과 가까이 있을 수 있는 곳에서 살기 위해 거의 모든 것을 희생하라'고 말해야 할 것 같습니다."라고 썼다.

제3장

《우주 3부작》

『사랑의 알레고리: 중세 전통의 연구』

　루이스가 쓴 최초의 학술서는 그가 옥스퍼드 모들린 칼리지의 펠로가 된 직후부터 매년 한 장씩 집필하여 칠 년 만에 완성한 대작 『사랑의 알레고리: 중세 전통의 연구*The Allegory of Love: A Study in Medieval Tradition*』(1936)이다(이하 『사랑의 알레고리』). 루이스는 중세 낭만주의 문학을 연구함으로써 당대 최고 문학 연구자로서의 입지를 굳혔다. 그러나 그 책은 소위 '데뷔작'인 탓인지 아직 우리말로 번역되지 않았다. 육십여 권쯤 번역된 루이스의 책 가운데엔 이 책이 없지만, 루이스가 1960년에 낸 『네 가지 사랑』이라는 책의 서론 격인 책으로도 매우 중요하다.

　『사랑의 알레고리』는 중세 문학이 후세에 남긴 두 가지의 중요한 전통인 우의(寓意, Allegory) 문학과 궁정풍 연애를 다룬다. 우의라는 형식의 문학은 리얼리즘의 세례를 받은 20세기 독자들에게는 과거의 것에 불과하고, 흔히 '기사도적 사랑'이라고도 하는 궁정풍 연애도 21세기를 사는 현대인의 연애와 다른 것으로 수용된다. 그 책에 의하면 낭만적 사랑이라는 개념은 12세기 프랑스에서 형성되었다. 리베카 솔닛(Rebecca Solnit, 1961-)은 『세상에 없는 나의 기억들Recollections of My Non-existence』에서 "열세 살 무렵 루이스의 책 『사랑의 알레고리』를 읽고 낭만적 사랑에서 벗어나는 해방감을 느꼈다."라고 썼다.

궁정풍 연애는 남자가 여성을 성녀로 섬기는 사랑이다. 사랑의 대상인 귀부인은 흔히 고결하고, 쉽게 마음을 허락하지 않으며, 변덕스럽고, 기사에게 무리한 요구를 하는 여인으로 나온다. 기사는 그녀의 요구를 들어주기 위해 온갖 곤경을 극복해가는 '헌신'을 자처한다. 그런데 일종의 외도라고 할 수 있는 이 은밀한 궁정풍 연애는 비난의 대상이 아니었다. 당시의 결혼이 순수한 사랑에서 비롯된 것이 아니라 소유욕과 권력욕이 결합한 거래라는 통념이 일반적이었던 탓이다. 루이스는 궁정식 사랑에 대해 겸손, 예절, 불의, 사랑의 종교라는 네 가지 요소를 제시하며 이를 매우 특별한 종류의 사랑이라고 칭송했다. 가령 13세기 초에 활동했던 작가 안드레아스 카펠라누스(Andreas Capellanus, 1174-1238)에게 사랑의 목적은 근원적인 아름다움이지만, 관능적인 사람은 사랑의 세계에 들어갈 자격이 없다고 하면서 사랑은 "일종의 순결"이라고 했다.

루이스는 이 책에서 12세기에 발명된 낭만적 사랑이 19세기 서양의 윤리와 상상력 및 일상생활까지 영향을 주었다고 말한다.

그리고 그 혁명적 성격은 르네상스에 비할 바가 아닐 정도로 컸다고 주장한다. 루이스는 그 뒤에 쓴 여러 책에서 19세기 초엽부터의 기계 시대를 서양 역사의 가장 큰 분기점으로 보고 그 이전과 이후를 구분하는데, 최초로 그런 구분을 시도한 사례가 바로 『사랑의 알레고리』이다.

루이스는 왜 역사를 기계 이진과 이후로 구분했을까

톨킨과 루이스는 문학을 강의하는 교수이자 작가였다. 두 사람 다 사상가는 아니었지만, 나름의 독특한 사상을 지니고 있었다. 먼저 1954년 십일월 루이스가 케임브리지 대학교 영문학과의 중세 및 르네상스 문학을 담당하는 교수로 취임하면서 강연했던 내용을 바탕으로 그의 역사관을 보자.

강연에서 루이스는 『사랑의 알레고리』에서 썼던 것처럼 중세와 르네상스를 구분하는 일반적 견해를 거부하고, "르네상스는 없었다."라고 하면서 그런 자신이 중세 및 르네상스 문학 담당 교수로 취임해도 되는지 고민이라고 농담을 던졌다. 중세 문학과 르네상스 문학을 통합하는 그 강좌와 교수직은 그해 루이스를 위해 처음 만들어진 것으로 이후 지금까지 유지되고 있다.

루이스는 인류 역사를 19세기 초엽에 생긴 기계 이전의 시대와 기계 이후 시대로 구분한다. 따라서 호메로스 이후 제인 오스틴

(Jane Austin, 1775-1817)*이나 브론테 자매, 셸리와 디킨스까지는 하나의 시대로 간주할 수 있지만, 제인 오스틴과 우리가 사는 시대는 전혀 다르다는 것이다. 일찍부터 톨킨은 학생들이 고대와 중세 영어 텍스트에 집중해야 한다고 생각했고, 루이스는 19세기 이후의 문학보다 초서(Geoffrey Chaucer, 1343?-1400년?) 이후의 고전 영문학을 공부하는 게 더 바람직하다고 생각했다. 톨킨과 루이스는 1832년 이후로 출판된 작품은 가르칠 가치가 없다는 데 동의했다.

루이스는 기계 시대 이전을 '옛 서구(Old western)'라고 했는데, 이는 기독교적 세계를 의미한다. 고대와 중세를 구분하는 일반적 견해와 다른 것으로, 루이스에 의하면 고대도 기독교적 가치의 원시적 형태다. 따라서 루이스는 기독교 이전의 이교도적 신앙과 관습은 긍정적으로 보았다. 그러나 기계 시대 이후로 인간은 기독교는 물론이고 고대로부터도 단절되는 이중의 단절에 놓여 있다고 보았다. 루이스는 자신을 '옛 서구인(Old western man)'이라고 하면서 "옛 서구 문학을 제대로 읽으려면 현대문학에 도취하는 습관을 버려야 한다."라고 강조하며 이야기를 마쳤다.

이러한 시대구분은 톨킨이나 루이스의 작품에 전형적으로 나타난다. 톨킨은 이를 선한 예술과 악한 기술(기계)로 구별하여 사용

---

* 19세기 초엽 영국 중상류층 젠트리의 생활을 묘사한 오스틴의 소설은 결혼을 중심으로 한 식상하고 진부한 소재와 통속적인 구조이면서도 복잡 미묘하면서 생생한 캐릭터들의 묘사와 연인이 될 것 같은 캐릭터들을 계속 떼어 놓으면서 모든 마음의 고통을 달래주고 오해를 푸는 장치인 결혼으로 나아가게 하는 플롯으로 영국인은 물론 현대 한국인에게도 인기가 높다.

한다. 이를테면 예술은 선한 요정과 호빗과 인간에게 속하지만, 기계는 모르고스, 사우론, 사루만의 것이다. 후자는 유전공학을 이용하여 오르크 같은 로봇 괴물을 만들고, 자연을 포함한 만물을 소유하고 지배하기 위해, 그리고 소유욕을 충족하고 권력을 유지하기 위해 절대반지 같은 기계를 만든다. 반면 요정과 호빗은 무소유와 무권력의 존재들이다. 루이스도 만물을 소유하고 지배하려는 기계 중심주의적 기술주의 태도를 『그 가공할 힘』을 비롯한 여러 작품에서 비판석으로 나루었다.

특히 반산업주의는 『반지의 제왕』에서 주요하게 다루는 주제다. 톨킨은 그것을 발표한 1930년부터, 아니 그전부터 환경주의자이자 생태주의자였고, 수공예를 찬미했으며, 성장과 발전을 반대하고 전쟁을 증오하였다. 20세기 말이나 21세기에 와서 시작된 그런 경향을 반세기 이상 앞서서 주장한 사람이다. 한국에서는 여전히 그 반대의 경향이 강하지만 말이다.

반산업주의의 역사는 톨킨보다 더 길다. 19세기에는 윌리엄 블레이크, 윌리엄 코벳, 윌리엄 모리스가 반산업주의의 선봉에 섰고, 20세기에는 체스터턴과 힐레어 벨록 등이 대표적이다. 가톨릭인 체스터턴이 주장한 '분배론'은 가능한 한 많은 사람이 재산을 가져서 대기업의 임금 노예나 국가독점으로부터 해방될 수 있어야 한다는 것이 핵심인데, 이 주장은 톨킨에게 영향을 주었다.

루이스의 종교관

루이스의 케임브리지 강연을 들은 사람들은 소수를 제외하고 대부분이 루이스를 환영하지 않았다. 강연이 있고 사 개월 뒤인 이 듬해 이월에 간행된 《20세기》지에서 열두 명의 기고자는 루이스 를 비난했다. 우리에게 『인도로 가는 길』『모리스』 등으로 유명한 소설가 E.M. 포스터(Edward Morgan Forster, 1879-1970)*는 루이스 가 "르네상스는 없다."라고 하면서 종교를 통해 휴머니즘을 공격 했다고 분개하였지만, 루이스에게 그들은 무신론자일 뿐이었다. 그러나 잡지가 간행된 지 두 달 후 BBC에서 루이스의 강연을 두 번으로 나누어 방송한 것을 보면 당시 여론이 루이스 편이었음을 알 수 있다.

몇 달 뒤, 미국의 개신교 침례회 목사로 개신교 복음주의 운동에 막대한 영향을 준 빌리 그레이엄(Billy Graham, 1918-2018)이 케임 브리지 대학교 기독교인 연합(CICCU)이 운영하는 대학선교회를 방문하고 루이스를 만났다. 루이스는 죽기 직전에 가진 《디시전 매거진Decision Magazine》의 1963년 구월 호 인터뷰에서 그레이엄 을 "매우 겸손하고 현명한 사람이라고 생각했고, 정말 그를 매우 좋아했습니다."라고 말했다. 그레이엄도 『자서전Just As I Am』에서 루이스에 대해 "총명하고 재치 있을 뿐만 아니라 온유하고 은혜로

---

* 듀리에즈2, 29쪽에서 포스터가 노벨문학상 수상자라고 하지만 이는 오류다.

128

운 사람이라는 것을 알았다."라고 언급했다. 반면 현대문학을 하는 작가들, 가령 어니스트 헤밍웨이나 사무엘 베케트, 장 폴 사르트르에 관한 질문에는 "그들의 작품을 거의 읽지 않으며, 자신은 현대문학 전공자가 아니"라고 대답했다.

루이스는 사실 그레이엄처럼 보수적인 기독교인이 아니었다. 그레이엄은 오직 예수 그리스도를 통해서만 구원을 받을 수 있으며, 성경은 하느님의 완전한 말씀임을 주장하여, 예수 그리스도의 대속(代贖)과 성경의 권위를 강조한 복음주의자다. 기독교 근본주의를 신복음주의 운동을 통해 개혁하고자 했고, 다른 신복음주의자나 보수주의자와 달리 천주교회 및 진보적 개신교도들과도 기꺼이 대화하였다. '역사상 가장 많은 사람에게 복음을 전한 목사'로 불리는 그는 미국 보수 우파와의 긴밀한 관계로 인해 정교 유착이라는 비판을 받았으며, 복음을 단순화해 개신교를 지나친 성장주의로 나아가게 했다는 비난도 받았다.

반면 루이스는 영국의 식민지 프로젝트에 대한 비판, 이민법에 대한 관용, 정의에 대한 시험으로서의 사회적 지위 거부, 동물 권리 운동, 사회화된 건강관리에 대한 지지, 금욕주의에 대한 거부, 존엄성을 지닌 사람으로서 동성애자에 대한 개방성, 영향력을 행사하려는 의지 등의 소유자였다. 그러나 그는 과거를 사랑했고 다른 시대에 살았으며(무비판적으로는 아니었지만) 톨킨과 함께 "진보를 위해 공개적으로 진보를 거부"했다. 그는 생애 말년에 노동당 당원이었지만 공적인 정치 활동에는 소극적이었다.

이런 경향은 1951년 십이월 처칠 총리로부터 대영제국 훈장 수여 명단에 추천하겠다는 편지를 받았을 때 그가 취한 행동에서 드러난다. 루이스는 자신의 저술이 좌익에 반대하는 것이므로 자신이 그 명단에 오르면 당연히 좌익이 문제 삼을 것이라면서 서훈(敍勳)을 거부했다. 그는 제2차 세계대전 이후 대중 앞에 모습을 드러낸 적이 거의 없다. 1956년 여름 버킹엄 궁전에서 엘리자베스 2세 여왕이 주최한 가든파티에 참석하고, 생애 마지막 십 년 동안 BBC에서 몇 편의 짧은 문학 강연을 한 것이 전부였다. 그는 1939년 『고통의 문제』 7장에서 자신의 창조신학에서는 어떤 정치적 명제도 추론할 수 없다고 썼다. 그리고 『순전한 기독교』 서문에서 다음과 같이 썼다. "나는 그리스도인이 된 이후로 믿지 않는 이웃을 위해 내가 할 수 있는 최선의, 아마도 유일한 봉사는 거의 모든 그리스도인에게 항상 공통적으로 존재하는 믿음을 설명하고 옹호하는 것이라고 생각했다."

루이스의 기독교 사상을 집약적으로 보여주는 책은 『순전한 기독교』(1952)이다. 흔히 "20세기 최고의 기독교 고전"이라고 평가되는데, 이 책의 1장에서 루이스는 "인간은 누구나 자연법(도덕률, 인간 본성의 법칙)을 가지고 태어나므로 누구든 자기 내면을 성찰하면 그것을 알 수 있다. 그러나 사람들은 대개 자연법을 어기고 교만과 위선에 사로잡혀 있다."라고 주장한다. 이 내용은 루이스만이 아니라 톨킨 작품의 핵심이기도 하다. 나는 교만과 위선을 권력욕과 소유욕의 동의어라고 본다.

루이스의 자연법은 연고주의적 관계를 중시하는 동양인이나 한국인에게는 그다지 익숙하지 못하다. 유교의 권위주의와 서열 의식(실상은 계급의식이다), 혈연, 지연, 학연 등의 연고주의에 의한 가족주의 및 집단주의가 일상에 뿌리 깊이 박혀 있기 때문이다. 그러나 유교 혹은 불교 이전의 무교에 근거한 현세주의와 물질주의, 그리고 갈등을 회피하는 조화주의도 한국인의 심성을 형성한 요소 중 하나다. 특히 무교적 특성은 한국의 독특한 불교문화 형성에 이바지했다. 그 결과 불교 본래의 금욕적인 자기 해딜이 아니라 무교와 결합한 아미타불의 자비나 미륵불의 예언에 의존하는 정토교가 한국 불교로 자리잡게 되었다. 그뿐이 아니다. 유교 본래의 자기 수양이라고 하는 것도 권력과 소유라고 하는 무교적 현실주의와 야합하여 권위주의와 계급주의와 가족주의의 부정적 측면을 더욱 강화했고, 성공과 출세를 무엇보다도 중시하는 기형적인 정신구조를 낳았다.

현세적 물질주의가 강한 한국인에게 또 한국이라는 나라에, 과학이나 기술 및 기계는 근대화와 산업화 등의 대세 속에서 새로운 신앙의 대상이 되었다. 한국에서 벌어진 급속한 산업화는 서양의 그것을 집약적으로 이룩한 기적적인 것으로 유명하지만, 그만큼 많은 부작용을 낳았다. 과학과 기술 및 기계에 대한 물신주의적 숭배가 그중 하나다. 루이스와 톨킨은 그러한 근현대의 과학주의에 대한 반성을 촉구하는 작품들을 썼다. 따라서 한국 사회에서 그들의 작품이 갖는 의의를 찾자면 무엇보다 "맹목적인 과학주의"에 대한 비판이 되어야 할 터다. 이런 비판적인 사상은 톨킨의 『반지의 제왕』에서도 나타나지만, 루이스의 초기 작품인 《우주 3부작》에서 가장 선명하게 드러난다.

《우주 3부작》

루이스의 우주여행 이야기는 화성(1부), 금성(2부), 지구(3부)에서 벌어지는 선과 악의 치열한 싸움을 주제로 한다. 바로 이 점에서 『반지의 제왕』과 통한다고 볼 수 있는데, 『나니아 연대기』가 아이들을 위한 동화라면 《우주 3부작》은 성인을 위한 동화다.

루이스는 《우주 3부작》을 쓴 이유를 자신이 행성 간 개념 전체를 '신화'로서 좋아하는 데다가 당시까지 반대 측에서 항상 사용했던 개념을 기독교적 관점에서 탐색해보고 싶었기 때문이라고 말했다. 그는 열 살 때(1908) 아버지가 생일선물로 사다준 웰스의 『달에 간 최초의 남자*The First Men in the Moon*』(1901)*를 우주여행 소설 중 최고라고 생각했고, 웰스가 쓴 것 같은 그런 종류의 이야기를 들

---

* 소설은 주인공인 사업가 나레이터인 베드퍼드의 달 여행 이야기를 담고 있다. 그는 괴짜 과학자인 카버와 함께 달에 곤충과 유사한 생물로 구성된 정교한 외계 문명이 있음을 발견한다. 그들은 "우리가 상상하는 모든 종류의 사회 혁명을 이룰 수 있을 만큼 충분한 부의 원천이 될 수 있다. 우리는 전 세계를 소유하고 주문할 수 있다."라고 주장하면서 달 여행에 나선다. 루이스의 《우주 3부작》 중 1부도 우주여행(특히 외계의 금을 지구로 수입하는 것)을 통해 물질적 이득에 관심이 있는 세속적인 사업가와 더 넓은 우주 이론을 가진 과학자의 화성 탐험이지만, 사업가와 과학자는 악당이다. 더욱이 과학자인 웨스턴은 카버와 달리 '원시 원주민'의 근절을 포함하여 다른 행성의 인간 식민지화를 노골적으로 지지한다.

고 읽으며 자랐다. 그런 유년기의 추억에 새로운 절실함과 방향감
각을 제시해준 것이 1935년에 루이스가 읽은 데이비드 린지(David
Lindsay)의 『아르크투루스로의 여행A Voyage to Arcturus』(1920)이
었다.* 그 책은 루이스에게 처음으로 '과학적' 매력이 '초자연적' 매
력과 결합할 수 있다는 아이디어를 심어주었다. 루이스뿐 아니라
톨킨도 그 책을 탐독했다. 이런 사실이 알려지면서 우리나라에도
원작이 발표되었고, 꼭 백 년이 지난 2020년에 처음으로 번역되었
으나 도입부의 묘사 외에는 《우주 3부작》과 크게 연관성이 없다. 루
이스 자신도 나중에는 그 책을 '악마적인 책'이라고 불렀다.

　루이스가 공상과학소설에 관심을 둔 또 하나의 요인은 20세기
초반 영국에 등장한 과학주의(scientism)였다. 과학주의란 과학과
과학적 방법이 세계와 현실에 대한 진실을 전달하는 최선의 또는
유일한 방법이라는 견해로 과학만능주의나 과학지상주의라고도
하며 기술만능주의와도 통한다. 한마디로 과학적 방법으로는 뭐든
가능하다는 이념이다. 루이스는 특히 과학에 꼭 필요한 윤리를 소
홀히 다룬다는 점을 비판했다.

　이처럼 《우주 3부작》의 주제 중 하나는 과학주의, 특히 사회진
화론(social darwinism)에 대한 비판이다. 생물진화론의 적자생존

---

* 　소설은 어느 저택에서 열린 교령회(交靈會, 강령회라고도 한다)에 주인공 매스컬과 그의 친
구 나이트스포어가 참석하는 장면으로 시작한다. 영매가 유령을 불러내자 크래그라는 남자가
나타나 유령을 죽이고, 아르크투루스 태양계에 있는 별에 가자고 한다. 세 사람은 우주선을 타
고 별에 도착하는데, 매스컬이 눈을 떠보니 자기 혼자만 붉은 사막에 남겨둔 채 두 사람은 떠
난 뒤였다. 그때부터 기괴한 모험이 시작된다. 이 이야기는 루이스의 《우주 3부작》 중 1부의 도
입부와 유사하다.

과 자연선택을 사회학에 적용하여 사회·경제·정치를 해석하는 다양한 이론과 견해를 뜻하는 사회진화론은 19세기 말 영국을 비롯하여 전 세계를 풍미했다. 인종차별주의나 우생학, 파시즘, 나치즘을 옹호하는 근거로, 혹은 신자유주의의 경제적 약육강식 논리에 사용되기도 했다. 루이스는 특히 우생학을 비판한다. 우생학(Eugenics)은 종의 형질을 인위적으로 육종하여 우수한 종을 만들려는 학문으로 20세기 초엽에 J.B.S. 홀데인*과 같은 과학자는 물론 버트런드 러셀(Bertrand Arthur William Russell, 1872-1970) 같은 철학자들도 주장한 바 있다.

웰스의 공상과학소설도 과학주의에 근거한 것이다. 앞에서 보았듯이 루이스는 웰스의 소설을 어린 시절부터 읽었다. 그러나 웰스와 달리 과학주의에 비판적이었던 루이스는 자신의 비판적 견해를 공상과학소설로 충분히 표현할 수 있다고 생각했다. 따라서 루이스의 공상과학소설은 과학주의에 반대하는 것이라고 볼 수 있다. 그 대표작이 《우주 3부작》, 특히 제3부인 『그 가공할 힘』이다. 작품에 등장하는 국가공동실험연구소(National Institute for Coordinated Expriments, N.I.C.E.)는 과학주의의 전당으로 그것을

---

* 홀데인(John Burdon Sanderson Haldane, 1892-1964)은 신다윈주의의 창시자 중 한 사람으로 생리학, 유전학, 진화 생물학, 수학 분야에서 연구하고 학위가 없었음에도 옥스퍼드 대학교와 케임브리지 대학교 등에서 가르쳤다. 따라서 루이스나 톨킨은 그에 대해 잘 알았다. 사회주의자이자 무신론자였으며 영국 정부의 제국주의적 정책에 반대하여 1956년부터 인도에 거주했고, 1961년 인도 시민으로 귀화했다. 홀데인은 뒤에 루이스와 《우주 3부작》을 '과학에 대한 완전한 오해와 인류에 대한 경멸'이라고 비판하고 신의 존재에 대한 루이스의 주장을 비판하는 에세이를 썼다.

통해 루이스는 과학주의를 비판한다. 연구소에서는 부적절한 사람들의 강제 단종, 뒤떨어진 인종들의 박멸, 생체해부를 이용한 연구 등을 수행한다. 소설의 마지막에서는 생체해부의 대상이었던 동물들이 모두 풀려난다. 생체해부에 대한 반대를 『고통의 문제』에서도 제기한 루이스는 「생체해부」*라는 글도 썼다. 이러한 루이스의 입장은 당시의 대세와 다른 것이어서 줄곧 소외되었으나 짐승들에 대한 책임 있는 태도의 기조는 『나니아 연대기』에서도 드러났다.

3부작 중 처음과 둘째 소실의 주인공이자 세 번째 소설의 중요 인물인 엘윈 랜섬(Elwin Ransom)은 대학교수이자 언어 및 중세 문학 전문가이며 미혼이고, 제1차 세계대전에서 부상을 입었고, 형제자매 한 명 외에는 살아있는 친척이 없다는 점에서 루이스 자신을 연상하게 해준다. 톨킨이나 윌리엄스를 떠올리게 해주는 요소도 있다.

『침묵의 행성 밖에서』

『침묵의 행성 밖에서』는 영국의 중부 지방을 걸어서 여행하던 언어학 교수 랜섬이 과학만능주의에 젖은 웨스턴과 드바인이라는 대학의 지인들에게 납치되어 우주로 향하는 장면에서 시작한다.

---

* C.S. 루이스, 홍종락 옮김, 『피고석의 하나님』, 홍성사, 2011, 300-307쪽.

말라칸드라(화성)를 탈취한 웨스턴과 드바인은 소른(Sorn)이라는 존재에게 랜섬을 제물로 데려간다. 우주선에서 랜섬은 우주가 어둡고 춥고 황량한 불모지가 아니라 생명력으로 충만하고 아름답다는 사실을 발견하고, 납치된 처지인데도 우주여행을 즐긴다. 마침내 일행과 함께 도착한 랜섬은 '소른'에게 넘겨지기 직전에 도주한다. 추격자들을 피해 떠돌면서 랜섬은 화성의 지성적인 존재들을 만나 그들의 언어를 익히고 우주와 지구에 얽힌 비밀들을 파악한다. 화성인에게 말도 배운다. 화성에는 세 부족이 각각의 특징을 유지하면서 공존하는데, 통치자나 정부 구조가 없는 비계층적인 사회였다. 탐욕이나 전쟁 또는 야망에 영향을 받지 않고 경쟁적이기보다는 협력적인 아나키 사회이자 영적 활력으로 가득한 타락하지 않은 세계인 것이다. 이는 『반지의 제왕』에 나오는 샤이어를 연상시킨다.

최고 지도자 말렐딜(Maleldil)을 보고 랜섬은 자신이 믿는 신과 같다고 느낀다. 화성을 통치하는 오야르사(Oyarsa)는 천사들인 엘딜(Eldil)의 우두머리로 화성인들은 엘딜과 친하게 지낸다. 기이하게 보이던 화성인의 표정도 그들과 친하게 됨에 따라 차츰 친숙해진다. 랜섬은 처음에는 그들에게 (자기가 믿는) 신을 이해시켜야 한다고 확신했지만 실은 자신이 무지하고 그들로부터 더 많은 것을 배워야 한다는 것을 알게 된다.

랜섬은 오야르사를 방문하여 눈에 보이지 않는 그에게 인간에 대해 말한다. 그런데 오야르사나 화성인은 악을 모르기 때문에

'악'이라거나 '죄'라는 개념을 설명할 도리가 없었다. 망연자실하여 슬픔을 느끼는 순간 디바인과 웨스턴이 화성인에게 잡혀 나타난다. 그들은 포박된 주제에도 무례하게 행동하면서 자신들보다 우수한 상대를 미개인으로 취급한다. 그 모습에 랜섬은 수치를 느낀다. 웨스턴은 인류의 영원한 생존을 위해 다른 천체를 점령해야 한다고 주장하고, 이를 위해서는 모든 것을 희생해야 한다고 호언한다. 오야르사가 그런 생각을 비판하자 웨스턴은 "인류에 대한 의무라고 하는 지극히 초보직인 것도 모르는 자"라고 그를 내도한다. 두 사람은 지구로 돌아가도록 허용되고, 랜섬에게는 화성에 남을 자유가 부여되지만, 그는 두 사람과 동행한다. 화성 체험을 살려 동포와 함께 악과 싸워야 한다고 생각했기 때문이다. 세 사람이 지구에 도착하고, 랜섬이 맥주를 마시는 것으로 소설은 마무리된다.

주인공 랜섬과 그를 납치한 일당의 대결에는 충돌하는 두 세계관이 명백히 드러난다. 과학과 기술로 죽음을 정복하기 위해 개인과 '열등 종족'의 희생을 정당화하는 웨스턴과 이에 반대하는 랜섬의 대결이다. 랜섬에게 우주는 정복할 공간이 아니라 생명이 조화를 이루는 곳이며, 이 땅에 영원한 왕국을 이루려는 생각은 환상에 불과하다. 영원한 것은 인간의 소중한 가치다. 『침묵의 행성 밖에서』는 사회의 세속화에 대한 루이스의 우려를 대변하고, 나아가 전통적인 종교적 신념으로의 복귀가 사회 구원의 유일한 수단이라고 주장한다.

『페렐란드라』

화성에서 돌아온 지 몇 년 후 랜섬은 화성의 오야르사에게 호출된다. 이상한 관 모양의 용기에 실려 금성에 다녀온 뒤 그곳에서 본 놀라운 체험을 친구 두 사람에게 말한다. 그중 한 사람인 루이스는 시골집에서 그에게 들은 대로 내용을 기록한다. 그것이 『페렐란드라Perelandra』이다.

바다로 둘러싸인 고요한 섬에는 신화에나 나올 법한 동물들이 살고 있고, 지구에서 보지 못한 과일이 가득하다. 랜섬은 쾌활하고 순수한 행성의 여왕을 만나 친구가 된다. 화성인들과 달리 그녀는 녹색 피부를 제외하고 외모가 인간과 비슷하다. 그녀와 그녀의 남편인 왕은 그들 세계의 최초이자 지금까지 유일한 인간 거주자다. 두 사람은 떠다니는 뗏목 섬에 살고 있는데, 말렐딜의 신성한 명령에 따라 고정된 땅에서 잠을 자는 것이 금지되어 있다. 랜섬은 영적으로 순수한 상황에서는, 비록 왕이 그곳에 없다고 해도, 아름다운 나신의 여왕이 그에게 어떠한 성적 욕망이나 유혹을 일으키지 않는다는 것을 알게 된다.

그때 그곳을 타락시키려는 한층 더 사악하고 강력해진 물리학자 웨스턴이 우주선을 타고 도착한다. 악마의 힘을 빌려 초인적인 명석함과 유창한 외계 언어 구사력을 얻은 그는 왕비가 창조자 말렐딜의 명령을 어기도록 교묘한 말로 그녀를 유혹한다. 랜섬은 페렐란드라와 왕비를 구하기 위해 웨스턴과 논쟁을 벌인다. 잠을 잘 필요가 없는 웨스턴은 랜섬이 잠든 사이 노골적인 논쟁이 아닌 다른 방법을 사용한다. 즉 여왕에게 영웅적인 반항에 대한 많은 이야기를 들려주고 옷, 화장, 거울과 같은 자기만족을 위한 허영심을 소개한다. 랜섬이 깨어 있을 때 그는 작은 토종 동물들을 고문하면서 랜섬의 사기를 꺾어버린다.

악마 같은 웨스턴이 승리를 눈앞에 두고 있는 가운데, 랜섬은 논쟁을 완전히 끝내고 물리적으로 직접 맞서 싸우라는 신의 명령을 김지한다. 전투 능력이 전혀 없는 몸집이 작은 중년 남성인 랜섬은 겁에 질리지만, 상대를 물리적으로 공격하면서 한 번도 들어본 적 없는 전투력 가득한 함성을 지르고, 배운 적도 없는 전투 기술을 사용하며 점점 더 큰 분노에 사로잡히게 된다. 격렬하게 저항하던 적은 도망친다. 랜섬은 거대한 물고기의 등을 타고 바다 위로 그를 쫓는다. 그들의 투쟁은 물과 바위가 많은 지하 터널에서 계속되는데, 이 전투는 언어적인 논쟁과 함께 웨스턴을 불타는 용암 웅덩이에 던져 행성에서 악마의 존재를 완전히 종식시킬 때까지 계속된다. 랜섬은 웨스턴의 과학적 업적을 기리는 동시에 악마에게 항복한 것을 기록하기 위해 기념 비문을 새긴다.

『페렐란드라』는 전적으로 새로운 세계에 발을 내디딘 인간이 죄를 범할 수 있는 과정을 보여준다. 악마와 싸워 금성을 구원하는 랜섬은 예수에 비견된다. 인간은 자신의 힘만으로 악을 극복할 수 없고, 정신만으로도 극복할 수 없다는 것이 루이스의 주장이다. 정신도 지성도 육체도 인간의 것이기 때문에 악과 싸우는 데는 육체도 중요하다는 것이다. 그래서 이 작품은 루이스의 창작물 가운데 가장 신학적이라고 평가된다. 소설에 나오는 웨스턴의 주장은 이 책이 쓰인 1930년대 유행한, 생명력을 강조하는 창조적 진화론을 연상하게 한다.

『그 가공할 힘』

《우주 3부작》의 마지막인 『그 가공할 힘』은 제2차 세계대전 이후의 영국이 배경이다. 영국 에지스터(Edgestow) 대학교의 브랙톤 칼리지 펠로인 마크 스터독(Mark Studdock)은 오 년 전에 와서 칼리지 내의 '혁신파'의 일원이 된 것을 자랑스럽게 여기는 사회학자이다. 권태기에 접어든 결혼생활 때문에 사뭇 고민이 많은 사람이다. 대학에서 박사 과정을 밟고 있는 학생인 아내 제인도 마찬가지다. 그녀는 부부의 평등이라는 이슈 때문에 남편에게 불만이 많다. 그런데 돌연 그녀가 전혀 모르는 남자 얼굴이 나타나는 이상한 현상을 경험하면서 원인을 파악하지 못한 채 불안과 자기혐오와 공포에 떨게 된다. 그 얼굴은 지중해에서 발굴된 머리인데, 신문에 같은 얼굴의 사형수 사진이 실린 것을 본다. 그러던 어느 날, 제인은 N.I.C.E.가 숲을 사들여서 멀린을 찾아내어 그의 마력을 연구에 이용하고 싶어 한다는 소식을 듣는다. 그곳에는 브랙돈 숲이 있고, 숲의 중심에는 상당히 오래된 '멀린의 우물'이 있다. 멀린은 아서왕의 전설에 나오는 마법사다.

숲을 사들인 N.I.C.E.는 마크를 고용한다. 마크는 기꺼이 임무를 받아들이지만 정작 자기가 할 일은 없다는 것을 깨닫는다. 아내 제인의 투시 능력이 필요해서 자신을 부른 데 불과했던 터다. N.I.C.E.에 의하면 동물적 생명의 차원 위에 인간보다 우수한 유기체인 마크로브가 있는데, 이를 통해 새로운 인간을 만들어야 한다는 것이다. 그들은 소수의 우월한 인간만 남기고, 인간과 자연을 전멸시키려고 했다. 능률주의에 빠져 실용성을 위해서라면 자연 파괴도 불사해야 한다고 주장하는 생물학자를 비롯하여 가히 악의 화신이라고 할 만한 사람들이 죄다 모여 있었다. 그들의 기만과 시기와 질투에 크게 실망한 마크는 소위 '객관성 훈련'이라고 하는 무서운 고문을 받게 된다. 거기서 그는 십자가를 밟으라는 명령을 본능적으로 거부한다.

한편 의기소침해진 제인은 세인트 앤(St. Anne)을 방문한다. 그곳은 랜섬이 우두머리로 있는 공동체로 그녀를 따뜻하게 맞이한다. 거기 머물면서 기력을 회복한 제인은 랜섬을 만나게 되고 그의 이상한 매력에 빠진다. 랜섬은 제인의 내밀한 고민을 알고 있는 것처럼 결혼생활의 평등에 대해 깨우쳐준다. 랜섬은 N.I.C.E.의 계획을 알게 되는데 이때 제인의 투시 능력이 큰 역할을 한다. 그러나 멀린이 나타나 랜섬에게 복종한다는 결의를 하고 N.I.C.E.를 대혼란에 빠트린다. 사람들은 서로 말이 통하지 않게 되고, 전원이 참사를 당하며, 빈발하는 지진으로 나라는 공포에 빠진다. 혼란 속에서 마크는 멀린에게 구제된 후 제인에게 달려간다. N.I.C.E.의 위력을 멀린의 마법으로 타파한 랜섬은 아서왕이 기다리는 금성에 가기 위해 모두에게 이별을 고한다. 금성에 접근함에 따라 지구는 일순 사랑과 기쁨의 빛으로 빛난다. 그날 밤 마크는 제인과 완전히 새로운 마음으로 재회한다.

『그 가공할 힘』은 1943년, 제2차 세계대전이 한창이던 당시 출간되었다. 이 이야기는 현대 건축, 철거반, 사디즘적 비밀경찰, 생체해부, 정신병자와 범죄자에 대한 실험 등에 대한 루이스의 비판과 통찰로 가득하다. 소설에서 악을 대변하는 무리로 묘사되는 N.I.C.E.는 세계 지배의 음모를 꾸미는 곳으로, 과학기술의 영향력과 그 가공할 지배력을 상징한다. 루이스는 『그 가공할 힘』에 "성인을 위한 현대 동화"라는 부제를 달았다.

이 소설은 같은 해에 발간된 『인간 폐지』와 함께 읽어야 한다. 그 책에서 루이스는 과학 편중이 초래한 현대세계의 위기를 설파했다. 기술을 과신하는 인간은 자연 파괴를 자연에 대한 승리라고 착각하지만, 자연은 반드시 복수한다는 것이다. 과학이 세분화함에 따라 소수의 전문가가 그 조작을 독점할 수 있으며, 주관적인 가치관에 따라 세계정세의 방향조차 결정할 수 있다. 그런데 사물의 가치가 주관적으로 결정된다면 그것은 끊임없이 변경될 수밖에 없지 않겠는가? 객관적인 가치 규범을 무시하고 과학적 지식으로 모든 것을 결정하려는 과학주의를 루이스는 일찍부터 비판했다.

소설의 주인공 마크는 유물주의적 교육을 받은 사람이다. 따라서 그가 "자연을 개발하는 노동력을 확보하려면 인류가 보존되어야 하는데, 전쟁은 개발사업에 임할 노동력을 빼앗기 때문에 악이다."라고 생각하는 것, 그 결과 N.I.C.E.의 유혹에 넘어가는 것도 이해할 만하다. 소설에서 유물론자인 그가 변모하는 과정은 매우 흥미롭다. 마크로바는 악마를 상징하는데 소설에는 교활하고 가공할 악마적 지혜가 자주 등장한다. 필로스트라토라는 과학자를 통해 자연을 지배하는 인간의 능력이란 인간들이 자연을 도구 삼아 다른 인간을 지배한다는 것을 뜻하고, 그처럼 다수를 지배하는 소수는 그야말로 가공할 존재로, N.I.C.E.의 실험실에서 재생에 성공한 사자의 머리를 가리킨다. 그러한 가공할 힘으로부터 해방되는 것이 이 소설의 줄거리이다.

해방은 세인트 앤에 의해 이루어진다. 마크는 이기적인 자기실현을 추구하기 때문에 제인과 멀어지지만, N.I.C.E.에서의 체험을 통하여 자기 잘못을 깨닫는다. 그리고 고문을 받는 가운데 십자가 밟기를 거부함에 따라 회심하게 된다. 한편 제인은 랜섬과의 대화를 통하여 사랑과 복종에 대한 자기 생각이 잘못되었음을 깨닫는다. 그리고 자신의 투시 능력을 타인을 위해 쓰겠다고 마음먹게 되고 결국 마크도 구제한다. N.I.C.E.와 세인트 앤은 여러 가지로 대조적이다. 첨단과학을 상징하는 전자와 달리 후자는 자연 속의 저택이다. 마크와 제인도 대조적이다. 각각 현대인과 중세인을 구현한다. 결국 중세가 현대를, 중세인이 현대인을 구제한다는 것이 이 소설의 주제다.

『스크루테이프의 편지』

『스크루테이프의 편지 *The Screwtape Letters*』(1942)는 루이스의 작품 중 가장 인기 있는 풍자 소설이다. 이 책은 스크루테이프 (Screwtape)라는 선임 악마가 주니어 템프터(Junior Tempter)라는 공식 직함을 지닌 그의 조카 웜우드(Wormwood)에게 보낸 일련의 편지로 구성되었다. 스크루테이프는 웜우드에게 인류를 타락시키고 사회를 지옥으로 만드는 방법을 훈련하는 중이다. 상급 악마가 자기 제자들에게 사악한 목표를 달성하기 위해서 '평등화'하고 '민주화'해야 한다고 지시하는 데서 루이스의 정치적 사고의 단면이 드러난다.

제가 여러분의 관심을 집중시키고 싶은 것은 도덕적, 문화적, 사회적, 지적 모든 종류의 인간 우수성을 불신하고 궁극적으로 제거하려는 광범위하고 전반적인 움직임입니다. 그리고 한때 고대 독재 정권이 했던 일을 같은 방법으로 민주주의가 지금 우리를 위해 어떻게 하고 있는지 주목하는 것이 좋지 않습니까? …… 당신의 주제들 사이에서 탁월함을 허용하지 마십시오. 대중보다 더 현명하거나, 더 낫거나, 더 유명하거나, 심지어 더 잘생긴 사람은 누구도 살지 못하게 하세요. 그것들을 어느 정도 수준으로 줄이십시오. 모든 노예, 모든 암호, 모든 사람, 모두 동일합니다. 따라서 폭군은 어떤 의미에서 '민주주의'를 실천할 수 있습니다. 그러나 이제 '민주주의'는 자신의 독재 외에 다른 어떤 독재 없이도 동일한 작업을 수행할 수 있습니다.

만약 루이스가 국가주의자였다면 위와 같은 글을 쓸 수 없었을 것이다. 그가 국가주의자라면 중앙 정치가들의 야망을 찬양했을 것이다. 그러나 그는 결코 그렇게 하지 않았다. 그는 정치인들의 거만한 태도에 조금도 감동하지 않았다.

루이스가 거대 정부를 간결하게 비판한 것 중에서 가장 마음에 드는 글을 선택한다면, 1949년의 에세이 「인도주의적 형벌론」을 들 수 있을 것이다.

모든 폭정 중에서 피해자의 이익을 위해 진심으로 행사되는 폭정은 가장 억압적일 수 있다. 전능한 도덕적 참견쟁이보다 노상 강도 귀족* 밑에서 사는 것이 더 나을 수도 있다. 강도 남작의 잔인함은 때때로 잠들 수도 있고, 그의 탐욕은 어느 시점에서는 물릴 수도 있다. 그러나 우리 자신의 유익을 위해 우리를 괴롭히는 사람들은 우리를 끝없이 괴롭힐 것이다. 그들은 자신의 양심에 따라 그렇게 하기 때문이다. 그들은 천국에 갈 가능성이 더 크지만 동시에 지상의 지옥을 만들 가능성도 더 크다. 바로 이 친절이 참을 수 없는 모욕을 불러일으킨다. 자신의 의지에 반하여 '치료'

---

* 중세에 자기 영지를 지나는 여행자를 털었던 귀족을 말한다.

되고 질병으로 간주되지 않는 상태가 치료된다는 것은 아직 이성적인 나이에 이르지 못한 사람이나 결코 그럴 수 없는 사람의 수준에 놓이는 것이다. 바로 유아, 지적장애인, 가축 같은 부류로 취급되는 것이다.

루이스의 세계관은 내부적으로 일관성이 있다. 그는 정부를 하느님, 하느님을 대신하는 존재, 또는 하느님의 합당한 복제물로 간주하지 않는다. 정부는 불완전한 복사자들로 구성되었다. 즉, 그것은 인간의 모든 결점과 허점을 포함하고 있으므로 자유로운 사람들은 그것을 가두어 억제하고 경계해야 한다.

그는 자신의 좋은 의도조차도 다른 사람들 위에 군림하는 것은 정당하지 않다고 주장했을 만큼 겸손했다. 루이스는 또 선한 의도라고 해도 여기에 정치적 권력이 더해지면 얼마든지 폭정으로 변화할 수 있다고 보았다. 하지만 그보다는 나쁜 생각과 나쁜 행동에서 나쁜 결과가 나올 확률이 가장 크다고 믿었다. 『인간 폐지』에서 루이스는 이렇게 말한다.

일종의 무시무시한 단순함 속에서 우리는 기관을 제거하고 기능을 요구한다. 우리는 가슴 없는 사람을 만들고 그들에게 미덕과 사업을 기대한다. 우리는 명예를 비웃고 우리 가운데 반역자가 있다는 사실에 충격을 받는다. 우리는 거세된 자가 결실을 맺도록 명령한다.

톨킨과 루이스의 정치관

톨킨과 루이스는 권력을 제한한 정부와 개인의 자유를 주장하는 고전적 자유주의 전통을 존중했다. 이러한 태도는 인간 본성에 대한 불신, 즉 그들의 기독교 신앙에서 비롯된 것으로 특히 원죄와 타락이라는 죄성과 관계가 깊다.

루소가 "인간은 현명하고 선해서 모두가 정부에 참여할 자격이 있다."라고 생각하여 민주주의를 신봉한 것과 달리 톨킨이나 루이스는 "인간은 타락하기 쉬운 존재이므로 민주주의가 필요하다."라고 선언한다. 이 말은 곧 인류가 너무나 타락했기 때문에 누구에게도 자기 동료들을 통제할 수 있는 권력을 주어서는 안 된다는 뜻이다. 고대의 아리스토텔레스는 일부 사람은 노예로 살기에만 적합하다고 말했다. 그러나 톨킨과 루이스는 반대로 "지배자나 주인으로 태어난 사람은 없다."라고 생각하여 노예 제도를 거부했다. 그러면서 두 사람 모두 자신들은 통치자가 되기에 합당하지 않다면서 닭장 관리하는 일조차 잘해낼 능력이 없다고 말했다.

톨킨과 루이스는 인류가 죄로 타락했기 때문에 한 사람에게 너무 많은 권력을 통합하여 안겨주는 것은 중대한 실수라고 보았다. 타락한 인간의 본성이 민주주의를 약화할 수 있다고도 생각했다. 루이스는 특히 "인간은 도덕적으로 불완전하므로 변하지 않는 일련의 원칙"이 있어야 한다면서 자연법 전통을 중시했고, 신권정치와 자기 정당화를 불신했다. 그의 사후에 발견된 「홀데인 교수에

147

게 보내는 답글」(1946)에서 루이스는 자기가 민주주의를 지지하는 이유는 어떤 사람이나 집단도 다른 사람에 대한 통제할 수 없는 권력을 맡을 만큼 선하다고 믿지 않기 때문이라고 썼다. 그리고 자신의 잔인함과 권력욕을 하늘의 목소리로 착각하는 종교재판관은 우리를 무한히 괴롭힐 것이므로 신권정치는 모든 정부 중에서 최악이라고 비판하였다.

그러나 루이스가 신권정치보다 더 나쁘다고 본 것은 도덕의 외피를 두른 과학기술 정치였다. 그는 과학 시스템이 인류에게 훨씬 더 큰 위협이 된다고 믿었다. 지배 엘리트가 우월한 지식과 도덕적, 초자연적, 과학적 권위를 가장하여 대중 전체에 권력을 행사할 게 뻔하기 때문이다. 정부 권력이 크게 확장되면 결국 전쟁이 날 수밖에 없다고도 생각했다. 루이스는 제2차 세계대전 중인 1943년에 출판된 『인간 폐지』에서 자신의 우려를 분명하게 밝힌다. 즉 외관상으로는 자비롭지만, 궁극적으로는 전체주의적인 과학 관료주의가 교회나 가족 공동체는 물론 고결한 전통 아래 유지되는 자치 체제를 쓸모없게 만들 수 있다는 것이다. 그러고는《우주 3부작》의 마지막 책인 『그 가공할 힘』에서 자연 질서를 대체하기 위해 과학을 사용하려는 지적 엘리트 그룹을 비판적으로 묘사한다.

루이스는 '최소한의 정부'는 인정했지만, 인간의 본성 중 좋지 않은 부분과 정치 권력이 영합하여 부패 현상이 확대되는 것을 우려했다. 또한 유덕한 성품이 행복한 삶, 개인의 성취, 사회 전체의 발전에 없어서는 안 될 것임을 알고 있었고, 이는 정치 엘리트의 명령이 아니라 각 개인의 성장과 양심에서 우러나와야 한다는 것도 분명하게 인지하고 있었다. 시민사회와 평화적 협력을 찬양했으며 공직사회의 주제넘은 오만을 혐오했다.

「복지 국가의 노예가 되려는 의지」

루이스의 1958년 에세이 「복지 국가의 노예가 되려는 의지」는 정부와 개인과의 적절한 관계에 대한 통찰이다.

> 자기 삶을 자신의 방식으로 살고, 자기 집을 자신의 성으로 부르고, 자기 노동의 결실을 누리고, 자기 양심이 지시하는 대로 자녀를 교육하고, 자신이 죽은 뒤에 살아갈 자녀들의 번영을 위해 저축하는 것, 이것은 문명사회에 깊이 뿌리박힌 소망이다. 그것의 실현은 우리의 행복만큼이나 우리의 미덕을 지키는 데도 꼭 필요하다. 따라서 이러한 소망이 좌절되면 도덕적, 심리적으로 비참한 결과를 가져올 수 있다.

개입주의적 복지 국가를 옹호하는 사람들은 정부 프로그램이 행복과 안전을 가져온다고 주장하지만, 루이스는 그들이 심각하게 착각하고 있다고 말한다. 그에게는 자유를 달성하는 훨씬 더 좋은 방법이 있었다.

나는 '자유로운 마음'을 가진 사람이 더 행복하고, 더 풍요롭고, 더 행복하다고 믿는다. 그러나 새로운 사회가 막고 있는 경제적 독립 없이도 이런 상태를 유지할 수 있을까? 경제적 독립을 위해서는 정부에 의해 통제되지 않는 교육이 필요하다. 그리고 성인이 되어서도 정부의 행위를 비판하고 정부의 이데올로기를 비난할 수 있어야 한다. 이런 사람은 정부에 아무것도 요구하지 않는다. 몽테뉴를 읽어보라. 자기 땅에서 키운 양고기와 순무를 먹는 사람의 목소리다. 국가가 모든 사람의 교사이자 고용주라면 누가 그런 말을 하겠는가?

에세이의 다른 부분에서 루이스는 정부의 주장을 경멸한다고 밝힌다. 현대의 '전문가에 의한 통치'에 대한 과장된 주장과 '신적 권리'에 의한 통치에 대한 중세의 주장에 대해서도 마찬가지다. 그는 모든 시대를 통틀어 '우리를 자기 손아귀에 두기를 원하는 인간들'은 특정한 신화와 편견을 발전시켜 희망과 두려움을 '현금화'해왔다고 경고한다. 이런 현상은 어떤 형태로든 폭정의 문을 활짝 열어줄 뿐이다. 그들은 자신이 '국민의, 국민을 위한' 존재라고 선언하지만, 실은 국민의 자산과 비용을 활용하여 자기 이익만 추구하는 과두정치를 수립한다고 지적했다.

진보에 관한 질문은 이제 개인의 사생활과 독립성을 잃지 않으면서 기술주의의 세계적인 가부장주의에 복종할 수 있는 방법을 찾을 수 있는지에 대한 질문이 되었다. 슈퍼 복지 국가의 꿈을 얻고 고통을 피할 수 있는 가능성이 있을까?

복지 국가가 우리를 잘 보살펴줄 것이라는 생각을 루이스는 망상이라고 본다. 그런 국가는 도리어 인간 개인의 역량과 자발적 소셜 네트워크 및 조직의 역량을 과소평가한다는 것이다.

이런 맥락에서 톨킨과 루이스는 법치 이전부터 남성과 여성은 평등해야 한다고 믿었다. 그리고 법을 적용할 때 자의적으로 하거나 사례에 따라 달라지거나 인종이나 계급에 차별을 두면 안 된다고 주장했다. 법은 변하지 않는 원칙에 따라 사람들을 평등하게 만드는 것을 목표로 삼아야 한다는 것이다.

1943년 「평등」이라는 에세이에서 루이스는 경제적 평등을 사회의 질병을 치료하는 '약'으로 적용하는 데 우려를 표했다. "그렇게 할 때 우리는 모든 우월함을 미워하는 둔하고 시기심 많은 마음을 키우게 된다. 잔인함과 굴욕이 특권 사회의 특별한 질병이듯이, 이런 마음은 민주주의의 특별한 질병이다. 억제하지 않고 커지면 우리 모두를 죽일 것이다."

그는 민주주의가 지향하는 평등주의적 충동을 공격적이라고 생각했다. 하지만, 정부에 대한 자신의 감정을 설명하기 위해 민주주의라는 용어를 사용하는 것은 꺼리지 않았다. 중요한 점은 루이스가 '민주주의'라는 용어를 가장 넓은 의미로 사용했다는 것이다. 즉 루이스는 누가 정부에서 일할 것인지, 그들이 정당하게 무엇을 할 수 있는지를 결정하는 데 대중이 참여하는 것을 민주주의라고 보았다. 그는 또한 순수한 민주주의가 부패한 본성과 결합하여 궁극적으로 그것의 정반대인 독재를 낳을 수 있다면서 그 위험성도 인정했다. 따라서 개인의 도덕 문제에 대한 국가의 침해 역시 비판한다.

이러한 신념은 존 스튜어트 밀의 고전적 자유주의 신념과 그가 『자유론』에 명시한 '위해 원칙'과 유사하다. "타인에게 해가 되지 않는 한 나의 자유는 침해될 수 없다."라고 하는 위해 원칙에 입각하여 루이스는 국가가 이혼이나 동성애 행위를 불법으로 규정해서는 안 된다고 주장했다. 1958년에 쓴 편지에서 루이스는 정부는 기껏해야 필요악일 뿐이라고 하면서, 예를 들어 동성애 행위를 범죄화하는 것은 사회에 아무런 도움이 되지 않는다고 말했다. '협박자의 천국'만 만들 뿐이라는 것이다. 그러면서 이혼 문제에 지나치게 엄격한 영국의 현실도 비판했다. 이처럼 그는 결혼, 이혼, 동성애, 종교 교육 문제가 정부에 의해 규제되거나 금지되어서는 안 된다고 보았다.

존 스튜어트 밀은 정부가 다른 사회 구성원에게 신체적 해를 끼칠 수 있는 사람에게 권력을 행사할 책임이 있다는 데 동의했다. 그러나 정부의 피해 방지 권한 범위에는 한계가 있다. 루이스는 사람들을 위해 좋은 일을 하거나 사람들을 편안하게 만든다는 명목으로 정부가 결국 기술력을 통해 개인의 권리를 부정하게 되지는 않을까 우려한 것이다.

제4장

『나니아 연대기』

루이스의 아동 문학론

루이스는 「어린이를 위한 글을 쓰는 세 가지 방법」*이라는 에세이에서 아동문학을 셋으로 나눈다. 첫째, 아동만을 위한 이야기, 둘째, 특정한 아동을 위한 이야기, 셋째, 환상을 사용한 이야기다. 그리고 자기 작품은 세 번째에 해당한다고 말한다. 아동문학에서 벗어나야 성인문학을 할 수 있다는 주장에 대해 루이스는 그 둘을 함께 즐기는 것이 성숙한 작가이자 독자라고 했다. 루이스는 소위 'Fairy tales'라고 하는 환상 문학을 좋아했다. 이 장르가 성인에게는 아동을 이해하는 현실적인 시야를 트여주고, 아동에게는 성숙한 생각을 할 수 있도록 이끌어주기 때문이라는 것이다. 톨킨도 환상 문학에서 창조적 능력을 충분히 활용할 수 있으므로 만족감을

---

* C.S. 루이스, 홍종락 옮김, 『이야기에 관하여』, 홍성사, 2020, 55-77쪽.

얻기가 수월하다고 썼다.*

루이스는 소인과 거인, 말하는 동물 등 사람과 비슷한 존재가 인간 심리의 표현을 돕는 존재라고 말했다. Fairy tales는 현실에서는 도달할 수 없는 세계에 대한 동경을 사람들의 마음속에 불러일으킨다. 이는 물질계에서만 방황하고, 좁은 세계에 갇혀 있으며, 자연 일반의 수준에만 머무를 위험에서 인간을 구원하는 수단이 될 수 있다. 성인에게도 흥미로운 이야기가 아니면 뛰어난 아동문학이라고 할 수 없지만, Fairy tales에 굳이 교훈을 넣으려고 고심할 필요는 없다. 루이스에 의하면 작가 자신의 모럴이 자연스럽게 작품에 녹아들었을 때 독특한 격조와 매력이 나오는데, 『나니아 연대기』가 바로 그 예이다. 앞에서 보았듯이 루이스는 어린 시절에 판타지에 빠져 형 워런과 함께 말하는 동물의 나라 '복센'(Boxen) 이야기를 상상해냈다.

루이스는 imaginative를 '상상의,' imaginary는 '가상의'라고 구분했다.** 그리고는 후자가 "현실에서 대응할 만한 게 없는 것, 가짜로 상상해낸 무엇"으로서 망상으로 가기 쉬운 반면, 전자는 "인간의 정신이 자기보다 큰 것에 반응하는 과정에서, 곧 그 실재에 적절한 이미지를 찾기 위해 발버둥 치는 가운데 생겨난 산물"로 (맥그리스 343) "하느님이 제공하신 요소들을 재배치하는 것"이라고 구분한다.(맥그리스 345) 루이스는 자기 작품을 후자라고 했는

---

*   J.R.R. Tolkien, "On Fairy-Stories," Essays Presented to Charles Williams, pp. 50-51.
**   이러한 구분은 체스터턴이 『영원한 사람』에서 시도한 것을 루이스가 답습한 것이다.

데, 이는 전자에 해당하는 모더니즘 문학이나 공상과학소설 등과 구별하기 위한 것인지도 모른다.* 루이스의 주장을 요약하면 "진짜 상상과 가짜 상상"이 있다는 뜻인데, 아무리 그렇다고 해도 모더니즘 작가들이 자신을 가짜라고는 생각하지 않았을 것이다.

여하튼 루이스는 진짜 상상이 무엇인지 보여주는 이야기를 쓰겠다고 결심했다. 오직 어린이를 위해서 말이다. 1939년 구월 제2차 세계대전이 터질 무렵의 일이었다. 집필은 1948년부터 1954년까지 이루어졌고, 1950년에서 1956년 사이에 처음 출판되었다. 제2차 세계대전이 시작되기 직전, 런던과 기타 주요 도시를 나치 독일이 공격해올 거라는 예상하에 많은 어린이가 시골로 대피했다. 옥스퍼드 시내 중심에서 동쪽으로 삼 마일 떨어진 루이스의 집 '라이징 허스트'에도 런던에서 여학생 세 명이 찾아왔다. 루이스는 뒤에 그 경험 덕분에 어린이를 새롭게 인식하게 되었다고 말했다.

『나니아 연대기: 사자와 마녀와 옷장』에도 피터, 수잔, 에드먼드, 루시라는 네 명의 아이들이 전쟁을 피해 어느 교수의 집으로 온다. 아이들은 비가 많이 내리는 탓에 방 안에 갇히게 되는데, 그중 루시가 '옷장만 있는 방'의 옷장 속을 통해 '언제나 겨울'인 나

---

* 영어에서 imaginative는 '새롭고 창의적인, 기발한, 상상력이 풍부한'으로 풀이되는 반면 imaginary는 '상상에만 존재하는, 가상적인'으로 풀이된다. 둘 다 imagine에서 나오는데, 그것은 '상상하다'라는 뜻이다. 우리말의 상상(想像)이란 '실제로 경험하지 않은 현상이나 사물에 대하여 마음속으로 그려보는 것'을 뜻한다. 이는 '사실이 아니거나 사실 여부가 분명하지 않은 것을 사실이라고 가정하여 생각하는 것'인 가상(假想)과는 어감이 조금 다를 수 있지만, 분명히 구별되지는 않는다. '현실적이지 못하거나 실현될 가망이 없는 것을 막연히 그리어 봄 또는 그런 생각'을 뜻하는 공상(空想)과도 다르다.

니아에 간다. 나니아는 루이스가 열여섯 살 무렵 고대 이탈리아 지도에서 발견한 도시(맥그리스 346)로 '눈 덮인 숲속에서 우산과 꾸러미를 들고 있는 목신'의 그림에서 힌트를 얻어 상상하기 시작한 것이다.*

『나니아 연대기』의 주제는 "선악의 싸움"이다

『나니아 연대기』 일곱 권 중에서 최고로 평가되는 『사자와 마녀와 옷장*The Lion, the Witch and the Wardrobe*』은 다른 여섯 권의 모태가 되는 책이지만, 원래는 단권으로 구상한 책이어서 지금도 그렇게 읽을 수 있다. 일곱 권은 여러 가지 방법(집필 순, 출판 순, 사건 순)으로 읽을 수 있는데, 우리가 흔히 읽는 한국어판은 사건 순으로 되어 있다. 그래서 1권이 『마법사의 조카*The Magician's Nephew*』(1955)이고, 『사자와 마녀와 옷장』(1950)은 2권이다. 3권은 『말과 소년*The Horse and His Boy*』, 4권은 『캐스피언 왕자*Prince Caspian: The Return to Narnia*』(1951), 5권은 『새벽 출정호의 항해*The Voyage of the Dawn Treader*』(1952), 6권은 『은의자*The Silver Chair*』(1953), 7권은 『마지막 전투*The Last Battle*』(1956)이다. 이 중 2005년부터 2010년까지 영화화된 것은 2권, 4권, 5권이다.

---

* C.S. Lewis, *On Stories: And Other Essays on Literature*, Harcourt Brace Jovanovich, 1982. p.53

제목	발행 연도	출판 순서	전개상 순서
사자, 마녀, 그리고 옷장	1950	1	2
캐스피언 왕자	1951	2	4
새벽 출정호의 항해	1952	3	5
은의자	1953	4	6
말과 소년	1954	5	3
마법사의 조카	1955	6	1
마지막 진투	1956	7	7

『나니아 연대기』에는 아이들과 함께 동물들이 사람처럼 말을 하고 감정을 느끼는 존재로 나온다. 이는 20세기 초엽 동물들을 대상으로 한 생체해부나 우생학이 유행하던 현상에 대한 비판이었다. 어릴 때 루이스가 좋아한 웰스도 생체해부나 우생학을 옹호했는데, 생체해부나 우생학은 서양에서 고대로부터 시작되었으나 19세기 말 다윈주의 때문에 더욱 강화되었다. 루이스는 인간과 동물의 이질성을 강조하는 기독교와 달리 동질성을 강조하는 다윈주의가 동물의 생체실험을 긍정하는 것은 모순이라고 지적하면서 그런 주장이 '열등하다고 주장'하는 인간에 대한 실험으로 이어질 수 있다고 비판한다.

생체실험에 흔히 애용되는 생쥐가 『나니아 연대기』에서는 적극적이고 의식이 있는 주체적 존재로 묘사된다. 가령 『새벽 출정호의 항해』『은의자』『마지막 전투』 편의 주인공인 스크러브에게 명

루이스가 상상한
나니아의 지도

예와 용기와 충성을 가르치는 것은 리피치프라는 미덕을 갖춘 고결한 생쥐다. 리피치프는 4권의 『캐스피언 왕자』에 처음 나오는데, 왕자가 옛 나니아 국민에게 국왕으로 옹립되자 열한 명의 부하 기사들을 데리고 찾아와 캐스피언에게 충성을 맹세한다. 키는 삼십 센티미터 정도에 토끼 귀만큼 큰 귀를 가지고 있는데, 철두철미한 기사로서 매너가 좋고 우아하며 충성심이 강한 캐릭터다. 이는 톨킨의 소설에 나오는 호빗이나 난쟁이를 연상하게 한다.

톨킨이 호빗, 난쟁이, 요정 등이 함께 사는 세상을 보여주듯이 루이스는 인간과 동물이 함께 사는 새로운 세상, 우리 자신의 이야기보다 더 큰 세상을 보여준다. 그런 이야기를 통해 우리는 자신을 새롭게 인식하고, 자기 삶을 더 잘 이해하고, 자신에게 어떤 변화가 필요한지도 알게 된다. 아울러 이 세상에 대해서도 알게 되고, 무엇이 잘못되었는지, 어떻게 해야 바로잡을 수 있는지도 알게 된다. 이는 위대한 종교에 귀의하거나, 위대한 책을 읽을 때의 경험과 같다. 위대한 신화를 읽을 때의 경험도 마찬가지다. 루이스나 톨킨은 그러한 신화의 힘을 잘 알았다.

『나니아 연대기』에 나오는 궁전, 성, 기사 등은 우리를 중세로 안내한다. 당시엔 전쟁마저도 고결한 사람들끼리의 숭고한 백병전이었다. 그것은 루이스 역시 경험한 현대의 온갖 기술이 동원된 처참한 전쟁과 다르다. 이처럼 전쟁을 위시하여 루이스가 보여주는 중세적 질서는 독자에게 현재 우리의 세계를 재조명하게 한다.

아슬란은 누구인가

『나니아 연대기』의 주인공인 아슬란*은 황금빛으로 빛나는 거대하고 고귀한 사자로 세계를 창조하고 다스리며 심판하는 자이다. 길들인 사자가 아니라 원생의 사자로서 외경심과 경이감을 불러일으킨다. 흔히 예수에 해당한다고 일컬어진다. 그는 위엄을 보이지 않고 겸손하게 아이들에게 처음으로 나타난다. 『사자와 마녀와 옷장』은 아슬란을 중심으로 하얀 마녀를 몰아내려는 나니아 사람들의 투쟁과 죄인인 에드먼드를 구원하기 위해 아슬란이 죽음을 맞은 후 돌탁자를 쪼개고 부활해서 마녀를 친히 쓸어버린다는 이야기이다. 이는 예수의 고난과 부활을 연상하게 한다.

루이스는 아슬란이라는 아이디어를 어디에서 얻었는지 모른다고 말했다. 그러나 절친인 찰스 윌리엄스가 1931년에 발표한 소설 『사자가 있는 곳The Place of the Lion』을 읽고서 사자 이미지를 얻었을지도 모른다. 윌리엄스는 1945년에 죽어서 1950년에 출판된 『사자와 마녀와 옷장』을 보지 못했는데, 두 사람이 묘사한 사자는 같은 사자가 아니다. 물론 사자는 성경에서 '유다 지파의 사자'(요한계시록 5장 5절)라는 식으로 예수를 상징하는 표현으로도 나타난다. 루이스는 아슬란이라는 이름을 『아라비안나이트』에서 처음으

---

* 캐스피언 왕자의 이름도 카스피해(Caspian sea)에서 따왔고 로쿰도 아제르바이잔 전통 간식이다. 초기 나니아 왕국의 수도는 아제르바이잔의 현 수도 바쿠와 비슷하고, 캐스피언 왕자의 나니아 왕국의 수도는 아제르바이잔의 옛 수도인 갠재나 쉐키 지역의 위치와 비슷하다.

벨파스트의 C.S. 루이스 스퀘어에 있는 사자 아슬란(모리스 해런 작, 2016)

로 접했다. 아슬란은 튀르키예어와 아제르바이잔어로 사자를 뜻한다. 아슬란이 예수 같은 존재라는 것은 서양 문학의 전통을 따르는 것이다. 루이스는 헤밍웨이 같은 현대 작가를 싫어했으나 헤밍웨이가 『노인과 바다The Old Man and the Sea』(1952)에서 그린 노인도 종종 예수에 비견된다. 『반지의 제왕』에 나오는 간달프도 예수와 비견된다.

그런데 『사자와 마녀와 옷장』에서 아슬란은 인류를 위해 죽지 않고 어리숙한 소년 에드먼드를 위해 죽는다. 이 장면은 기독교인들에게 충격을 주었다. 예수가 죄 많은 인류를 위해 대신 죽는다는 개념을 '대속(代贖)'이라고 하는데, 이에 대해서는 논쟁의 여지가 많다. 가령 톨스토이는 그것을 부정한다. 기독교인은 각자가 책임을 져야 한다는 이유에서다. 그러나 루이스는 대속을 믿었다. 중세 대속극처럼 예수가 부활해서 나니아인의 자유를 위해 싸운다는 식으로 그가 이야기를 끌어간 배경이다.

『사자와 마녀와 옷장』

『사자와 마녀와 옷장』(1950)은 루이스가 1949년 삼월 말에 완성하여 1950년 시월 영국에서 제프리 블레스가 출판했다. 소설은 페벤시 집안의 평범한 형제자매인 피터, 수잔, 에드먼드, 루시가 1940년 제2차 세계대전이 발발하자 공습을 피해 런던에서 시골에 있는 디고리 커크 교수의 크고 오래된 집으로 대피하는 것으로 시작한다.

어느 날 숨바꼭질을 하고 놀던 막내 루시는 빈방에 있는 옷장에 들어갔다가 그 옷장이 마법의 나라 나니아로 통하는 문임을 발견한다. 나니아에서 루시는 툼누스(Tumnus)라는 반인반수인 목신을 만난다. 툼누스는 차를 마시자고 루시를 자신의 동굴로 초대하여 '하얀 마녀'가 나니아를 지배하고 있고, 동물들이 해방의 날을 기다리고 있다고 말한다. 루시는 집으로 돌아와 형제자매들에게 나니아 이야기를 해주지만 다들 믿지 않는다. 에드먼드는 루시를 따라 옷장으로 들어갔다가 나니아의 다른 지역에 이르게 되고, 자신을 나니아의 여왕이라고 부르는 하얀 마녀를 만나고 돌아온다. 며칠 뒤 네 명 모두 나니아로 간다.

말하는 동물들과 신화적인 존재들이 사는 그곳은 하얀 마녀 제이디스의 손아귀에 들어가버렸다. 그녀가 거주민 대부분을 학살하고 적들을 모두 돌로 만들어버린 터다. 네 아이를 만난 비버는 마녀의 마법에 관해 설명해주고, 다음 날 돌탁자에서 아슬란을 만날 수 있다고 전한다. 그런데 마녀를 처음 만났을 때 교만과 욕심으로 마녀에게 유혹된 에드먼드가 몰래 빠져나가 마녀에게 모든 걸 일러바친다. 비버는 아이들에게 아슬란을 만나 도움을 청하라고 충

『사자와 마녀와 옷장』 초판 표지

1940년 런던 공습을 피해 서부로 가는 기차를 기다리는 어린이들

고한다. 아이들이 아슬란을 만났을 때 마녀도 도착하여 에드먼드
를 죽이려고 하지만 아이들이 그를 구한다. 에드먼드를 달라는 마
녀에 대항하여 아슬란이 대신 죽임을 당한다. 다음 날 아침, 아슬
란은 희생자가 배신자를 기꺼이 대신하면 죽음을 되돌릴 수 있는
힘을 가진 '시간의 새벽 이전의 심오한 마법'에 의해 부활한다. 아
슬란은 소녀들을 마녀의 성으로 데려가 마녀가 돌로 변하게 한 나
니아인들을 되살린다. 그들은 마녀의 군대와 싸우는 나니아 군대
에 합류한다. 나니아 군대가 승리하고 아슬란은 마녀를 죽인다. 아
이들은 집으로 돌아온다. 그런데 지상에서는 이 모든 사건이 벌어
진 시간이 단 몇 분에 불과했다.

　　마녀의 지배는 곧 악의 세력을 나타낸다. 마녀는 악의 상징이다.

그녀는 교묘하게 에드먼드를 굴복시킨다. 악의 포로가 된 에드먼드는 자기 의지로는 벗어날 수가 없다. 마녀의 악은 인간 이상의 힘에 의해서만 극복될 수 있다. 결국 에드먼드뿐만이 아니라 나니아 전체가 아슬란에 의해 구제된다. 아슬란은 선의 상징이 아니다. 그는 나니아의 구세주이다. 기독교의 구제론이 드러나는 대목이다. 이처럼 『나니아 연대기』 역시 『반지의 제왕』처럼 선악의 싸움 이야기임을 알 수 있다.

아슬란의 죽음은 싸움의 현실성을 보여준다. 악은 겨울로 상징되며, 산타클로스는 그리스도의 선구자인 세례 요한처럼 아슬란의 도래가 가까워졌다고 말하는데, 그때 눈이 내리기 시작한다. 아슬란이 부활하고 피터 군대가 마녀 군대를 쳐부술 때 나니아에 조용하고 한가로운 봄이 찾아온다. 그것은 아슬란에 의한 구원의 상징으로, 마녀의 눈과 대비된다.

『캐스피언 왕자』

『캐스피언 왕자』(1951)는 나니아 연대기에 실린 일곱 편의 소설 중 두 번째로 출간된 작품이다. 루이스는 이것을 첫 번째 책이 나오기 전인 1949년에 집필했다. 오리지널 판본의 제목은 "Prince Caspian: The Return to Narnia"이다.

네 명의 아이들이 영국으로 돌아간 뒤 나니아에는 1,300년이 흐

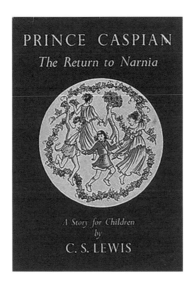

『캐스피언 왕자』 초판본 표지

른다. 역에서 기차를 기다리던 아이들이 돌연 나니아로 들어간다. 폐허가 된 케어 파라벨(Cair Paravel) 성을 발견하고서야 아이들은 나니아에 시간이 매우 많이 흘렀다는 것을 알게 된다. 수잔이 구출한 난쟁이 트럼프킨(Trumpkin)은 아이들에게 나니아가 사라진 이후의 역사를 들려준다. 캐스피언의 숙부 미라즈(Miraz)는 왕을 죽이고 나니아를 통치하고 있는데, 그의 아들이 태어나자 생명의 위협을 느낀 캐스피언이 가정교사인 코넬리우스 박사의 도움으로 미라즈의 성에서 탈출한다. 남쪽에서 말하는 동물들과 난쟁이들을 만난 캐스피언은 그들과 함께 왕에게 도전한다. 그러나 전황이 악화되자 캐스피언은 도움을 청하고자 마법의 나팔을 불었고, 이에 네 명의 아이들이 나니아에 들어오게 된 것이다. 네 명은 왕자를

도와 아슬란을 찾아간다. 아슬란은 몇 번이나 루시에게 길을 보여주지만, 그것을 볼 수 없는 사람들은 루시의 말을 믿지 않는다. 방황 끝에 결국 목적지에 도착한 일행은 캐스피언을 위협하는 생물을 몰아내거나 죽인다. 나니아에 평화가 찾아오고 네 명의 아이들은 역에서 기차를 기다린다.

이 소설의 주제는 타락 이후의 나니아가 아슬란의 도움으로 자유와 평화를 회복하는 것이다. 처음에는 사람들이 아슬란의 인도를 믿지 않는다. 그의 모습이 눈에 보이지 않기 때문이다. 이런 연유로 사태가 점점 어려워지는 가운데 신앙이 강한 루시만이 아슬란을 보고, 마침내 나니아를 구해낸다. 용기와 지도력에서 뛰어난 피터처럼 지성을 갖추는 것도 중요하지만, 곤경을 이겨낼 수 있는 힘은 루시의 신앙에서 왔다. 사람의 신앙만이 아니라 동물과 난쟁이들의 신앙도 중요하게 다루어지는데, 이는 각 종교인의 상이한 모습을 상징한다. 가령 말하는 오소리 트러플헌터(Trufflehunter)는 아슬란과 옛 나니아에 대한 믿음이 강하여 미라즈에 맞서 싸우는 캐스피언 왕자를 돕는다. 또한 난쟁이 트럼프킨은 아슬란에 대해서는 회의적이지만 이성과 양심에 따라 캐스피언에 대한 충성심을 지킨다. 반면 초자연력을 믿는 난쟁이 니카브릭(Nikabrik)은 왕자와 함께 싸우기를 거부하고 마법을 통해 하얀 마녀를 부활시키려고 계획하지만, 끝내 캐스피언에 의해 살해된다.

『새벽 출정호의 항해』

『새벽 출정호의 항해』(1952)는 소위 '포털 판타지' 소설로 나니아 연대기(1950-1956) 총 일곱 편의 소설 중 세 번째로 출판되었다.

어느 날, 에드먼드와 루시가 사촌인 유스타스(Eustace Scrubb)와 함께 배 그림을 보다가 바닷속에 빠진다. 세 명의 아이들은 그림에 나온 선박인 새벽 출정호(Dawn Treader)가 있는 바다에 이르러서 배에 탑승한다. 그리고는 미라즈에게 추방된 일곱 영주를 찾기 위한 캐스피언의 항해에 합류한다. 루시와 에드먼드는 나니아에 돌아와서 기뻐하지만, 이전에 그곳에 가본 적이 없는 유스타스는 그런 세계가 있을 리 없다면서 사촌들을 조롱한다. 아이들은 우선 명목상으로는 나니아 영토이지만 나니아 통치에서 벗어난 론제도(Lone Islands)에 상륙한다. 이곳에서는 나니아의 법이 금지한 노예무역이 번성하고 있었다. 일행은 노예 상인에게 상품으로 잡히지만, 캐스피언이 신분을 밝혀 왕으로 인정받는다. 캐스피언은 그의 모든 영토에서 노예 제도가 금지되어 있으며 모든 노예는 자유라고 선언한다. 그들이 방문한 두 번째 섬에서 유스타스는 폭풍으로 인해 배가 손상되자 혼자 길을 떠나서는 죽은 용의 동굴에 숨는다. 그는 주머니에 금과 보석을 가득 채우고 커다란 황금 팔찌를 차고 있지만 잠을 자면 용으로 변신한다. 그가 다시 인간이 될 수 있는 길은 아슬란의 도움뿐이다. 그러나 그 과정은 매우 고통스럽다. 구출된 유스타스와 함께 일행은 우여곡절의 항해 끝에 네 명의 영주

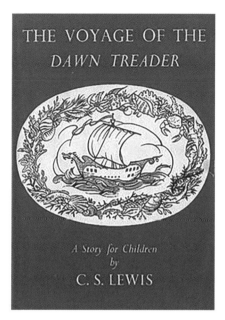

『새벽 출정호의 항해』 초판본 표지

를 구출하고 세 아이는 양으로 변신한 아슬란의 도움으로 무사히 집으로 돌아간다.

　이 소설은 항해라는 틀을 통해 영적인 삶의 탐색을 다룬다. 아슬란은 표면적으로 나타나지 않지만, 일행이 곤경을 당할 때마다 언제나 그들을 구해주는데, 이를 누구보다도 루시가 직접 느끼는 점은『캐스피언 왕자』의 경우와 같다. 이 소설에서 가장 중요하게 다루어지는 것은 유스타스의 회심이다. 자신의 힘으로는 벗어나기 불가능한 곤경을 아슬란의 도움으로 이겨낸다는 것이 이 소설에서 루이스가 강조한 주제이다.

『은의자』

『은의자』(1953)는 앞의 여러 작품에서 주인공으로 활약했던 아이들이 등장하지 않는 최초의 나니아 책으로 유스타스에게 초점을 맞춘다. 그는 현대적인 학교이면서도 실상은 비참한 학교인 '실험의 집'(Experiment House)에서 동급생이자 새로운 친구인 질 폴(Jill Pole)을 만난다. 불량배들의 괴롭힘에 시달려 숨어 지내는 질에게 유스타스는 나니아의 모험에 관해 말하며 그 경험이 자기 행동에 어떠한 변화를 가져왔는지 이야기해준다. 불량배들이 두 아이를 괴롭히려 하자 질과 유스타스는 아슬란의 나라로 간다. 그들은 십 년 전 어머니의 죽음에 대한 단서를 찾다가 실종된 캐스피언 왕자의 아들 릴리안을 찾는 데 도움이 될 네 가지 임무를 지시받는다.

질과 유스타스는 나니아 북쪽에 있는 거인의 땅을 향해 여행한다. 검은 갑옷을 입은 조용한 기사와 함께 녹색 커틀의 여인을 만나고, 이들은 그녀의 말에 따라 하르팡(Harfang)으로 가서 환영받는다. 그날 밤, 아슬란이 질의 꿈에 나타나 계시를 일깨우자 일행은 태만하게 행동한 것을 후회한다. 자신들이 바로 가을 잔치의 요리라는 사실을 알게 된 일행은 하르팡에서 아슬아슬하게 탈출한다. 그러고는 녹색 커틀의 여인이 통치하는 지하 도시에서 은의자에 묶여 있는 청년이 릴리안 왕자일 수 있다고 믿고 은의자를 파괴한다. 분노한 녹색 커틀의 여인은 녹색 뱀으로 변하지만, 두 사람에게 죽임을 당한다. 마법에 따라 노예가 되었던 지하의 주민들도

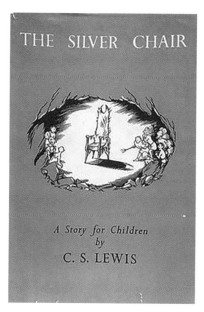

『은의자』 초판본 표지

자유를 되찾는다. 캐스피언은 오랫동안 잃어버렸던 아들과 재회하지만 재회의 기쁨도 잠시, 그 직후 사망한다. 릴리안은 눈물을 흘리는 군중 속에서 나니아의 왕으로 선포된다. 이때 아슬란이 나타나 왕을 부활시키고 두 아이를 지상으로 보낸다. 그들은 관리가 잘되고 있는 학교로 변한 실험의 집에서 좋은 친구로 남는다.

이 소설에서는 실종된 릴리안을 수색하는 과정이 다루어진다. 아슬란의 네 가지 지시 중 하나밖에 지키지 못한 일행은 곤경에 빠지는데, 이러한 지시는 구약성경의 신명기 6장 6-8절에 나오는 모세의 명령과 같은 것이다. 즉 일행이 안락의 유혹에 빠져 인간적 판단에만 의존하여 지시를 어기자 아슬란이 질의 꿈에 나타나고,

자신들의 잘못을 깨달은 아이들은 후회하면서 마음을 고쳐먹고는 릴리안을 찾는 마지막 지시를 충실히 이행한다. 실패를 거듭하면서도 아슬란의 도움을 받아 사명을 완수한다. 이와 함께 소설의 중요한 주제는 마야가 상징하는 '무신론과 회의론'에 대한 전통적인 기독교의 신앙 선언이다.

『말과 소년』

『말과 소년』(1954)에도 전편들에 나온 네 명의 주인공이 등장하지 않는다. 여기서는 나니아의 이웃 나라인 칼로르맨(Calormen)에 사는 샤스타(Shasta)가 주인공이다. 샤스타는 어부인 아버지를 두려워하며 살아간다. 어느 날 아버지가 자신을 팔려고 한다는 것을 알게 된 샤스타는 '브리'라는 말하는 말을 타고 타슈반으로 도망친다. 도중에 강제 결혼을 피하여 가출한 타칸인 소녀 아라비스를 만나 함께 말을 타지만 목적지에 도착하자마자 샤스타는 왕자로 오인되어 궁궐에 잡혀갔다가 도망친다. 한편 아라비스가 마을을 벗어날 때, 카롤맨의 왕자 라바다쉬가 나니아를 공격한다고 듣고 이를 나니아에 전하고자 한다. 그 뒤 재회한 샤스타와 아라비스는 사막으로 말을 타고 질주한다. 도중에 사자에게 쫓겨 오두막에 숨었다가 그곳에서 수도자를 만난다. 그때 아켄의 왕이 나타나 샤스타를 왕자 코르(Cor)라고 오인한다. 소년은 사자의 보호 아래 무사히

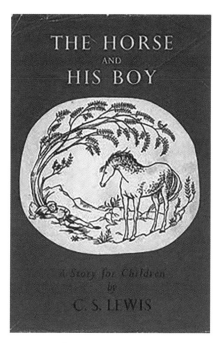

『말과 소년』 초판본 표지

목적지에 도착한다. 나니아는 아켄의 도움을 받아 승리한다. 그때 샤스타가 바로 코르임이 판명된다. 코르는 아라비스와 결혼하고 아켄을 평화롭게 통치한다.

　이 소설의 제목이 '소년과 말'이 아니라 '말과 소년'인 점은 작가의 의도를 보여준다. 말을 할 줄 아는 말이 소년의 삶을 좌우하는 이야기이기 때문이다. 아슬란은 사자로 나타나 샤스타를 지켜주는데, 이 소설에서는 무엇보다 아슬란의 배려가 뚜렷하게 드러난다.

『마술사의 조카』

『마술사의 조카』(1955)는 아슬란이 어떻게 세상을 창조했고 어떻게 악이 처음으로 세상에 들어왔는지를 보여준다. 이야기는 1900년 여름 런던에서 시작된다. 두 아이 디고리(Digory)와 폴리(Polly)는 인접한 테라스 하우스의 정원에서 놀다가 만난다. 그들은 디고리의 집 너머에 있는 버려진 다락방을 탐험하려다가 앤드류(Andrew) 삼촌의 서재에 들어가게 되고, 앤드류의 실험용 마법 반지로 미지의 세계로 간다. 디고리는 찬(Charn)이라는 황량하고 버려진 도시에서 종을 울려 제이디스(Jadis)라는 마녀 여왕을 깨운다. 아이들은 제이디스를 악한 존재로 인식하고 도망치려 하지만 제이디스는 반지를 움켜쥔 아이들에게 달라붙어 그들을 따라 영국으로 온다. 제이디스가 소동을 벌이자 아이들은 필사적으로 막으려고 하고, 그러다가 무의 세계로 들어가게 된다. 그들은 노래를 부르며 별, 식물, 동물을 존재하게 만드는 사자 아슬란이 새로운 세계를 창조하는 것을 목격한다. 그 뒤 악이 들어오는 우여곡절을 거쳐 나니아 생물들은 평화롭고 즐겁게 살며, 마녀나 다른 어떤 적도 수백 년 동안 나니아를 괴롭히지 않는다. 그리고 중년의 교수가 된 디고리는 나무로 옷장을 만들어 『사자와 마녀와 옷장』의 이벤트를 준비한다.

이 소설은 루이스 자신의 삶과 유사하다. 디고리와 루이스는 둘 다 1900년대 초 어린이였으며 둘 다 조랑말을 갖고 싶어 했고, 둘

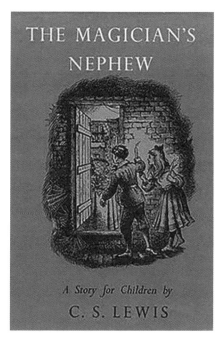

『마술사의 조카』 초판본 표지

다 어린 시절에 어머니의 죽음에 직면했다. 디고리는 인도에 있는 아버지와 헤어져 아버지를 그리워한다. 루이스는 어머니가 죽은 후 영국에서 학교를 다녔고, 아버지는 아일랜드에 남아 있었다. 그에게는 인도에도 형제가 있었다. 루이스는 어렸을 때 독서광이었고, 디고리도 그렇다. 두 사람 모두 숫자보다는 글자와 더 친했다. 루이스는 어린 시절 비 오는 여름날을 기억했고, 소설 속의 디고리도 마찬가지다. 또한 둘 다 자라서 교수가 되어 제2차 세계대전 중에 대피한 아이들을 맡는다. 또한 앤드류는 루이스가 그의 형과 함께 다녔던 윈야드 학교의 교장과 매우 유사하다.

『마술사의 조카』를 읽다 보면 창세기와 비슷하다는 느낌을 받게 된다. 제이디스가 디고리에게 금단의 사과를 먹게 하는 점도 유사하지만, 이브와 달리 디고리는 사과를 먹지 않는다. 또한 창세기에서는 인간에게만 영혼이 주어지는 반면 『마술사의 조카』에서는 동물과 목신, 사티로스와 같은 반인반수의 생물, 심지어 나무와 물줄기에도 영혼과 이성적인 사고와 언어 능력이 주어진다. 이는 루이스가 자신의 기독교 세계관과 자연, 신화, 동화에 대한 애정을 결합했음을 시사한다.

『마지막 전투』

『마지막 전투』(1956)는 나니아 세계의 종말을 기록한 이야기다. 『은의자』 사건이 일어난 지 약 이백 년 후 나니아의 북쪽 숲에 카롤맨 사람들이 침입하여 말하는 나무들을 벌채하기 시작한다. 교활한 원숭이 시프트(Shift)는 소박한 당나귀인 파즐에게 사자의 모피를 입게 하여 가짜 아슬란으로 만들고, 카롤맨의 신인 타쉬(Tash)와 아슬란이 동일 인물이라고 말하면서 타쉬에게 예배하라고 명한다. 이에 항의한 티리안(Tirian) 왕은 즉각 체포되지만 질과 유스타스가 나타나 그를 돕는다. 그러나 나니아는 서서히 종말을 고한다. 나니아 주민들은 아슬란의 심판을 받기 위해 헛간 밖에 모인다. 충실한 자들은 아슬란의 나라에 들어가고, 그를 반대하거나

『마지막 전투』 초판본 표지

버린 자들은 평범한 동물이 되어 서술자도 알 수 없는 운명으로 그의 그림자 속에서 사라진다. 아슬란은 사자 모습을 벗고 지금부터가 참된 시작일 뿐이라는 계시를 주며 이야기가 끝난다.

　『마지막 전투』는 기독교적인 종말론을 보여주는 소설이다. 종말을 보여주는 징조의 하나로 거짓 예언자(시프트)나 거짓 그리스도(파즐)의 등장을 들 수 있다. 말하는 나무를 벌채하는 행위는 유물론과 능률주의에 의한 인간의 자연 파괴, 독재자와 자본가가 서민의 생존권을 탈취하는 것을, 그리고 동물이나 나무가 말하는 능력을 가진 것은 신의 이미지를 상징한다.

『나니아 연대기』에 대한 비판

『나니아 연대기』에 대해서는 많은 비판이 있다. 첫째, 성별 고정 관념에 대한 비판이다. 가령 『마지막 전투』에서 수잔이 "더는 나니아의 친구가 아니며" "요즘에는 나일론과 립스틱, 초대장 외에는 아무것에도 관심이 없다."라고 하는 부분 등이다. 나니아 이야기에서 여성은 종종 폄하된다는 비판이 있다. 이는 루이스가 여성에게 그다지 관심이 없었다는 점과 관련된다. 그러나 『사자와 마녀와 옷장』의 루시, 『은의자』의 질, 『말과 소년』의 아라비스는 여성의 전통적인 역할에 의문을 제기하는 긍정적이고 적극적인 여성들로서 시리즈 전반에 걸쳐 소녀들이 소년들보다 더 많이 활약한다는 점도 간과해서는 안 된다. 등장인물들이 어느 한쪽에게만 부정적인 표현을 하는 대신 남성과 여성 모두에게 긍정적인 말과 부정적인 말을 한다는 점은 남녀평등을 시사한다고 볼 수 있다. 특히 『사자와 마녀와 옷장』의 경우 줄거리 대부분이 수잔과 루시의 관점에서만 서술된다. 아슬란이 살해되고 다시 살아나는 것을 목격한 것 역시 소녀들이다. 매우 두렵고 충격적인 순간들을 겪으면서 수잔과 루시는 성장하고, 용기와 책임감을 지니게 된다. 동시에 소년들 역시 군대에 갈 준비를 하고 전쟁에 참여하는 과정을 통해 성장하는 모습도 보여준다.

둘째, 인종차별에 대한 비판이다. 가령 『말과 소년』에서 "동양인=야만인"으로 일반화하는 묘사라거나 그들의 도시인 타쉬반을

퇴폐적으로 묘사하는 것*, 혹은 어두운 색의 피부를 추함과 동일시하는 묘사 등은 전통적으로 인종차별주의와 연관되어 온 측면이 강하다.

루이스는 보수주의자인가

루이스는 종교적인 측면에서 중도적인 성공회 신자였다. 그는 현재의 의미에서 복음주의나 근본주의자를 의미하는 보수주의자가 아니었으며 성경을 '문자 그대로' 또는 '무오류'로 취급하는 '문자주의자'도 아니었다. 그는 과학을 믿었다. 다른 학자들과 마찬가지로 그도 창세기의 창조 설화를 설화로 인식했다. 그는 '세상의 종말'을 예고하는 '징조'를 찾는 것을 비난했다. 그는 『마지막 전

---

* 『말과 소년』에 나오는 사막 국가인 칼로르맨의 경우 피부는 까무잡잡하고 모발은 검은색인 사람들이 사는데, 그 땅의 남자들은 수염을 기르고 언월도로 무장하며 머리에는 터번을 얹고 다닌다. 그리고 화폐에는 초승달 무늬를 새겨놓고 산다. 칼로르맨인들이 믿는 신인 타슈는 인신 공양을 요구하는 사악한 신이며, 따라서 연작의 마지막 이야기인 『최후의 전투』에서 타슈와 아슬란을 동일시하는 태도도 문제. 칼로르맨인들은 명확하게 유색인종을 연상시키고, 따라서 타슈를 신앙하는 칼로르맨인들의 종교는 명백히 이슬람교를 연상시킨다. 『마지막 전투』의 종반부에서 한 젊은 칼로르맨 군인이 아슬란에게 구원받는데, 이는 그 청년이 선한 마음을 가지고 있었기에 타슈의 이름을 부르며 타슈를 숭배했더라도 실제로 그 청년이 믿은 것은 악한 신인 타슈가 아니라 선한 신인 아슬란이었기 때문이라고 하는데 이는 특정 종교에 대한 비하로 여겨질 소지가 크다. 그리고 작중에서 타슈는 사악한 신이고 타슈 신앙은 사악한 종교로 묘사된다는 점에서 타 종교에 대한 비하 이슈도 나온다. 그러나 루이스는 타 종교(이슬람을 연상시키는 타슈 신앙)를 믿는 이에게도 구원의 여지가 있는 것으로 묘사했고, 이에 대해 루이스보다 더 강경한 배타적 종교관을 가진 일부 기독교인들이 "오직 기독교 신앙만이 구원에 이르는 길임을 부정하고 다른 종교를 믿더라도 올바르게 살기만 하면 구원받을 수 있다고 보는 종교 다원론적 태도"라고 공격했고 루이스는 "단순히 다른 종교를 믿고 선하게 살았기 때문에 구원받았다는 것이 아니라, 다른 종교를 믿었지만 선하게 살았기에 최후의 심판 전에 아슬란(사실상 기독교의 하느님)을 영접하고 구원받을 기회를 얻을 수 있었다."라고 대답했다.

투』에서 부흥주의 종교를 풍자했다. 자신을 휴머니스트라고 자랑스럽게 불렀다. 그리고 공개적으로 이교주의를 존중했다. 루이스는 "당신이 기독교인이라고 해서 다른 모든 종교가 틀렸다고 믿을 필요는 없다."라고 주장했는데, 이는 복음주의 기독교나 심지어 근본주의가 강조하는 전형적인 개념과 다르다.

루이스는 정치적 의미에서도 '보수적'이 아니었다. 그렇다고 해서 자유시장체제를 옹호한 사람도 아니었다. 루이스는 공동체와 상호 의무, 전통, 민주주의, 다양성과 관용, 공동선, 보편적 정의를 믿었고, 인류는 서로를 돌봐야 한다고 강조했다. 따라서 결코 자본주의의 치어리더는 아니었다. 자본주의(경쟁, 이윤, 부의 축적, 마케팅, 불평등, 이기심)에 대해 언급할 때면 비판적이거나 종종 적대적이기까지 했다.

그는 기독교가 자본주의와 같다고는 믿지 않았다. 기독교가 물질적인 성공과 관련이 있다고도 믿지 않았다. 루이스는 많은 유명한 설교자나 작가들과 달리 종교 관련 서적을 집필하여 번 돈을 기부했다. 권력자들과 교류하지 않았으며 대영제국주의를 싫어했다. 자기 가족이라고 해서 무턱대고 미화하지 않았으며, 가족의 가치를 강조하지도 않았다.

그의 신학적 스승은 정통파가 아닌 조지 맥도날드였다. 그는 미국에 영국식 '사회주의'의 상징인 국민건강보험이 없다는 사실에 놀랐던 사람이다. 그리고는 여러 차례에 걸쳐 인쇄물을 간행하여 더 큰 경제적 평등을 요구했다.

루이스는 여러 과학 분야의 발전에 대해 잘 알고 있었다. 그는 공상 과학 소설의 팬이었다. 루이스는 학계가 비웃을 때 SF 소설을 읽고 옹호했다. 특히 현대 물리학에 매료되었는데, 그와 가까운 동시대인인 올더스 헉슬리와 함께 현대 물리학과 씨름한 최초의 작가 중 한 명이라 해도 과언이 아니다. 그는 혁신적인 시간 철학자 앙리 베르그송(Henri-Louis Bergson, 1859-1941)의 저서를 탐독했고, '현대인'이 보여주는 여러 특성에 대해 불평하곤 했지만, 그 자신 역시 '현대인'이었다. 그의 산문 스타일을 보면 이 짐을 공감할 수 있는데, 문체 면에서는 분명한 모더니스트, 아니 거의 미니멀리스트다. 그는 E.M. 포스터를 좋아했고, 조지프 콘래드(Joseph Conrad)를 존경했으며, 헤르만 헤세(Herman Hesse)와 프란츠 카프카를 높이 평가했다. 『파리대왕』을 포함한 골딩의 소설을 즐겨 읽었고, 그레이엄 그린도 좋아했다.

이 모든 매력에도 불구하고 동시대인들이 루이스를 "시대와 맞지 않는" 사람으로 평가한 이유는 그가 우익 이데올로기에 대해 일말의 동정심도 보여주지 않았기 때문이다. 특히 1930년대 옥스퍼드에서 그랬다. 당시는 우파 이데올로기가 도처에 만연했는데, 스페인에서 프랑코를 위해 싸운 로이 캠벨의 파시즘을 루이스가 격퇴해버렸고, 보수주의자인 이블린 워도 싫어했다. 루이스는 장폴 사르트르(Jean-Paul Sartre) 같은 작가들을 존경했다. 그래서 올더스 헉슬리(Aldous Huxley)를 읽었고, 조지 오웰을 존경했다. 오웰은 루이스의 『그 가공할 힘』에 대해 놀랍도록 호의적인 평론을 썼다.

루이스는 어린 시절을 존중했다는 면에서 특이한 사람이다. 아이들에 대한 그의 관심은 1920-1930년대에 널리 퍼진 권위 숭배와 종종 충돌했다. 그는 당시 학계에서는 찾아볼 수 없었던 아동문학의 중요성을 강조했지만 다른 학자들은 그것을 경멸했다. 아동문학 작품을 쓴 루이스에게 경멸의 시선을 보낸 것처럼 말이다. 그러나 루이스는 이 장르가 심오하고 의미 있다는 것을 알고 있었다. 옥스퍼드 학자 중 유일하게 루이스는 디즈니의 백설 공주와 일곱 난쟁이와 베아트릭스 포터 이야기를 인용하여 밀턴을 설명하는 사람이었다.

시인으로서 루이스는 문체적으로 그의 동시대 사람들, 특히 그레이브스, 스펜서, 뮤어(고전 모더니스트), 심지어 T.S. 엘리엇과도 가깝다. 루이스는 영국-가톨릭 지식인 엘리엇과의 갈등에도 불구하고 1942년에 엘리엇의 「드라이 샐베이지즈*The Dry Salvages*」 (1941)를 인용했다. 루이스는 미국 문학에 대한 영국 속물들의 경멸을 공유하지 않았고, 너새니얼 호손을 사랑했다. 그는 우상 파괴적인 에밀리 디킨슨을 존경했으며, 로버트 프로스트와 스티븐 빈센트 베넷을 읽었다. 그는 심지어 로버트 펜 워렌에게 편지를 써서 그의 작품을 칭찬하기도 했다.

그의 작품은 모더니즘뿐만 아니라 자유주의 신학과도 많은 공통점을 보여준다. 바필드가 성인 조지(St. George)라고 불렀던 시인이자 선지자인 이단자 윌리엄 블레이크(William Blake)에 어느 정도 빚을 진 셈이다. 루이스는 또한 토마스 머튼(나중에 뉴에이지가 가장 좋아하게 된 사람)을 좋아했다.

루이스는 조지 오웰이나 조지 그랜트와 가까웠고, 보편적 정의와 자비에 대한 낡은 양심의 가책을 버리고 조국의 부와 권력만이 중요하게 간주되는 시스템을 채택하라고 강요하는 광신적인 민족주의자에 반대했다. 그는 영국의 영웅적인 민족주의 군주인 헨리 5세와 헨리 8세를 지옥에 맡겼다. 그러면서 자기 작품이 반좌파 선전에 이용되는 것을 원하지 않았기에 처칠이 제안한 서훈을 거부했다.

그는 위대한 영국 마르크스주의자인 윌리엄 모리스를 사랑했다. 루이스의 어린이책에 사회 혁명이라는 주제가 얼마나 자주 등장하는가. 타인에 대한 절대적인 명령, 폭정, 권력 지배 관계에 대한 공포는 비밀경찰, 자의적 구금, 테러 급습, 암살단, 밀고자, 경찰로 구성된 경찰국가인 『사자와 마녀와 옷장』에서 한꺼번에 우리를 찾아오지 않았던가.

루이스는 종교와 정치를 혼합하는 것을 싫어했다. "모든 나쁜 사람 중에서 종교적인 나쁜 사람이 최악이다."라고 말했을 정도다. 그의 언어는 무뚝뚝하다. "신권정치는 모든 정부 중 최악이다."라고 말하면서 누구도 그렇게 해서는 안 된다고 썼다. 건전한 의심이 루이스의 주된 미덕인 반면, 대부분의 그리스도인들에게는 의심이 죄다. 루이스가 '의심'이라고 부른 것은 익숙하지 않은 관점에서 사물을 보는 우리의 능력을 이른다. 따라서 개방성과 관용

이야말로 루이스를 정의하는 미덕이 틀림없다.

『침묵의 행성 밖에서』에서 루이스는 제국주의자이자 과학자이자 정복자인 웨스턴을 비판한다. 제국주의에 대한 루이스의 혐오감은 기독교까지 확장되는데, 사회주의자는 아니었지만 매카시 청문회 전에 제기된 사회주의자에 대해서 동정심을 표하고 이를 승인하지 않았다. 그는 더 큰 경제적 민주주의가 필요하다고 명시적으로 말했다. 호평을 받은 책인 『순전한 기독교』는 자본주의에 대해 놀라운 이야기를 담고 있다. 즉 모세와 아리스토텔레스, 기독교인으로 상징되는 세 개의 위대한 문명이 이자를 금지하는 데 동의했다는 것이다. 즉 그는 이 책에서 우리 삶의 기반이 되는 바로 그것, 자본주의를 비난한다. 그러면서 루이스는 진정한 기독교 사회에서는 물건을 사도록 설득하기 위해 어리석은 사치품을 제조하거나 더 어리석은 광고를 하는 일이 없어야 한다고 강조했다. 어쩌면 기독교 사회의 원래 모습은 우리가 지금 소위 '좌파'라고 부르는 그런 사회일지도 모른다.

루이스가 쓴 나니아 연대기를 통틀어 그의 경제적 이상을 찾아내기란 수월하지 않을 것이다. 그러나 예를 들어 『마법사의 조카』에 나오는 앤드류 삼촌은 기업가로서의 야망을 충분히 보여준다. 콜럼버스가 미국을 '발견'한 것처럼 나니아를 '발견'한 앤드류 삼촌은 상속 재산을 낭비하고 그곳에서 무료로 군사 및 산업 장비를 생산한 다음 다시 팔 계획을 세운다. 『마지막 전투』에서 칼로르맨 침공은 기본적으로 앤드류 삼촌의 계획과 동일한 식민지-제국 프로젝트다. 그것은 자원(『마지막 전투』에서 노예를 포함하는 자원)을 추출하기 위해 약한 국가를 점령하는 것이며, 이러한 제국적 착취는 원시 나니아 숲의 명확한 벌목 형태로 이루어진다. 그리고 이는 『마지막 전투』에서 제국 침공으로 나타난다. 『새벽 출정호의 항해』에서는 론섬의 경제적 기반으로 노예 제도가 등장한다. 대안이 없다는 지역 엘리트들의 열렬한 항의에도 불구하고 보이저호는 즉시 노예 제도를 폐지했다. 이런 여러 요소를 두루 살펴볼 때 루이스가 우리에게 내민 대안은 결국 "좌파적인 해방"이 아니었을까.

제5장

『호빗』

인간 베렌과 요정 루시엔

톨킨의 아내는 1971년 십일월 이십구 일에 세상을 하직했다. 톨킨은 아내의 묘지 비석에 루시엔(Lúthien)이라고 새겼다. 아내의 이름 아래에 말이다. 이십일 개월 뒤인 1973년 구월 이 일 톨킨이 여든한 살의 나이로 죽자 같은 곳에 묻혔는데, 이때 비석에 베렌(Beren)이라는 이름이 더해졌다. 베렌과 루시엔은 『실마릴리온』에 나오는 가장 위대한 존재들이지만, 베렌은 인간, 루시엔은 요정이다. 이런 짝은 아라곤과 아르웬으로도 나타난다.

고귀한 인간 출신인 베렌의 외모에 대해서 딱히 아름답다거나 잘생겼다는 서술은 없다. 다만 금빛을 띠는 갈색 머리에 회색 눈동자, 그 가문 출신의 사람이 대부분 그렇듯 어깨가 넓고 팔다리의 힘이 매우 세며, 키가 컸다. 베렌은 갖은 고초를 겪고 요정인 루시엔을 만나 운명적인 사랑에 빠지지만, 그 사랑도 고초를 겪는다.

결국 베렌은 죽지만 루시엔의 탄원으로 부활한다. 그리고 베렌을 부활시키는 대가로 루시엔은 요정으로서 마땅히 누려야 할 불멸의 삶을 버리며 훗날 베렌과 같은 날에 숨져 요정으로서 유일하게 '진정한 죽음'을 맞는다. 그들은 어느 가을날 함께 세상을 떠나며 둘의 무덤은 어디에 있는지 아무도 모른다. 『실마릴리온』, 나아가 레젠다리움의 모든 역사를 통틀어 베렌의 부활은 인간이 죽었다가 부활한 유일한 사례다.

1954년 『반지의 제왕』 제1부가 출판되었을 때 루이스는 "지금까지 발표된 전 세계 작품 중에서 작가가 자기 작품을 '제2의 천지창조'라고 부른 과격한 경우는 아직 없다."라고 했는데, 그 말은 『반지의 제왕』이 아니라 그보다 훨씬 앞서서 1914년부터 쓰기 시작한 『실마릴리온』에 더 적합했다. 톨킨은 『실마릴리온』이 『반지의 제왕』과 함께 빛을 보기를 바랐지만 방대한 분량 때문에 그의 생전에는 출판되지 못했다. 당시는 전쟁 직후여서 인쇄비가 너무 높았기에 『반지의 제왕』도 3부로 나누어 출판되었다. 『실마릴리온』은 그가 죽고 사 년 뒤인 1977년에 출판되었다. 따라서 거의 육십 년 정도 작업한 셈이다. 이처럼 베렌과 루시엔이 나오는 『실마릴리온』이 톨킨의 문학을 이해하는 데 중요한 작품이기는 하지만 이 책에서는 간단하게 설명하겠다.

『실마릴리온』

　'실마릴리온'은 요정어로 '실마릴의 노래'라는 뜻이다. 실제로 이 소설의 대부분은 실마릴이라는 보석 세 개와 그 보석들을 둘러싸고 벌어지는 이야기가 중심이다. 여기서 노래라는 건 흔히 말하는 노래가 아니라 서사시(敍事詩, Epic)에 가깝다. 그래서 '실마릴 이야기' 혹은 '실마릴 전승'이라고 번역해도 좋을 것이다.

　1장은 '아이눌린달레'로서 태초의 유일신인 에루(Eru, 즉 일루비타르(Ilúvatar), 모든 것의 아버지, 홀로 존재하는 자)가 피조계를 창조하는 이야기로 시작한다. 일루바타르는 레젠다리움 세계의 창조

크리스토퍼 톨킨이 편집하여 출판한 J.R.R. 톨킨의 책 『실마릴리온』의 타이틀 페이지

신이자 유일신으로 세상 밖의 '영원의 궁정'에 살며 세상을 관조한다. 일루바타르는 자신의 창조를 돕는 조력자로 발라(Vala)를 동원한다. 기독교의 대천사와 같은 발라는 가장 강력한 존재이지만 가공할 파멸의 행위를 범하여 타락할 수도 있는 존재다. 한편 가장 비천한 존재인 호빗은 가장 중요하고 가치 있는 일을 할 수도 있다. 이처럼 톨킨의 우주는 정태적이지 않고 동태적이다.

발라와 동격인 마이아는 함께 아이누(Ainur)에 속한다. 아이누는 불멸의 존재이며, 그 본질은 실체가 없는 영적인 존재들이다. 사우론, 이스타리(사루만, 간달프, 라다카스틑 등이 속한다), 발록 등이 마이아이다. 간달프는 본래 올로린(Olórin)이라는 이름으로 천사 중에서 가장 지혜로운 자로 나온다.

『실마릴리온』의 진정한 본편인 3장의 '퀜타 실마릴리온'에서는 요정과 난쟁이와 엔트와 인간의 역사를 다루지만, 요정이 중심이다. 그 요정 중 하나가 갈라드리엘이다.

『실마릴리온』 마지막에서 사우론은 요정들을 배신하고 절대반지를 만드는데, 이에 이어지는 이야기가 바로 『반지의 제왕』이다.

피조계가 처음 창조되었을 때의 '선'은 어떤 것일까? 이는 반지우정연대가 요정의 여왕 갈라드리엘이 만든 로스로리엔으로 들어갈 때 프로도가 마치 아담이 창조된 직후의 세계를 바랐던 것과 같은 느낌 아닐까?

그는 마치 사라진 세계가 훤히 들여다보이는 높은 창문 안으로

들어선 느낌이었다. ……그의 눈에 들어오는 것 중에는 추한 것
이라고는 하나도 없었으며, 모든 형상은 이제 방금 빚어진 것처
럼 윤곽이 뚜렷하면서도 다른 한편으로는 오랜 세월의 풍상을
겪어온 것처럼 고풍스러웠다.(Lord1 365)

일루바타르가 완전무결하게 창조한 세계는 그러나 악에 의해
손상된다. 그 하나가 죽음늪(Dead Marshes)이다. 제2 시대 말 다고
를라드 평원의 전투 당시 전사한 인간, 요정, 오르그 등 전사지들
을 묻어놨지만, 제3 시대에 와서는 침식되어 늪지대가 된 곳이다.
소설에서는 아라곤이 간달프의 의뢰로 모르도르에서 나온 골룸을
이곳에서 잡아 심문한다. 『두 개의 탑』에서는 프로도, 샘, 골룸이
여길 지나가다가 프로도가 망자에게 홀려 죽을 뻔했을 때 샘이 구
해주는 장면이 나온다.
　죽음늪 너머에 있는 사우론의 왕국 모르도르는 악취와 연기, 그
리고 죽음으로 가득한 거대한 황무지다. 보로미르는 엘론드의 신
성회의에서 "그곳에는 잠들지 않는 악이 있습니다. 커다란 눈이
언제나 그곳을 감시합니다. 그곳은 불과 재와 먼지가 뒤엉킨 메마
른 황무지입니다. 심지어 들이마시는 공기마저도 독한 연기지요."
라고 말한다. 죽음늪은 전장, 모르도르는 산업화된 대도시의 공장
지대나 빈민굴을 떠오르게 한다.

톨킨의 위계질서는 어떤 개념일까

톨킨은 신이 창조한 우주나 세계의 위계질서를 인정했다. 신의 존재를 믿는 가톨릭 신자였기 때문이다. 하지만 위계질서의 상실로 인해 도덕과 종교마저 사라졌다고 개탄한다. 여기서 주의해야 할 점은 톨킨이 말한 위계질서의 개념이 우리가 흔히 생각하는 것과 다르다는 사실이다. 그는 "위계질서 속에 있는 각각의 존재는 모두 나름의 가치를 가지기 때문에 서로가 서로에게 교만을 떨어서는 안 된다."라고 강조한다. 그리고 각각의 존재는 성장할 수도 있지만 타락할 수도 있다고 보았다. 『반지의 제왕』에서도 호빗인 프로도와 샘은 여행 중 갖은 고초를 겪으며 성장한다. 특히 평범한 정원사로 출발한 샘은 프로도와 여정을 함께하면서 중심인물로 부각되고, 여행을 마친 뒤에는 호빗 마을의 시장이 된다. 반면 같은 호빗이라도 골룸은 가공할 만한 타락의 길을 걷는다. 또 하나의 주인공인 인간 아라곤도 여행을 통해 성장한다. 반면 아홉 개의 반지를 소유한 반지악령(나즈굴, 검은 기수)들은 본래 위대한 왕과 마술사, 전사들이었으나 결국 사우론의 노예악령이라는 인간 변형체로 타락한다.

톨킨은 세계의 위계질서가 최하층의 광물부터 시작하여 식물과 동물로 올라가며 형성된다고 보았다. 광물에는 보석이 포함되고, 식물은 치유력을 가지며, 동물은 기동성을 갖는다. 식물 중에서는 특히 나무가 중요하고, 동물 중에서는 간달프가 타고 다니는 말인

샤두팍스(Shadowfax)나 샘의 조랑말인 빌(Bill)이 중요하다.

자유민 중에서는 난쟁이가 가장 낮은 축에 속한다. 키가 작고 손재주가 뛰어나 기예와 건축에 능한 종족이다. 길고 덥수룩한 수염을 기르는 난쟁이에 대해 『호빗』의 빌보는 "아주 완고하고, 고집이 세어 상대하기 힘들고, 의심 많고, 비밀스럽고 무례하지만, 누구보다 용감하고, 친절하고, 의리가 있다."라고 말한다.

난쟁이 위에는 인간, 그리고 인간과 유사한 호빗이 있다. 톨킨의 세계에 등상하는 수많은 종족처럼 인간도 하나의 종족에 불과하다는 점에서 톨킨의 세계는 인간 중심이 아니라고 할 수 있다. 실제로 『호빗』이나 『반지의 제왕』에서 주인공은 호빗이다. 호빗은 인

언덕에서 석양을 바라보고 있는 나즈굴

간과 별개로 고유한 특성과 문화를 지닌 종족으로 신체적 외모와 같은 일부 측면에서 인간과 유사한 면이 있지만 인간과 다른 독립적인 종족이다.

인간은 요정에 비해 약하고 병에 잘 걸리며 언젠가는 죽는 존재이다. 야심이 많고 악에 쉽게 유혹당한다. 다른 종족보다 더 아름답거나 재주가 좋거나 무예가 뛰어나지도 않다. 언제 창조되었는지 알 수 없는 인간은 제1 시대에 깨어나 요정들과 협력하여 모르고스에 대항하지만 제1 시대가 흘러가면서 인간 대부분이 요정을 배신하고, 최초의 세 가문만이 남아 요정들과 함께 싸운다. 제2 시대와 제3 시대를 거쳐 대부분의 요정이 가운데땅을 떠나면서 실질적으로 가운데땅의 역사는 인간이 주도하게 된다. 그리다가 제3 시대 말에 사우론을 물리치고 제4 시대를 열면서 마침내 인간의 시대를 맞는다. 제4 시대 이후 인간의 계보가 실제 역사의 인류로 이어지게 된다는 것이 레젠다리움의 설정이고, 현대는 제6 시대나 제7 시대 즈음이다.

인간 위에는 요정이 있다. 요정은 지상의 모든 피조물 중에서 가장 아름다운 존재로 지식이 풍부하고 수준 높은 문명을 자랑하는 고귀한 종족이다. 가장 큰 차별점은 불로영생이라는 특징이다. 요정은 죽음에 이를 정도의 치명상을 입거나 정신이 슬픔에 완전히 잠식당했을 때만 죽게 되는데, 그것조차 완전한 죽음은 아니다. 아만의 만도스의 궁정에서 다시금 육신을 입을 수 있다. 요정과 긴장 관계에 있는 종족은 난쟁이다.

그런데 요정보다 높은 단계에 있는 존재가 있다. 바로 마이아다. 이들은 일루바타르가 창조한 영적 존재인 아이누 중에서 발라 열네 명에 들지 못하는 존재로, 발라들이 일루바타르의 의지를 받드는 대천사에 가깝다면, 마이아는 하위 천사나 일반 천사라고 볼 수 있다. 그중 발로그와 사우론은 완전히 타락한다. 사루만과 간달프는 출발은 비슷했지만, 뒤에 고귀한 존재가 되는 간달프와 달리 사루만은 타락한다. 마이아 위에는 발라가 있다.

악의 종족

'폭군, 혹은 힘으로 일어선 자'라는 뜻의 멜코르(모르고스)는 레젠다리움 최대의 악역이자 만악의 근원이다. 사우론은 보통 마왕 (Dark Lord)으로 불리고, 멜코르는 더 격이 높은 대마왕으로 불린다. 사우론은 멜코르의 후계자인 만큼 멜코르가 일 대 마왕, 사우론이 이 대 마왕이라고 할 수도 있다. 그러나 멜코르의 힘은 사우론보다 훨씬 강력하다.

멜코르는 아이누들 중 가장 강력한 자로 힘과 지식이라는 제일 위대한 선물을 받았으나, 차츰 일루바타르의 뜻을 거스르는 행위를 하기 시작한다. 권력과 소유에 대한 갈망 때문이다. 『실마릴리온』에 나오는 묘사를 보자.

최고의 악 멜코르(모르고스)

그는 찬란한 영광을 버리고 자신 외의 모든 것을 경멸하는 파괴적이고 무자비한 거만함 속으로 타락하고 말았다. 자기만의 독단적인 의지에 이끌려 결국은 부끄러워할 줄 모르는 거짓말쟁이가 되고 말았다. 그의 일탈은 불멸의 불꽃에 대한 욕심에서 비롯되었지만 혼자 힘으로 그것을 소유할 수 없자 맹렬히 타오르는 분노와 함께 거대한 불길이 되어 어둠 속으로 내려갔다.(Silmarillion 31)

멜코르는 스스로 철의 왕관을 만들고 자신에게 '세상의 군주'라는 칭호를 부여한다.(Silmarillion 81) 악은 선에 기생할 뿐이므로 독창적이고 자유로운 피조물을 만들 수 없다. 기성의 피조물을 변형하거나 모조할 수 있을 뿐이다. 그래서 엔트족을 육식성의 거인으로 만들고, 요정을 오르크로 만든 것이다. 『반지의 제왕』 3권에서 프로도는 다음과 같이 말한다.

오르크들을 길러낸 어둠은 흉내만 낼 줄 알지 새롭게 만들어낼 줄은 몰라. 어둠은 오르크에게 생명을 준 것이 아니라, 그것들을 파멸시키고 일그러뜨렸을 뿐이야.(Lord3 190)

오르크는 충성심이 아니라 공포심과 증오심으로 멜코르와 사우론에게 복종하는데, 그 행동은 항상 사악하고 파괴적이다.

호빗을 때리는 오르크

오르크 족속은 본래 잔혹하고 사악한 마음을 지녔다. 그들은 아름다운 것들은 만들지 않고, 괴상한 것들만 잔뜩 만든다. 그들은 대체로 지저분하고 더럽지만, 노력하면 누구 못지않게 갱도를 파고 채굴도 할 수 있다. 물론 최고로 숙련된 난쟁이들과 비교할 수는 없다. 그들은 또 망치와 도끼, 칼, 단도, 곡괭이, 부젓가락, 그리고 고문 도구도 잘 만들었다.(Hobbit 60)

그뿐일까? 원자폭탄에 이르는 모든 무기는 오르크의 후손들이 만들었을 것이다. 무기야말로 권력과 소유의 정점이 아닌가? 오르크 중에서도 덩치가 훨씬 크며 일반적으로 인간과 비슷하거나 약간 더 큰 우루크하이(Uruk-hai)는 인간과 오르크의 혼합종이라고 보기도 한다.

분열과 중독, 비극적 운명을 상징하는 골룸

『호빗』과 『반지의 제왕』 전편에 나오는 골룸은 어떤 캐릭터보다 중요한 캐릭터이다. 참된 주인공이라고 해도 과언이 아니다. 골룸의 본명은 스메아골로 세 부류의 호빗족 중 하나인 스투어스(Stoors), 즉 강변에 살면서 물고기를 잡아 날것으로 먹는 어부 그룹의 일원이었다. 다른 호빗보다 몸집이 크고 얼굴에 털이 난 유일한 호빗으로, 손과 발도 커서 호빗 중에서 인간과 가장 닮았으며

암흑 속에 살면서 반지의 노예가 된 골룸

또한 인간에게 가장 친절했다.

골룸은 어느 날, 친구와 함께 낚시하다가 친구가 강바닥에서 절대반지를 발견하자 소유권을 두고 싸우게 되고 결국 친구의 목을 졸라 죽인다. "오늘은 내 생일이었으니 이 반지는 생일 선물로 받은 소중한 보물"이라고 자기 악행을 합리화하면서 절대반지를 소유한다. 그러고는 반지의 힘을 악용해 말썽을 피우다가 결국 마을에서 추방당한다. 그 뒤로 스메아골은 저 깊은 땅 암흑 속에서 오백 년 가깝게 살면서 완전한 반지의 노예가 되어 심신이 뒤틀린다.

그러다가 빌보에게 반지를 도둑맞은 뒤 추격하지만, 악의 부름에 이끌려 잠입한 모르도르에서 사우론의 군대에 잡혀 고문당한 끝에 '샤이어'와 '배긴스'라는 두 단어를 내뱉으며 절대반지의 행방을 알리고 만다. 이에 사우론은 절대반지가 샤이어에 있음을 알고, 골룸을 풀어준 후에 절대반지를 찾고자 샤이어로 나즈굴들을 파견한다. 풀려난 골룸 역시 반지를 되찾기 위해 반지 운반자의 뒤를 쫓는다.

골룸은 간달프의 의뢰를 받은 아라곤에게 죽음늪에서 사로잡혀 심문을 당하고, 이어 어둠숲의 요정들에게 인도되지만 사우론의 음모로 탈출에 성공한다. 모리아에서 헤매던 골룸은 카라드라스에서 하산한 반지우정연대를 발견하여 미행하다가 운명의 산(모르도르)까지 따라간다. 『반지의 제왕』 1편에는 거의 모습을 드러내지 않지만, 간달프나 아라곤이나 프로도도 그의 존재를 눈치챘었고, 보로미르에게는 미행을 들킨다.

골룸은 이중인격자다. 스메아골의 착한 인격과 뒤틀린 골룸의 사악한 인격이 공존한다. 그래서 2편 중간쯤에 골룸을 철저히 무시하는 샘과 다르게 친절하게 대해주는 프로도에게 인격적으로 감화하는 이중적인 태도를 보인다.

골룸은 요정들이 만든 것들은 모두 혐오한다. 절대반지의 능력 때문에 타락해서 그런 것 같다고 추측하지만, 어쩌면 출신이 하층민인 어부이기 때문에 그럴 수도 있다. 날고기를 즐겨 먹는 골룸의 식성은 음식을 불에 익혀 먹는 문명인의 식생활에 대비되어(불=문명의 상징) 날것을 그대로 먹는 짐승의 수준을 상징한다. 아라곤은 골룸에게서 지독한 냄새가 난다면서 그를 멸시한다.

이러한 골룸을 "자유를 얻기 위해 투쟁하고, 굶어 죽어가고, 반지를 통해서 지배 세력에게 빼앗긴 부를 자기 것이라고 주장하는 노동자 계급을 구현하고 있다."(스마쟈 125)라고 보는 견해가 있지만 의문이다. 왜냐하면 골룸에게서 반지를 뺏은 자 역시 같은 호빗 종족인 빌보였지 않은가. 게다가 반지를 찾기 위해 반지우정연대를 뒤쫓는 것은 "자유"와는 아무 상관이 없다. 굶어 죽어가는 것도 골룸 스스로 선택한 것에 불과하다.

『호빗』

『호빗』은 호빗인 빌보 배긴스(Bilbo Baggins)의 모험을 다룬 소설이다. 샤이어에 사는 호빗 빌보 배긴스의 집에 어느 날 마법사

피터 잭슨의 반지의 제왕 영화 3부작에 묘사된 호빗 구멍 또는 스마일(smial)

간달프가 찾아오고, 난쟁이들과 함께 모험을 떠난다. 그들은 무서운 용 스마우그(Smaug)가 빼앗아 간 보물을 되찾으러 가는데, 모험의 길에서 빌보는 위기 때마다 놀라운 기지를 발휘하면서 자신의 재능을 발견하게 된다. 결국 용의 둥지로 잠입할 묘수를 짜내던 빌보는 골룸이 간직하던 반지를 얻게 된다. 화를 못 이겨 둥지 밖으로 나온 스마우그는 인간 종족에게 죽는다. 『호빗』에는 『반지의 제왕』의 절대반지를 빌보가 갖게 된 경위가 설명되어 있다.

　『호빗』은 톨킨의 가운데땅의 역사를 다룬 소설 중에서 제일 먼저 집필된 것으로 1937년에 출판되었다. 그가 만든 작품들의 총칭인 레젠다리움의 첫 출판작이기도 하다. 애초 톨킨은 『호빗』을 가

마법사 간달프와 모험을 떠나는 빌보 배긴스

참나무방패 소린

운데땅과 연관시키려고 하지 않았으나, 이후 후속편에 해당하는 『반지의 제왕』을 집필하면서 『호빗』의 내용이 제3 시대의 가장 중요한 사건인 반지전쟁과 이어지게 되었다. 그래서 『호빗』의 초판본과 이후 판본에 내용의 차이가 있다. 초판본에서 주인공인 빌보는 골룸으로부터 절대반지를 선물로 받지만, 이후 판본에서는 동굴을 헤매는 도중에 반지를 줍는 것으로 묘사되어 있다.

『반지의 제왕』 시점에서 칠십팔 년 전의 이야기인 『호빗』에서는 빌보, 간달프, 소린, 그리고 훗날 소린의 '열두 가신'이라 불릴 난쟁이들이 모험을 떠난다. 그들의 목적은 용 스마우그가 멸망시키고 점거한 난쟁이 왕국을 탈환하고 그 안에 숨겨진 보물을 되찾는 것이다. 간달프에 따르면 스마우그는 당대에 남아있는 가장 사악하고 가장 강력한 용이다. 그는 사우론의 귀환과 더불어 장차 엄청난 해악을 끼칠 것이 분명한 이 용을 어떻게 처리하면 좋을지 골머리를 앓고 있었다. 그런데 때마침 스마우그에게 과거의 패배를 설욕하고 자신의 왕국을 복원하기를 갈망하던 참나무방패 소린과 운명적으로 만나게 된다. 이 일을 계기로 간달프는 여행을 감행하게 된 것이다.

결국 모험 끝에 스마우그의 보물을 발견하고, 보물을 털린 스마우그는 난동을 부리다가 죽는다. 이후 보물 분배를 놓고 난쟁이와 요정, 인간들까지 분쟁을 일으키며 전쟁 직전까지 가지만, 보물을 노리고 나타난 고블린 대군이라는 공동의 적이 등장하자 화해하고 고블린들을 척살한다. 고블린은 탐욕이 많고 비열하며, 귀가 긴 모습으로 나온다. 이를 '다섯 군대 전투'라고 한다. 당시 북왕국은 완전히 멸망했으나, 이 여행의 결과 스마우그라는 위험 요소는 제거되고 난쟁이 왕국과 인간의 소왕국이 다시 건설됨으로써 방어벽이 만들어졌으며, 덕분에 샤이어와 에리아도르는 곤도르가 전쟁에 휩싸였을 때도 거의 평화로운 동네로 남았다. 빌보는 여행 도중 '모습을 감추게 해주는 마술반지'를 챙기는데, 『반지의 제왕』에서 문제가 되는 절대반지가 바로 이것이다. 반면 『호빗』에서는 재물을 둘러싸고 분쟁이 벌어진다.

간달프, 회색의 마법사에서 백색의 마법사로 소생하다

『실마릴리온』의 마지마에 등장한 사우론과 『호빗』에 등장한 간달프는 『반지의 제왕』에서도 마법사들과 대결한다. 『반지의 제왕』에서 난쟁이 왕국 모리아의 깊은 땅굴 속에서 간달프와 싸우는 화염괴물 발로그(Balrog)도 한때는 간달프와 같은 천사였다. 간달프는 『반지의 제왕』에서는 여러 힘의 반지 중 사우론의 악한 힘이 들어가지 않은 요정의 세 반지 중 하나인 불의 반지 '나랴'의 소유자이기도 하다.

간달프는 원래 마이아로 천상계에 있었다. 그러던 중 가운데땅에서 사우론이 난동을 부리자 다섯 명의 마법사를 보내 사우론을 멈추게 하려 했다. 그러나 라다가스트는 큰 도움이 되지 못했고(『호빗』에서 고장 난 지팡이를 간달프에게 준다), 사루만은 타락하여 절대반지를 가지려 하다가 패배해서 죽는다. 결국은 간달프가 참나무방패 소린과 난쟁이 열두 명을 돕고, 반지 운반자인 프로도와 반지우정연대의 일원으로 절대반지를 파괴하러 떠난다. 도중에 모리아 광산에서 발로그와 크하잣둠의 다리에서 결투 후 승리하지만 아래로 떨어진 간달프는 백색의 마법사로 소생한다. 즉 죽임을 당하여 생명을 잃어버린 뒤에 다시 생명을 얻은 것이다.

간달프는 엔트들이 있는 숲에서 아라곤 일행과 다시 만나 로한으로 떠난다. 로한에 도착한 후, 사루만이 걸어놓은 사악한 술수에 빠진 세오덴을 구해준다. 그리고 피핀과 함께 미나스 티리스에

회색의 간달프

싸우는 간달프

서 전쟁을 지휘한다. 이어 모르도르의 앞에서 사우론의 시선을 프로도와 샘에서 벗어나게 한 다음 절대반지를 파괴할 것이라는 계획을 실행한다. 한때 프로도가 죽은 줄 알고 절망하지만, 사우론이 절대반지를 못 얻었다는 것을 알고서 아라곤, 미나스 티리스의 군사들과 함께 공격을 감행한다. 하지만 유혹을 참지 못한 프로도가 절대반지를 끼자 사우론은 이제 자신의 목숨이 호빗들(골룸은 타락한 호빗)에게 달려 있음을 깨닫는다. 사우론은 나즈굴을 즉시 보내 사태를 평정하려 한다. 골룸이 프로도의 손가락을 물어뜯는 바람에 프로도는 모르도르 밖으로 밀려나고, 골룸은 기분이 좋아 점프하다가 돌이 부서지자 모르도르의 용암 속으로 떨어져 죽는다. 절대반지도 파괴된다. 사우론과 나즈굴, 그 많던 오르크들까지 모두 파멸한다. 그리고 간달프는 프로도와 샘을 독수리 등에 태워 모르도르의 폭파 현장을 벗어나 미나스 티리스로 돌아간다. 그 뒤 절대반지 때문에 상처받은 프로도, 빌보와 함께 천상계로 건너간다.

좋은 마술과 나쁜 마술

『호빗』이나 『반지의 제왕』에서는 마술사들이 중요하다. 간달프는 좋은 마법을 쓰는 좋은 마법사로 그의 마법은 자연 질서 속에 내포된 경이와 신비를 느끼게 한다. 반면 나쁜 마술사인 사우론은 남을 지배하려는 권력욕에서 절대반지를 만든다. 사루만과 사우론

사루만과 대결 후 탑 위에 갇힌 간달프를 구하는 독수리

이 사용하는 나쁜 주술은 기계의 힘을 활용한다. 한편 호빗들은 어떤 마술과도 무관하지만, 사람들의 눈을 피하는 데 선수다. 이는 "오직 타고난 자질과 숙련, 그리고 대지와의 깊은 우정으로 인하여, 몸집이 크고 어설픈 종족들은 결코 모방할 수 없는 전문 기술을 갖추었기 때문"(Lord1 10)이다.

톨킨과 루이스는 마술을 신봉했던 과거 사람들처럼 현대인들은 과학에 충성을 다한다고 본다. 데카르트 이후 현대과학은 인간을 자연에 대한 소유자와 권력자로 군림하도록 조종했다. 속도나 노동을 절감하고, 조급하게 결과에 매달린다는 점에서 마술과 현대과학은 비슷하다. 그러나 루이스나 톨킨이 기계 거부자나 기계 파괴자였던 것은 아니다. 그들은 소유욕에 의해 과학을 악한 목적으로 전용하려고 하는 자본가들이 문제라고 생각했다.

야심과 악의의 본진 아이센가드

악의 지역을 집약적으로 보여주는 곳이 아이센가드(Isengard)다. 이곳은 톨킨이 어릴 적 살았던 버밍엄이나 영국의 수도인 런던 같은 대도시와 매우 흡사하다. 『반지의 제왕』 2권에서는 다음과 같이 묘사된다.

아이센가드는 흔들리는 지면 때문에 죽은 자들이 있는 무시무시한 무덤과 같다. 그 기둥들은 많은 비탈과 나선형의 계단을 거쳐 아래 깊숙한 동굴까지 내리 뻗쳤으며, 사루만은 그곳에 갖가지 보물고와 창고, 병기고, 대장간 그리고 거대한 화덕을 갖추어 놓았다. 거기서는 끊임없이 쇠바퀴가 돌고 망치가 쿵쾅거렸다. 밤이면 통기구에서 붉은빛이나 푸른 빛, 그리고 유독성의 초록 빛 증기가 피어올랐다.(Lord2 160)

아이센가드는 제3 시대* 초기 곤도르의 전성기에 북왕국과 남왕국 사이 지역을 관리하기 위하여 세운 성이다. 그 성의 중앙에는 오르상크(Orthanc)라는 거대한 탑이 있다. 이 탑에는 누메노르 석공술의 정수가 들어있어, 심지어 세월조차도 그 탑을 무너뜨릴 수 없다. 이 상황은 미나스 티리스도 비슷하다. 이후 북왕국 아르노르

---

* 톨킨이 창조한 가공 세계인 가운데땅의 역사를 구분하는 단위가 제1, 제2, 제3 시대다. 『실마릴리온』은 주로 제1 시대를 다루고 있다. 제1 시대는 등불의 시대, 나무의 시대, 태양의 시대를 모두 포함하는 아주 긴 시대이지만, 태양이 처음 뜬 해부터 벨레리안드가 가라앉기까지의 오백구십 년을 지칭하기도 한다. 제2 시대는 발라의 대군이 모르고스를 가운데땅에서 몰아낸 다음에 시작하여, 요정과 인간의 마지막 동맹이 사우론을 물리칠 때까지 삼천사백사십일 년 동안 지속된다. 이 시대는 가운데땅의 인간들에게는 암흑기였으나 누메노르인에게는 영광의 시대였다. 그러나 누메노르인들은 사우론의 꾐에 넘어가 발라의 권위에 도전하게 되고 결국 멸망에 이른다. 누메노르의 몰락이라 하는 이 사건은 제2 시대의 종언으로 이어진다. 이 시대에 절대반지가 만들어졌지만, 이 시대는 제1 시대나 제3 시대에 비해 잘 알려지지 않았다. 제3 시대는 요정과 인간의 마지막 동맹을 통한, 제2 시대 3441년에 있었던 사우론의 첫 몰락을 기점으로 시작한다. 이 시대는 소설 『호빗』의 뒤를 이어 쓰인 『반지의 제왕』의 배경이다. 이 시대에는 그전까지 가운데땅에서 큰 영향력을 행사한 요정의 세력이 약해져 리븐델(깊은골), 로스로리엔, 어둠숲(머크우드)으로 한정되고, 누메노르가 바다 아래로 가라앉은 후 이주자들에 의해 세워진 두 누메노르인 왕국인 아르노르와 곤도르의 흥망성쇠가 있었다. 사우론은 첫 몰락 이후 서서히 다시 세력을 얻었고, 3441년에 사라졌던 절대반지가 골룸에 의해 다시 발견되며, 그것이 또 빌보 배긴스에게 전해진다. 이 시대는 사우론의 힘을 지니고 있던 절대반지가 프로도에 의해 파괴되어 사우론이 다시 완전히 몰락한 후, 프로도와 빌보가 발리노르로 항해하여 가운데땅에서 사라지기까지 3021년 동안 지속된다.

가 멸망하고 곤도르의 세력권이 축소되자 백색산맥 북쪽에 버려진 땅이 되었지만, 곤도르는 백색산맥 북쪽을 로한에게 양도하면서도 아이센가드만큼은 명목상 직할령으로 소유했다. 그런데 사루만이 슬그머니 들어와 아이센가드에 자리 잡는 바람에 곤도르 측은 사루만에게 아이센가드 탑을 양도하고 그곳을 마술사의 협곡이라는 뜻의 '난 쿠루니르'라 불렀다. 당시만 하더라도 사루만은 명성 높은 현자였고, 곤도르 측에서는 어차피 직할 통치를 하지 못하는 땅으로 사루만의 호의를 얻기 위해 양보한 것이다.

이후 반지전쟁이 시작하기 전만 해도 아이센가드는 가운데땅에 있는 몇 안 되는 안전지역 중 하나였다. 그러나 사루만이 사우론과 접촉함과 동시에 타락하여 가운데땅을 나누겠다는 야욕을 드러냄에 따라 우루크하이들의 본진이자 성채가 되어버린다. 이때 우르크하이 군대를 양성하고 그들을 무장시키는 과정에서 많은 목재가 필요해지고, 그에 따라 아이센가드를 둘러싼 나무를 무차별적으로 벌목하며 황폐화시킨다. 이것이 사루만 최악의 실책이 된다. 엔트들을 자극했기 때문이다.

나팔산성 전투를 위해 전 병력을 헬름 협곡에 동원하여 아이센가드가 텅 비었을 때, 사루만의 행동에 크게 분노한 엔트들이 아이센가드를 공격한다. 이는 사루만이 예상하지 못한 일이었다. 애초에 엔트는 자신들에게 직접적인 위해를 끼치지 않는 이상 방관하는 모습만 보여 왔기 때문이다. 엔트들은 댐을 파괴하여 아이센가드 일대를 수몰시키면서 오르상크 탑을 제외한 모든 시설을 파괴한다.

〈두 개의 탑〉에 등장하는 아이센가드의 중심 타워 '오르상크'

엔트의 수장 나무수염이 호빗을 안고 있다.

사루만은 탑에 감금되어 오도 가도 못하다가 자신을 감시하는 나무수염과 이야기를 나눈 뒤 그리마와 함께 풀려나 원래부터 끈이 있던 샤이어로 도망친다. 이리하여 이곳은 한동안 나무수염의 관리를 받게 된다. 그리고 그 덕분으로 사우론과 모르도르의 몰락 직후에는 훌륭한 숲이 조성되어 과거의 아름다움을 일부나마 되찾는다. 이후 아이센가드는 원래 주인인 곤도르의 왕 아라곤에게 돌아가는데 이때 아라곤은 오르상크의 탑만 자신의 소유로 두고 아이센가드와 주변 땅을 엔트들에게 내준다.

제6장

『반지의 제왕』

『반지의 제왕』

나는 『반지의 제왕』을 소설보다 영화로 먼저 보았다. 소설을 원작으로 하는 영화에 대해 말할 때 누구나 하는 소리이지만 그 두 가지는 다르고, 대중영합적인 영화보다 작가가 심혈을 기울여 쓴 소설을 읽는 것이 옳다는 말은 『반지의 제왕』에도 해당된다. 그러나 소설이 방대하고 복잡한 경우 영화를 먼저 보는 것이 소설 독파에 도움이 될 수도 있다. 『반지의 제왕』도 마찬가지다. 나도 영화를 먼저 보았는데, 무수한 전쟁 장면에 질려서 소설을 읽지 않았다. 물론 이는 전쟁영화를 싫어하는 나의 특별한 경우이고, 전쟁영화를 좋아하는 경우라면 반대일 수도 있을 것이다.

소설 『반지의 제왕』은 1954년부터 1955년 사이 영미에서 간행되었다. 마법의 세계를 무대로 인간, 요정, 괴물 등이 일대 전쟁을 벌이는 그 이야기는 당시 영미는 물론 세계적으로 엄청난 화제가 되었다. 예순두 살의 저명한 옥스퍼드 대학교 영문학 교수가 쓴 이 판타지 소설이 어린이용인지 성인용인지부터 시작해서 세기의 걸작인가 시대착오적인 공상인가에 이르기까지 극과 극의 의견으로 갈리어 제법 시끄러웠다. 그로부터 칠십 년이 지난 지금도 그런 양극단의 평가는 여전하지만, 일반인 사이에서는 20세기 최고 문학까지는 아니어도 부인할 수 없는 걸작이라는 평가가 정착되었다.

『반지의 제왕』을 누구보다도 먼저 높이 평가한 사람은 그의 절친인 루이스였다. 그는 1954년 팔월 〈타임 앤드 타이드〉에 실은 서평에서 "영웅 로망스의 역사에서 새로운 영역을 정복했다."라고 하면서 『반지의 제왕』이 창조에 준하는 급진적인 실례라고 찬양했다. 그러고는 이 작품이 정밀하게 만든 신화의 세계를 통해 독자들에게 새로운 시각을 제공한다고 주장했다. 이어 옥스퍼드의 제자인 시인 W.H. 오든은 1956년 일월 〈뉴욕타임스〉 북리뷰에서 『반지의 제왕』을 '구도의 이야기'라고 하면서 "탐구, 영웅적인 여행, 성스러운 것, 선악의 갈등이라고 하는 전통적인 도구를 사용하고 동시에 우리의 역사적이고 사회적인 현실감을 만족시키는 점에서 톨킨은 이 장르의 어떤 선행 작가보다도 성공했다."라고 찬양했다. 그 밖에도 반지를 핵폭탄을 시사한다고 본 서평을 비롯하여 여러 서평이 나왔다. 그러나 톨킨 자신은 『반지의 제왕』 개정판(1966)에서 그 작품은 어떤 우의도 포함하지 않는다고 말했다. 물론 비판적인 서평도 많았다. 소년 소녀용의 단순한 권선징악 이야기에 불과하다는 혹평부터 영국 드라마의 전통인 착한 군대와 악한 군대의 전쟁, 먼 이국의 악당과 용감한 영국인 영웅 사이의 싸움 이야기에 불과하다거나 현실도피의 환상담에 불과하다는 비판까지 말이다. 또 이와 반대로 막강한 군사력을 가진 모르도르가 상징하는 현대를 거부하는 스토리라며 현실을 비판한 작품이라는 찬사를 받기도 했다. 찬사를 보낸 측에서는 특히 충성과 봉사, 우정, 이상주의와 같은 덕목을 일깨워준 점을 높이 샀다.

『반지의 제왕』은 1960년대에 미국에서 베스트셀러가 되었고, 이어 범세계적인 베스트셀러로 확신되었다. 이와 힘께 시평을 넘은 본격적인 연구가 시작되어 기독교적인 해석을 비롯하여 다양한 해석이 등장했다. 1973년 톨킨이 죽고 나서 사 년 뒤인 1977년 험프리 카펜터의 『톨킨 전기 *The Letters of J. R. R. Tolkien : Revised and Expanded Edition*』가 나왔는데, 이 책은 2004년 우리말로도 번역되었다. 2000년대까지 찬양과 비판의 논저들이 계속되었으나 한국에서는 주로 톨킨을 옹호하는 책들이 소개되었다. 가령 조지프 피어스의 『톨킨: 인간과 신화 *Tolkien: Man and Myth*』(2001), 그레고르 베스햄 등이 쓴 『철학으로 반지의 제왕 읽기 *The Lord of the Rings and Philosophy : One Book to Rule Them All*』(2003), 랄프 우드로의 『다시 읽는 반지의 제왕』(2003) 등이다.

그런 가운데 21세기가 시작되자마자 피터 잭슨(Peter Jackson) 감독이 만든 영화 〈반지의 제왕〉은 소설과 마찬가지로 2001년 〈반지의 제왕: 반지우정연대〉, 2002년 〈반지의 제왕: 두 개의 탑〉, 2003년 〈반지의 제왕: 왕의 귀환〉의 삼부작으로 각각 개봉되어 크게 흥행했다. 아카데미상 삼십 개의 부문에서 후보에 올라 작품상 등 열일곱 개 부문을 수상하였고, 특히 시리즈의 마지막 〈반지의 제왕: 왕의 귀환〉은 열한 개 부문에서 수상하면서 〈벤허〉〈타이타닉〉과 함께 최다 부문 수상작이 되었다. 그런데 누구보다도 영화를 좋아한다고 자부하는 나는 개봉 당시 극장에서 그것들을 찾아보지 않았다. 아마도 세 편 영화의 포스터에 "마지막 반지를 차지하는 자 모든 힘을 지배하게 될 것이다." "운명을 건 최후의 전쟁이 시작된다."와 같은 문구가 쓰였기 때문일 터다. 그 뒤로 텔레비전에서 방영하는 그 영화들을 전쟁 장면을 외면하면서 찔끔찔끔 보았다. 그러다가 이 책을 쓰기 위해 다시 영화를 보았는데, 역시 전쟁영화라는 느낌을 지울 수 없었다. 그 사이 영화도 보고 소설도 읽었지만 크게 감동한 편은 아니었다.

영화와 소설의 차이점에 대해서도 여러 가지 논저가 나왔는데, 당연히 소설의 심각한 주제들은 영화에서 많이 생략되거나 소홀히 다루어졌다는 지적이 많다. 그러나 악에 비해 선이 허약하다는 점이나 자비의 강조나 죽음에 관한 고찰과 함께 비영웅적인 주인공들이 부각된 점은 영화의 장점으로 지적되었다. 나도 왕이나 귀족과 같은 백인 미남미녀 영웅들이 주인공들로 나오는 것은 싫었지만, 프로도와 샘의 우정이 줄거리의 한 부분이라는 점이 마음에 들었다. 소설에서 샘은 '갈색 손'을 가진 것으로 두 번 언급되며, 그래서 샘이 백인이 아니라고 하는 견해도 있다. 그러나 샘의 손이 갈색인 이유는 더러워졌기 때문이거나 단순히 햇빛 아래에서 정

반지의 제왕 초판 표지

원을 가꾸는 데 시간을 보내서 그을렸기 때문일 수도 있다. 호빗은 인간이 아니라 톨킨이 만든 상상의 종족으로 인간보다 작고 약한 비영웅적인 존재인데, 그들이 『호빗』은 물론 『반지의 제왕』의 주인공이라는 점이 나에게는 가장 호감을 주는 요소였다. 우선 『반지의 제왕』의 주제인 선악에 대해 잠깐 살펴보자.

선악이라는 주제

『반지의 제왕』의 주제가 선과 악의 이슈라는 점에는 이견이 없다. 이를 반지에 대한 태도로부터 알 수 있다. 사우론이 만든 '모든 것을 지배하는 힘을 가진 반지'는 그 힘이 너무나 강대하여 그것을 소유하는 자는 물론이고, 그것을 소유하고자 하는 자도 타락시킨

다. 사루만, 골룸, 보로미르를 보라. 프로도와 샘 역시 반지의 유혹
에 갈등한다.

> 프로도는 동료들만큼이나 두려움에 떨고 있었다. ……반지를 끼
> 고 싶은 유혹이 너무나도 강해서 그는 다른 생각을 전혀 할 수가
> 없었다.(Lord1 207)

『반지의 제왕』에 등장하는 존재 중에서 가장 고결한 간달프조차
반지의 유혹에서 자유롭지 못하다. 프로도가 그에게 반지를 넘기
려 하자 그는 그것을 거부한다.

> "안 됩니다!" 간달프가 벌떡 일어나면서 외쳤다. "그 힘을 소유하
> 게 되면, 나는 너무나도 강한 능력의 소유자가 될 겁니다. 그리
> 고 반지도 나에게 더 강하고 치명적인 힘을 휘둘러댈 겁니다."
> 그의 눈에 불꽃이 일고, 얼굴은 속에서 불길이 타오르듯 벌게졌
> 다. "나를 유혹하지 마세요. 나는 암흑의 군주처럼 될 생각은 추
> 호도 없어요. 혹 내 마음에 그 반지가 끌린다면 그것은 동정심 때
> 문입니다. 약자를 위한 동정심이지요. 선한 일을 할 수 있는 힘에
> 대한 열망이지요. 그러나 나를 유혹하지 마세요! 나는 감히 그것
> 을 가질 수 없을 뿐 아니라 그것을 사용하지 않고 안전하게 보관
> 할 자신도 없어요. 반지를 사용하고 싶은 욕망은 내 힘으로 억
> 누를 수 없는 유혹입니다. 내 앞길에는 너무나도 많은 시련이 놓

여있어서 그것을 사용하지 않고는 배길 수 없을 겁니다."(Lord1 70-71)

요정의 여왕 갈라드리엘도 비슷한 경험을 한다. 그녀에게도 자기 혼자서 통치하고자 하는 욕망이 있었다.

지금 당신이 나에게 내놓으려는 것을 나 역시 마음속으로 오랫동안 탐내 왔음을 부인하지 않습니다. 오랜 세월 동안 나는 만약 절대반지가 내 손에 들어오면 어떻게 할까 생각해왔지요. 그런데 놀랍게도 그것이 이제 내 앞에 나타났군요! 먼 옛날에 만들어진 이 악마는 사우론 자신이 일어서든 쓰러지든 간에 여러 가지 방식으로 활동하는 것 같군요. 만일 내가 협박하거나 강제로 그 반지를 당신에게서 빼앗는다면 그 반지는 본래의 이름값을 제대로 하게 되지 않을까요?(Lord1 381)

그러나 보로미르나 사루만과 달리, 파라미르와 샘과 간달프처럼 갈라드리엘도 반지의 유혹을 물리친다. 이러한 차이는 왜 생기는 것일까? 보로미르나 사루만은 이기적인 욕망과 야망으로 왜곡된 자신을 지도자나 영웅으로 간주한다. 반면 간달프나 갈라드리엘은 양심과 영혼을 간직하며 자신을 군주가 아니라 종으로 여긴다.

파라미르와 샘도 유혹을 물리친다. 파라미르는 왕의 귀환을 대비하여 곤도르를 지키는 데 전념하고, 샘은 프로도에게 충성을 다

보로미르의 삶과 죽음은 전설적인 중세 영웅 롤랜드와 비교되곤 한다.
그림은 롤랜드의 생애 8단계를 보여주는 15세기 작품이다.

하는 착한 사람이기 때문이다. 그런데 빌보는 반지를 소유하여 여러 번 사용했어도 아무런 위험에 빠지지 않았다. 어떻게 이런 일이 가능했을까? 그는 이 경험을 바탕으로 책을 쓰고 호빗족에게 유익함을 주기 위해 헌신했기 때문이다.

갈라드리엘이 지닌 악에 대한 두려움을 살펴보자. 이런 감정은 과거에는 누구나 느낄 수 있었지만, 오늘날에는 대체로 놓치기 쉽다. 여기서 '악'이란 스스로 지배자가 되려고 하는 '교만'인데, 우리가 소위 '교만하다'고 말할 때의 개념과 달리 여기서는 "권력욕"이나 "소유욕"을 의미한다. 밀턴이 『실낙원』에서 타락한 천사인 사탄을 통해 묘사한 근원적인 악의 한 종류이다.

'교만'은 기독교의 칠 대 죄악 가운데 최대이자 가장 근원적인 악이다. 사루만이 타락하는 원인도 교만 때문이다. 백색회의의 주재자인 사루만은 『반지의 제왕』 제3권 9장에서 아르곤이 설명하듯이 사람의 마음을 지배하는 힘을 가졌기 때문에 타락한다. 또 1권 2장에서 간달프는 사루만이 뛰어난 지식 때문에 교만해졌다고 말한다. 샘과 프로도도 반지에 대한 소유욕에 유혹되듯이 내재하는 악으로서의 교만은 누구나 갖는 원죄일지도 모른다. 기독교를 믿지 않는 사람이라면 '원죄'를 '본능'이라고 보아도 무방하다. 실제로 인간의 권력욕과 소유욕은 인간의 본능인지도 모른다. 그러므로 무권력이나 무소유란 그 본능을 이겨내는 것이지 태어나면서부터 무소유나 무권력을 지향한다는 것은 있을 수 없다.

『반지의 제왕』과 『파리대왕』에는 어떤 공통점이 있을까

『반지의 제왕』과 같은 해에 출판되어 베스트셀러가 된 영국 소설 『파리대왕 Lord of the Flies』(1954)은 1983년에 노벨문학상을 받은 윌리엄 골딩의 작품이다. 우리나라에서도 소설과 영화로 유명한데, 그 작품의 주제도 선과 악이다. 미래의 핵전쟁을 피해 피난 가던 영국 소년들이 비행기 추락으로 무인도에 떨어진다. 고립된 상황에서 소년들이 규율을 중시하는 랄프파와 사냥을 즐기는 재크파로 나뉘어 야만인으로 변질되어 가는 모습을 매우 사실적으로 다루었다.

'파리대왕'은 마태복음과 누가복음에 나오는 악마 바알세불, 즉 악령의 대장을 뜻한다. 이는 재크파가 섬에 사는 정체불명의 짐승을 두려워하여 바친 공물인 돼지머리라고 하는 강렬한 이미지로 제시되는데, 작열하는 태양 아래 돼지머리와 돼지 내장이 급속히 부패하여 무수한 파리를 꼬이게 한다. 파리대왕은 인간 내면의 악인 교만의 상징으로 소년들의 권력투쟁만이 아니라 이야기의 배경인 핵전쟁의 근원이다. 즉 『파리대왕』이나 『반지의 제왕』이나 모두 근원적인 악의 힘을 뜻한다.

어느 작품에서나 악은 어둠과 악취라는 이미지로 제시된다. 『파리대왕』의 마지막에서 랄프는 '순수의 끝, 인간 마음의 어둠'을 슬퍼하며 운다. 『반지의 제왕』에서도 사우론의 부하들인 악령 '검은 기사'(나즈굴)는 프로도의 반지우정연대를 쫓고, 우정연대는 모리아의 갱도에서 무수한 오르크들의 공격을 받는다. 2권 7장에서 갈라드리엘의 물거울 속에서 프로도는 어둠을 보는데 갈라드리엘은 그 어둠이 자기 마음속에도 있다고 말한다.

프로도와 샘이 골룸을 따라가는 키리스 웅골(Cirith Ungol) 동굴은 사악한 거대 암거미 쉴롭과 오르크들이 숨어 있는 위험한 장소다. 또 4권 6장에서 파라미르는 골룸의 내면을 잠식한 악을 '마음 가운데 자물쇠로 닫은 문 반대쪽에 있는 어두운 방'에 비유한다. 이러한 어둠의 이미지는 『실낙원』 1권에서 지옥에 떨어진 사탄이 보는 '눈에 보이는 어둠'(darkness visible)을 상기시킨다. 마찬가지 로 『파리대왕』이나 『반지의 제왕』에서는 어둠이 악을 암시한다.

또한 악은 악취라는 이미지로 제시된다. 『파리대왕』의 돼지머 리 악취가 바로 그것으로 인간의 타락이라는 본질을 보여준다. 『반지의 제왕』 4권 2장에 나오는 '사자의 늪'에 나오는 부패의 냄 새, 6권 3장에 나오는 화산의 이상한 냄새, 4권 9-11장에 나오는 키리스 웅골의 이상한 냄새도 마찬가지다. 이는 『신곡』 지옥 편 제11, 18가에서 인간의 죄가 악취로 제시되는 상징적 전통을 잇는 것이다.

교만을 체현하는 자는 『반지의 제왕』 5권에 나오는 데네소르이 다. 그의 교만은 호빗들의 용기와 겸손, 그리고 간달프의 무사(無 私)와 대조를 이룬다. 곤도르의 통치 섭정인 그는 권력에 집착하여 판단력을 상실하고 전투에서 중상을 당한 아들 파라미르를 죽었다 고 오인해 화장하려고 한다.

『반지의 제왕』에는 칠 대 죄 가운데 색욕을 제외한 모든 죄가 나 온다. 가령 요정들의 '변화에 대한 저항'에 '탐욕' '교만' '분노'가 있고, 호빗의 행동에는 '태만'과 '폭음폭식'이 암시된다. 또 사루만 은 '질투'를 보여준다. 그러나 무엇보다도 큰 죄악은 '교만'이다.

한편 선은 『반지의 제왕』 1권 6-8장에 나오는 수수께끼의 인물인 톰으로 구현된다. 반지에 유혹되지 않는 그는 우정연대를 두 번이나 위기에서 구해주고 의미도 없는 노래를 한다. 선은 빛의 이미지로도 제시된다. 이는 어둠으로 제시되는 악과 대조된다. 『반지의 제왕』에서는 이처럼 선과 악, 빛과 어둠이 대조적이지만 둘은 상호의존적인 관계이기도 하다. 가령 6권 3장에서 암거미의 독에 의해 움직일 수 없게 된 프로도와 얼마 남지 않은 식량에 절망한 샘이 그 절망으로부터 새로운 힘을 얻고, 프로도가 반지의 유혹에 져서 폐기를 두려워할 때 골룸에게 반지를 뺏기지만 골룸은 그대로 화산에 떨어져 결국 반지가 폐기되는 선을 초래한다. 악의 반지는 우정연대의 우정을 성장시키고, 곤도르의 '왕의 귀환'에도 크게 관여하게 하여 호빗들을 한층 성숙한 길로 이끈다. 이처럼 『반지의 제왕』에서는 "인간은 악을 부정할 수 없으나 악으로부터 선을 결과할 수 있다."라고 하는 선과 악의 상호의존관계를 보여준다.

샘은 가장 중요한 우정 캐릭터이다

『반지의 제왕』에는 우정 '캐릭터'가 다수 등장한다. 여기서 '캐릭터'라고 하는 이유는 그들 중에 인간이 아닌 존재가 많은 탓이다. 그중 가장 중요한 주인공은 반지 운반자인 프로도이다. 그는 인간이 아닌 호빗이다. 반지우정연대 아홉 명 중 네 명이 호빗인데, 프로도와 함께 주인공으로 활약하는 이가 바로 샘이다. 『반지의 제왕』의 전편이라고 할 수 있는 『호빗』에 빌보라는 호빗만 등장하는 것과 다르다.

톨킨이 어느 날 대학에서 시험 답안지를 채점하다가 무심코 "토굴 속에 호빗 하나가 살고 있었다."라고 쓴 것이 『반지의 제왕』의 단초가 되었다고들 하지만, 호빗은 톨킨이 어린 시절에 살았던 시골 사람들의 이미지를 무의식적으로 새롭게 상상해 창조한 존재이다. 아니, 톨킨 자신 호빗을 자처하므로 스스로 그렇게 되고 싶어서 만들어낸 캐릭터일지도 모른다. 톨킨은 호빗처럼 정원, 나무, 기계화되지 않은 농장을 좋아했다. 파이프 담배를 피우고, 들에서 나는 버섯처럼 담백한 음식을 즐겼다. 톨킨은 자신이 모든 면에서 호빗을 닮았지만, 그들이 자신보다 키가 조금 작다는 점이 다르다고 말했다. 그런데 이 차이점을 "영국인의 상상력이 부족한 점을 반영한 것"이라고 말해버렸으니, 영국인들로서는 기분이 좋지 않았을 것이다. 물론 공개적으로 한 이야기는 아니고 친구에게 보내는 편지에 무심코 쓴 말이지만 말이다. 그 편지는 톨킨 사후 공개되었는데, 별다른 비난이 없었던 것을 보면 영국인들 자신도 그렇게 생각하는 모양이다.

호빗은 하루에 여섯 번 식사하고, 맥주와 포도주를 즐겨 마시며, 긴 파이프로 담배를 즐겨 피운다. 마음껏 먹고 마시다 보니 작은 키에 몸통은 통통하다. 거대하지도 건장하지도 않고, 날씬하거나 가냘프지도 않다. 많이 먹는 편이지만 식사는 매우 검소하다. 프랑스 코스 요리니 이탈리아 요리니 하는 먹방 취향은 전혀 찾아

볼 수 없다. 기껏해야 "뜨거운 스프와 차가운 고기, 검은 딸기파이, 갓 구워낸 빵, 버터 조각, 그리고 반쯤 숙성한 치즈"(Lord1 166)와 같은 기본 식단을 즐길 뿐이다. 반지우정연대에서도 식사는 육체의 원기를 북돋아줄 뿐 아니라 정신을 새롭게 해주며 우정의 공동체를 더욱 돈독하게 만드는 가장 중요한 요소다. 그리고 그 식사를 준비하는 샘은 우정연대에서 가장 중요한 사람이다. 그는 식사만이 아니라 여행의 모든 어려움을 이겨내도록 '돕는 존재'이다.

호빗의 인생관

호빗의 인생관을 철학자 베스헴은 다음 여섯 가지로 정리한다.(베스헴 91-109)

단순한 것들이 주는 기쁨을 누릴 것
근심을 털어버릴 것
친밀한 인간관계를 가질 것
선한 성품을 기를 것
미를 소중히 여기고 그것을 창조할 것
경이를 재발견할 것

첫째, 호빗은 명랑하고 천성이 착해서 단순한 기쁨, 가령 먹고 마시기, 담배 피우기, 정원 가꾸기, 화사한 옷을 입고 뽐내기, 파티 참석, 선물 교환, 악의 없는 장난, 뜨거운 물로 목욕하기 등을 좋아한다. 이는 부, 권력, 위신, 명성 등을 추구히는 성향과 반대되는 것들이다. 무소유와 무권력의 삶이다. 소유와 권력은 갖기 어렵지만 먹고 마시기 등에서 나오는 기쁨은 누구나 쉽게 누릴 수 있다. 무소유와 무권력의 상징은 톰이다. 그는 만물에 경이감과 기쁨을 갖는 존재다.

둘째, 호빗은 절망석인 상황에서노 희망과 아름다움을 발견한다. 고난은 일시적이다. 내일이면 잊을 수 있다. 멀리 생각하면 아무것도 아니다. 당면한 일에 빠져 급하게 서두르고 스트레스에 빠지면 행복할 수 없다. 항상 낙관적으로, 유유자적하게, 당당하게 살아야 한다.

셋째, 호빗은 친밀함과 우정을 중시한다. 친밀함과 우정은 대가족제를 이어나가는 호빗에게는 당연한 것이지만, 오늘날의 우리에게는 당연한 것이 아닐 수 있다. 그러나 핵가족 사회에서도 우정과 애정은 필요하다.

넷째, 호빗은 늘 선한 성품을 기르기 위해 노력한다. 이는 인간이면 누구나 추구해야 할 덕목이다.

다섯째, 호빗은 행복이 곧 아름다움과 직결된다고 믿는다. 추한 것은 불행이다. 외모지상주의는 경계해야 하지만 우리는 모두 예술적이고 창조적인 장소에 사는 아름다운 사람이 되어야 한다.

반지우정연대, 지옥의 여정을 함께하다

반지우정연대는 프로도와 샘의 우정을 계기로 약간 코믹하게 시작된다. 샘은 프로도 집의 정원사로 일하다가 우연히 간달프가 프로도에게 절대반지를 가지고 샤이어를 떠나라고 하면서 믿을 만한 누군가와 함께 떠나라는 말을 엿듣게 된다. 샘은 요정인 엘프를 보고 싶어 하는 호빗으로 프로도가 떠난다는 말에 슬퍼한다.

간달프는 프로도에게 자기가 한 말을 비밀로 하려면 샘과 함께 떠나야 한다고 말한다. 샘은 빌보가 해주던 모험 이야기를 좋아했고 요정을 보고 싶다는 소망이 있었기에 처음엔 어리둥절해했으나 기꺼이 이 여행에 동참하기로 한다. 영화에서 샘은 순박해 보이는 외모의 소유자로 나온다. 그러나 『반지의 제왕』에서 최고의 정신력을 가진 인물이 바로 샘이다. 목숨을 건 위험하기 짝이 없는 여정에 올라 끝까지 프로도의 수행원으로 활약하지 않았는가. 샘은 우정연대 중에서 유일한 평민 출신이다. 간달프는 말할 것도 없고 아라곤, 보로미르, 레골라스, 김리 모두 왕족이나 귀족 출신이고, 심지어 호빗 친구인 피핀과 메리, 프로도 역시 샤이어의 명문가 출신이다.

같은 호빗이자 어려서부터 프로도의 친구들인 메리와 피핀도 참여한다. 그런데 한국어 번역본에는 메리와 피핀이 샘처럼 프로도의 부하들처럼 나와서 이상하기 짝이 없다. 소설에서는 샤이어를 떠나 버클랜드의 임시 저택에 머무를 때 피핀과 메리가 프로도

절대반지

의 계획은 물론 절대반지에 대한 것까지 알고 있었던 것을 프로도
가 의아해하는 장면이 나온다. 그러자 메리가 과거에 우연히 빌보
가 반지를 이용해 사라지는 것을 목격한 이후로 샘을 정보원 삼아
프로도와 간달프의 얘기를 여러 번 엿들었다는 것, 그러면서 프로
도를 쭉 관찰해왔다는 것을 실토한다. 샘은 샘대로 간달프가 함구
령을 내린 이후엔 입을 다물었다고 고백한다. 아쉽게도 영화에서
는 이런 장면이 생략되고, 메리와 피핀이 우연히 동행하게 되는 것
으로 각색되었다.

샘은 절대로 프로도를 떠나지 않겠다고 간달프와 약속하고, 그
약속을 끝까지 지킨다. 온 마음을 다해 프로도에게 충성한다. 얼떨
결에 프로도의 여정에 끼어들었을 뿐인데도 프로도에 대한 샘의
헌신은 단순한 정원사나 친구 이상의 것이다. 1편 마지막에 자기
혼자서 가겠다는 프로도를 끝까지 따라오면서, 세상 끝까지 함께
갈 것이라며 멀고 험한 지옥의 여정을 떠난다. 여정 도중 절대반지

의 유혹에 쉴 새 없이 흔들리는 프로도를 정신 차리게 하고, 골룸의 절대반지에 대한 탐욕과 집착을 일찍이 알아차리고서 시종일관 골룸을 경계한다. 영화에서는 프로도가 골룸의 거짓말과 이간질에 넘어가 키리스 웅골 근처 샛길을 오르는 도중 자신에게 집으로 꺼져버리라고 배신하는 막장 짓거리를 했음에도 결국 그를 끝까지 따르는 대인배의 모습까지 보여준다. 게다가 막판에 프로도가 반지를 파괴하도록 죽을힘을 다해 노력하고 보필하고 헌신하며 그를 이끌어준다. 반지 우정연대의 성공과 프로도의 생존은 사실상 샘의 노력 때문이라고 해도 과언이 아니다. 어떻게 보면 프로도보다 훨씬 더 고생한 인물이다. 그리고 프로도를 보필하는 역할로 우정연대에 동참한 것이기 때문에 등에 항상 엄청난 양의 봇짐도 들고 다닌다. 최고의 정신력에 걸맞은 최고의 체력을 보유한 셈이다.

더불어 모르고스를 위협할 정도였던 쉴롭에게 치명상을 입힐 정도로 힘도 세다. 모르도르에 들어서서는 납치당한 프로도를 구하기 위해 키리스 웅골 탑에 잠입했으며 여기서도 (비록 내분이 터졌다 해도) 오르크들을 상대로 잠입 액션을 펼쳤다. 프로도와 같이 탈출한 뒤에는 오로드루인 화산까지 그를 보필한다.

특히 3권 마지막에서 탈진해 쓰러진 프로도를 들쳐 메고 운명의 산을 오르는 비장하면서도 강인한 모습은 프로도에 대한 샘의 충성심과 우정을 감동적으로 보여준다. 프로도가 골룸과 함께 죽을 뻔하다 가까스로 절벽의 끝을 붙잡은 손을 잡아 그를 구해주기까지 한다. 그리고 4권에서는 쉴롭의 독에 프로도가 쓰러져 가사

프로도, 샘, 골룸

프로도에게서 반지를 빼앗은 골룸이 기뻐하고 있다.

상태가 되자 샘은 스팅을 뽑아 저항하며 프로도와 반지를 지킨다. 그러나 몸이 마비된 프로도가 오르크들에게 발각되어 키리스 웅골의 탑으로 운반되자 프로도가 죽었다고 착각한 샘은 반지를 빼내어 간수한다. 그리고 반지를 끼고 모습을 감췄다가 프로도를 구출한다.

『반지의 제왕』 마지막인 6권의 초반부는 미나스 티리스 탑에서의 여정이 샘의 시점에서 서술된다. 샘은 허약해진 프로도를 둘러업고 불 입구까지 간다. 배빈한 골룸을 죽일지 밀지 고뇌하지만, 끝내 살려준다. 이는 반지의 방향을 결정하는 중요한 결단이다. 반지전쟁이 끝난 뒤 호빗들은 샤이어로 돌아오지만 프로도는 쇠약해져 배를 타고 서쪽으로 간다. 피핀 등과 함께 그를 보낸 샘은 집에 돌아와 샤이어로 도망친 사루만*과 그의 불한당들을 쫓아내고 샤이어를 재건한다. 그리고 짝사랑했던 여인 로지와 결혼해 자식들을 낳고 사십구 년 동안 일곱 번 샤이어 시장직을 연임하며, 부인이 죽은 뒤에는 장녀 엘라노르에게 '레드 북'을 건네준다. 절대반지를 소유했던 인물 중 가장 마지막까지 가운데땅에 남아있던 샘은 세월이 많이 흐른 뒤 프로도를 다시 만나고 싶어 반지 운반자의 자격으로 회색 항구에서 발리노르로 건너간다.

---

* 마법사이자 현자로 가운데땅의 마법사들 중 가장 박학다식하고 능력도 뛰어났다. 사우론의 세력을 견제하기 위해 만들어진 백색회의의 의장으로서 가운데땅에서 활약하고 주로 아이센가드에 거주해 있었으나, 반지전쟁 당시 변절하여 반지우정연대 활동을 방해하고 결국 몰락하게 된다.

샘을 바라보는 다양한 시각

내가 가장 좋아하는 호빗은 주인공인 반지 운반자 프로도 배긴스(Frodo Baggins)가 아니라 그의 정원사인 샘와이즈 갬지(Samwise Gamgee, 통칭은 샘)이다. 한국어판 소설 『반지의 제왕』이나 영화에는 그가 항상 프로도를 '주인님'이라고 부르며 그에게 경어를 쓰고 프로도는 그에게 평어를 쓰지만, 원서나 영어판 영화에서는 서로 평등한 관계로 나온다. 즉 주인과 하인 사이의 주종관계라는 느낌은 전혀 받지 못한다. 갬지는 톨킨이 참전한 제1차 세계대전에서 만난 영국군 당번병을 모델로 한 인물이다. 소박하면서도 유머가 넘쳤던 그를 톨킨은 '영국인의 전형'을 보여준 사람으로 자기보다 훨씬 훌륭한 인물이었다고 기억했다. 그러나 샘이 가장 중요하게 평가되는 점은 정원사 호빗으로서 그가 품은 다음과 같은 이상이었다.

샘의 내면 깊숙한 곳에는 정복되지 않은 평범한 호빗 의식이 여전히 남아있었다. ……왕국으로까지 커지지 않은 작은 정원, 명령해야 하는 다른 이의 손이 아니라 자신의 두 손으로 가꿀 수 있는 작은 정원의 자유로운 정원사가 그가 바라는 전부이며 그가 해야 할 임무였다.(Lord 935)

그 정원의 꿈은 샤이어에 대한 꿈이었다. 그러나 샘 일행이 떠난

뒤 샤이어는 변했다. 핌플이라는 자가 모든 것을 혼자 다 차지하
고 다른 주민들에게 명령하고 싶어 했기 때문이다.(Lord 1049)

프로도와 샘의 관계를 굳이 예수와 시몬의 관계로 보지* 않는다
고 해도, 성스러운 존재와 속된 존재의 결합으로 볼 수는 있을 것
같다. 반지를 파괴하기 위한 길에서 프로도는 육체적으로 또 정신
적으로도 항상 위기에 놓인다. 그는 '무겁다'는 말로 마음의 고통
을 토로힐 뿐, 싸워서 괴물들을 직접 넘어트리는 대신 상처를 입
고 넘어지는 영웅의 모습을 보여준다. 이처럼 상처받기 쉽다는 특
성은 비록 반지의 힘이 일차적인 원인이라고 해도 실제 프로도가
"힘에 의존하는 영웅이 아니"라는 점을 증거한다. 상처를 입는다
는 것이야말로 프로도의 여행이 지니는 진짜 가치다. 많은 희생자
를 낸 반지전쟁으로 병든 가운데땅과 프로도의 상처 입은 몸은 상
호 연관성을 지닌다.

이에 대해 끝없이 식사를 걱정하고 부상당한 프로도를 간호하
는 샘은 정원사라는 신분을 넘어, 후반에서는 주도권을 쥐는 것처
럼 보이기도 한다. 가사를 담당하는 샘이 현실정치를 담당하는 자
격을 얻게 되는 것이다. 가정과 국내라고 하는 의미를 동시에 뜻하
는 도메스틱(domestic)이라는 말처럼 샘이 언제나 신경을 쓰는 것
은 호빗 마을에서의 생활과 그곳의 질서다. 글로벌한 사명을 떠안

---

* 이런 입장은 Bradley J. Bizer, J. R. R. *Tolkien's Sanctifying Myth*: *Understanding Middle-Earth*, ISI Books, 2003.

프로도는 그리스도에, 프로도를 업고 운명의 산으로 가는 샘은
그리스도의 십자가를 지고 골고다로 가는 구레네의 시몬에 비유되기도 했다.

은 프로도와 로컬한 관심을 갖는 샘이 결합하여 주인공으로 활약
하는 것이다.

샘에 대한 최근의 논의 중에서 가장 설득력 있는 것은, 샘을 에
덴동산과 직결되는 '최후의 아담'으로 보는 견해일 터다. 배려하는
존재로서의 정원사에 의해 사회가 가장 잘 유지된다고 하면서, 여
기서 정원사란 질서를 지키고 타자를 양육하며 가정의 일을 계속
하는 존재이다. 반지 폐기를 목적으로 한 프로도의 여행에서 보완

적인 존재인 샘은 그러나 대중이 기대하는 위상과 역할에서 벗어난다. 샘은 프로도에게 맹종하지 않는다. 즉 주인에게 복종하는 하인이 아니라, 최후의 순간까지 올바른 정신으로 이끌어주는 진정한 친구이다. 반지를 소유하게 되었는데도 화산에서 반지의 유혹을 이겨내는 존재는 프로도도 아니고 골룸도 아닌, 바로 정원사 샘이다.

정원과 나무를 사랑하는 샘은 톨킨의 분신이다. 샘은 여행이 반을 시나는 4권에서도 정원 일이 자신의 일이라고 말한디. 그러면서도 샘은 전쟁에 적극적으로 참여한다. 마지막 전쟁은 샤이어를 되찾는 것이다.

샘의 문화적 전통

반지 폐기 여행은 영웅서사시로부터 중세의 로망스까지 여행과 모험을 주제로 한 여러 문학작품에서 모티프를 얻은 것이지만, 샘의 여행은 프로도의 여행과는 의미가 다르다. 반지의 폐기를 목표로 한 프로도의 여행이 용이나 마법사를 퇴치하여 보물을 손에 넣는 패턴이 전도된 것이라면, 정원사 샘이 이국에서의 여러 곤경을 이겨내고 마침내 고향 샤이어에 돌아와 결혼하고 시장이 되며 장녀에게 체험담을 전하는 여행은 교양소설적인 성장 패턴에 입각한다. 반면 고향에 돌아오지도 결혼하지도 않고 쇠약해진 몸으로 서쪽으로 떠나는 프로도는 '떠났다가 돌아오는 여행'의 주인공이 아니다. 반면 체험을 들려줄 후계자를 둔 샘이야말로 그 여행을 완벽하게 완성한다.

샘의 여행은 18-19세기에 영국을 비롯한 유럽에서 유행한 귀족 자제 중심의 그랜드 투어를 연상하게 한다. 톨킨이 『반지의 제왕』을 쓴 1930년대에는 그랜드 투어가 이미 끝나고 오늘날 한국에서 볼 수 있는 대중적인 패키지 관광여행이 토마스쿡 여행사 등에 의해 유행했다.

프로도와 샘 등이 출발하는 샤이어는 앞에서 말했듯이 대영제국이 아닌 옛날 잉글랜드의 전원적인 시골이다. 시골 촌놈인 샘이 여행에 동참한 첫 번째 동기는 요정을 보고 싶다는 욕망이었다. 그 욕망은 샘이 갈라드리엘을 만남으로써 충족된다. 갈라드리엘은 가톨릭의 마리아를 연상하게 한다. 갈라드리엘에 대한 사모는 샘만이 아니라 난쟁이 김리도 공유하는데, 이는 중세 로맨스에서 나타나는 기사도의 사랑과 비슷하다. 이러한 샘의 사랑은 그를 정원사나 부하라는 신분을 넘어 초월적인 존재를 향한 신앙적 감수성의 소유자로 격상시킨다.

그런데 샘의 사랑은 중세 로맨스의 기사처럼 편력 중에 생기는 것이 아니라, 출발지인 고향에서 생겨난다. 프로도가 『반지의 제왕』 5권에서 샘에게 두 개로 분열되어서는 안 된다고 말하는데 (Lord 5-327) 이는 그런 샘의 이중성을 말한다. 프로도는 반지 폐기 후 서쪽으로 가버리지만 샘은 고향에 돌아와 가족이라는 보물을 발견한다. 반지우정연대와 함께한 여행은 샘에게 호빗 마을의 가치를 재인식하는 눈을 길러주었다.

그랜드 투어는 이탈리아를 중심으로 한 지중해 지방을 향하고, 여행자는 알프스와 같은 숭고한 풍경이나 나폴리나 베네치아 같은 아름다운 풍광을 마음에 두었다. 동시에 유럽 문명의 기원인 그리스나 로마의 유적을 찾아보았다. 『반지의 제왕』에도 알프스를 연상하게 하는 카라드라즈 설산이 나오고 숲이나 화산과 같은 풍광이 나온다. 또한 에리아도르, 로한, 곤도르 같은 남쪽 여정은 호빗의 세계로부터 기사의 세계, 요정의 세계로 나아간다. 그리고 골룸과 함께 동쪽의 모르도르에 간다. 이는 유럽을 연상하게 한다. 단 남쪽은 그리스나 로마가 아니라 켈트를 떠올리게 하여 시간상으로 영국의 과거와 연결된다. 톨킨은 프랑스어나 프랑스 요리를 혐오하고 이탈리아어보다도 스페인어를 좋아하며 지중해문명보다도 북방을 선호했다.

그런데 톨킨 자신은 그랜드 투어는커녕 외국 여행을 거의 하지 않았다. 그에게 그랜드 투어 같은 경험이 있었다고 한다면 그것은 제1차 세계대전이었다.

정의로운 전쟁은 가능한가

권력욕이나 소유욕과 같은 내면적 죄악인 탐욕은 영적이고 도덕적인 훈련으로 극복할 수 있지만, 외부적인 죄악의 침략에 대해서는 무력으로 맞설 수밖에 없다. 『반지의 제왕』은 평화주의를 말하지 않는다. 톨킨은 평화주의자가 아니다. 그는 나라와 백성을 지키려는 전사들의 용기를 미화한다. 그러나 톨킨은 영웅을 무조건 미화하지는 않는다. 영웅에도 선한 영웅이 있고 악한 영웅이 있다. 전자는 패배한 적군에게 자비를 베풀지만, 후자는 그렇지 않다. 오르크족과 우르크하이들은 전쟁 자체를 즐기지만, 보로미르의 동생인 파라미르는 전쟁에서 즐거움을 찾지 못한다. '정의로운 전쟁'을 추구하기 때문이다. 보복이 아니라 방어만을 목적으로 하는 전쟁이다.

파라미르가 말했다. "나 자신으로선 백색의 성수가 왕의 궁정에서 다시 꽃을 피우고, 은빛 왕관이 돌아오고 미나스 티리스가 평화로워지는 모습을 보고 싶을 뿐이오. 또 예전처럼 미나스 아노르가 빛으로 충만하여 노예들 위에 군림하는 여왕이 아니라 많은 다른 여왕들 같은 한 여왕으로서 아름다운 모습으로 고상하게 군림하는 모습을 보고 싶소. 모든 것을 삼키는 파괴자에 대항해 우리가 목숨을 지키려는 한 전쟁은 일어나겠지요. 하지만 나는 번쩍이는 칼을 그 날카로움 때문에 사랑하지는 않소. 또 화살이 날래다고 해서, 또 전사가 참으로 영광스럽다고 해서 그들을 사랑하는 것이 아니오. 난 오직 그들이 지키는 나라, 누메노르의 인간들이 사는 도시를 사랑할 뿐이며, 내 도시가 기억과 오랜 전통과 아름다움, 그리고 현재의 지혜로써 사랑받길 원하오. 노인과 현자의 위엄을 경외하는 것 이상의 두려움의 대상으로는 만들고 싶지 않소.(Lord2 280)

이와 마찬가지 태도가 『반지의 제왕』 마지막에서 다시 한번 나온다. 즉 프로도가 폭력화된 샤이어에 두 번 다시 폭력이 있어서는 안 된다고 하면서 호빗족을 죽일 수 없다고 하는 장면이다.

호빗들이 적에게 넘어갔다고 해도 그들을 죽여서는 안 됩니다. ……샤이어 땅에서는 아직까지 어떤 호빗도 고의로 다른 호빗을 죽인 적이 없고, 그것은 지금도 마찬가지입니다. 그리고 가능하다면 어느 누구도 죽이지 않는 게 좋습니다. 성질을 누그러뜨리고 마지막 순간까지 칼을 삼가세요.(Lord3 285)

프로도는 전투에 참여했지만, 칼을 빼지 않고, 동료의 죽음에 격분하여 항복한 적까지 살해하려는 것을 말린다.

자연과 문명

'철'이라는 의미를 갖는 아이센가드에 사는 사루만과 목자인 엔트들이 지키는 숲의 대립은 인공과 자연의 대립이자 투쟁이다. 인

톨킨이 "터널… 어둡고… 깊은… 시끄러운 용광로의 묘지"라고 쓴
산업지옥 아이센가드의 모습(불가리아 라두일의 성 니콜라스 프레스코 벽화)

공적인 병사인 오르크 괴물 우르크하이(Uruk-hai)를 만들고자 대장간을 돌릴 연료를 얻기 위해 팡고른 숲을 무차별적으로 벌목한 것이 전쟁에 중립적인 입장을 취하던 엔트의 수장 나무수염을 격노하게 만들고, 결국 사루만은 완전히 패배하여 엔트에 의해 탑 위에 갇힌다. 이처럼 사루만은 직인이 도구를 만드는 것이 아니라, 기계로 기계를 만드는 산업혁명 이후의 생산 공정을 체현한다. 엔트는 사루만에 대해 "지금 그놈이 무슨 짓을 하려고 하는지 알았다고 생각한다. 그놈은 거대한 권력이 되고자 하는 거야. 그놈의 마음은 쇳덩이와 톱니바퀴로 되어 있다."(Lord7 155)라고 단정한다. 여기서 쇳덩이는 숲을 파괴하는 도구다.

사루만과 싸우는 측에도 쇳덩이로 만든 무기가 있지만 이는 직인이 만든 것이기에 허용된다. 가령 '벌침, 찌르다'는 뜻인 스팅은 소린의 에레보르 반지우정연대와 함께 여행 중에 빌보가 트롤 숲에서 트롤들이 약탈한 물건 가운데 골라 가진 요정의 단검이다.

'가운데땅'은 중세적 세계이다

호빗이 사는 가운데땅을 중간계나 중원이라고도 번역하여 그 앞뒤로 어떤 계가 있는 듯이 생각하기 쉽지만, 그것은 서쪽과 극동의 바다(서부에는 소문으로만 알려진) 사이에 위치하는 땅이라는 의미에 불과하다. 따라서 여러 세계를 전제하고 그중 중간 세계의 의

255

미로 보는 '중간계'나 거대한 땅의 중앙을 뜻하는 '중원'은 모두 틀린 번역이다.

가운데땅에는 호빗이나 인간만이 아니라 인간 비슷한 여러 존재가 산다. 그중 난쟁이(Dwarf)라고 하면 인간 중에서 키 작은 사람을 뜻하지만 『호빗』이나 『반지의 제왕』에 나오는 난쟁이는 호빗이나 요정처럼 인간이 아니다. 따라서 난쟁이라는 번역에는 문제가 있다. 여하튼 비인간들도 인간처럼 모두 말하는 존재로서 가운데땅을 공유한다. 그들은 동맹관계이자 적대관계라는 긴장 관계를 형성하여 적극적으로 상호 교류하지 않는다. 그래서 문제가 많지만 대체로 온건하다. 그런 의미에서 가운데땅은 다문화사회라고 할 수 있으나, 우리의 현실에서 여러 나라 출신이 함께 사는 것을 뜻하는 다문화사회와는 의미가 다르다.

가운데땅은 전근대적 세계, 즉 중세적 세계이다. 각각의 종족 공동체는 자급자족하므로 무역이나 교통이나 교류나 영토 확대에 대한 욕망이 없고, 따라서 그것들을 위한 과학이나 기술도 필요로 하지 않는다. 그러므로 영토 사이의 알력이나 투쟁이 없고, 이민이나 난민이 생길 리도 없다. 자급자족하므로 폐쇄적이고, 따라서 이질적인 이웃 종족을 이해하려고 노력할 필요도 없다.

『반지의 제왕』에서 반지를 폐기하는 과업의 해결이 주제인데, 그 해결자는 인간들인 지도자나 영웅들이 아니라 네 명의 호빗들, 요정 레골라스와 난쟁이 김리, 그리고 노인 마법사 간달프이다. 그리고 그들과 관련되는 거목 엔트 등이 그 과업의 해결을 돕는다.

심지어 악당으로 보이는 존재들도 자신의 사명을 수행하도록 운명 지워진다. 이처럼 가운데땅에 존재하는 모든 사물은 거대한 전체의 일부로서 그 유기체적인 전체를 구성한다.

신분제와 군주제

톨킨은 평생 모든 계층의 사람들을 좋아하고 친구처럼 지냈으나, 각자가 전체라는 유기체 속에서 어떤 부분에 속한다는 것을 부정하지는 않았다. 그런 점에서 그는 인민의 지배를 믿지 않는 보수주의자였으나, 그가 민주주의에 반대한 것은 민주주의에 의해 인민은 어떤 이익도 얻지 못한다고 믿었기 때문이다. 톨킨의 말과 같이 『반지의 제왕』에 나타난 가운데땅은 계층의 차이, 신분의 차이를 인정한 비민주주의적인 곳이지만, 그렇다고 하여 군주에 의한 착취가 인정되는 곳은 아니었다.

가령 로한(Rohan)의 왕인 세오덴(Théoden)을 보자. 그는 사루만에게 정신적으로 지배를 받는 동시에 간신인 '뱀혓바닥' 그리마(Grima Wormtongue)의 마술에 의해 판단력을 상실한 지 오래다. 또한 곤도르의 데네소르 2세가 발광을 해도 지도자로서 무능한 왕을 배제한다고 하는 이야기가 없고, 그런 인물을 제거하는 캐릭터도 나타나지 않는다. 반지 전쟁은 호빗을 비롯한 가운데땅의 여러 다양한 백성들의 연대에 의해 승리하지만, 전쟁이 끝난 뒤 아르노르와 곤도르를 재통일한 통합왕국인 엘렛사르의 왕이 되는 것은 훨씬 이전에 마왕에 의해 멸망한 두네다인 북방왕국 족장의 적자인 아라곤이다. 지도자나 통치자는 혈통에 의해 결정되는 것이다.

그러나 『반지의 제왕』에 나타나는 전제 중 하나는 지도자 혈통으로 태어나는 자는 그것에 적합한 속성을 갖는다는 점이다. '존경받는 왕'(Revered King)이라는 뜻의 아라곤은 엘렛사르의 왕에 즉위한 뒤 재통일 왕국의 영토를 확장하고, 가운데땅 서쪽 대부분을 다스리고, 오랜 평화의 기초를 쌓는다. '뱀혓바닥' 그리마의 마술로 판단력을 상실한 세오덴은 로한의 기사를 거느리고 싸운다. 베렌노르 들판의 전투에서 사우론에 호출된 하라드림군의 지휘관을 무찌르고 왕에 어울리는 최후를 맞는다. 광기에 사로잡힌 데네소르 2세는 불구덩이에 자신을 던져 아이러니하게도 지도자로서의 책임을 완수한다. 세오덴의 질녀인 에오윈은 세오덴이 없는 성을 지키고, 베렌노르 전투에서는 창을 들고 싸워 나즈굴 두목에게 팔을 끊겨가면서도 그를 무찌른다. 흔히 지배자라고 불리는, 즉 피지배자의 기생충은 『반지의 제왕』에 존재하지 않는다.

『반지의 제왕』에 등장하는 지도자들은 독재를 휘두르지도 않는다. 타인의 의견에 귀를 기울이면서 진퇴를 결정해간다. '에르론드 회의'에서 가운데땅의 역사가 밝혀지고, 회의에 참가한 지도자들의 문제가 반지에 관련된 것임이 드러난다. 모두가 단결하여 일을 맡도록 인식하지만, 그 회의 중에 누가 수고하는가에 대해 아라곤은 보로미르와 논쟁한다. 그때까지의 원한을 숨김없이 털어놓고 회의가 포기되자 간달프가 이를 경고하고 아라곤은 솔직하게 반성한다. 또 요정의 나라인 에리안으로 출발한 후, 라우루스의 폭포에 가까워지기 전에 동쪽의 에르도르로 갈 것인가, 보로미르의 요청을 받아 위기에 처한 곤도르의 수도 미나스 티리스의 구원에 나설 것인가, 우정연대를 모르도르 대와 미나스 티리스 대로 나눌 것인가를 아라곤은 동료들과 함께 상의한다. 원정대가 각기 다른 임무를 맡아 흩어진 뒤 오르크에 끌려간 메리와 피핀을 구출하고자 그들의 발자국을 뒤쫓게 되는데, 아라곤은 당시까지 자신의 판단이 타당하지 않았음을 인정하면서 레골라스 및 김리랑 의견을 교환하면서 행동을 결정한다.

여하튼 아이센가드 공격을 논의하는 엔트들의 회의나, 사우론 군대와의 결전 이전의 '최종 전략회의'에서도 볼 수 있듯이 가운데땅의 백성들은 지도자를 포함하여 모두 다 말을 잘하고 의견을 교환한다. 그것을 민주적이라고 할 수 있으나 민주주의라고는 할 수 없다. 왜냐하면 민주주의는 대다수를 지배하는 귀족이나 군주가 피지배자인 인민의 착취자이자 기생자임을 피지배자인 인민이 스스로 인식함으로써 생겨난 시민혁명으로 이룩한 것이기 때문이다. 소수의 특권층에 정치를 위임하는 것이 아니라 인간 다수의 의지로 선택된 합의에 따라 정치하는 것이 의회민주주의다. 군주는 있어도 좋지만, 군주를 규제하는 헌법을 두고 군주를 감시하고 억제하는 의회를 두는 것이 입헌군주제 의회민주주의다. 가운데땅은 대화를 존중하는 착취적이지 않은 신분제이자 유능한 덕을 갖춘

왕이 정치하는 곳이다.

톨킨의 작품에 나타나는 여성관

『실마릴리온』이나 『호빗』이나 『반지의 제왕』은 남성들의 천국
이고, 여성들은 거의 등장하지 않는다. 반지우정연대 아홉 명은 모
두 남성이다. 그들이 싸우는 악인들인 사우론, 사루만, 오르크, 골
룸도 모두 남성이다. 인간 남성은 선한 인간으로 주로 나오고 악한
인간(가령 그리마)도 없지는 않지만, 호빗은 거의 좋은 호빗(나쁜
호빗은 골룸뿐이다), 엔트도 좋은 엔트, 요정도 좋은 요정뿐이다.
반면 괴물들은 모두 악하다.

한편 『반지의 제왕』에서 여성은 오로지 숭배된다고 보는 견해가
일반적이다. 모든 것을 집어삼키는 암거미인 쉴롭 외에는 나쁜 여
성이 없어서 균형을 결여했나 싶을 정도이지만, 이는 전형적인 성
녀와 악녀라는 여성에 대한 그릇된 이분법의 전형을 보여준다. 쉴
롭은 생명체의 피를 빨아먹는 데만 열중하는 탐욕의 화신이라는
점에서 골룸을 동반자로 여기지만, 서로 다른 점도 있다.

그녀는 누구의 구속도 받지 않고 요정들과 인간들의 피를 빨아
마셨으며, 그림자 같은 거미줄을 짜면서 끊임없이 성찬을 먹어
대면서 자신의 몸을 살찌웠다. 살아있는 모든 생물이 쉴롭의 음

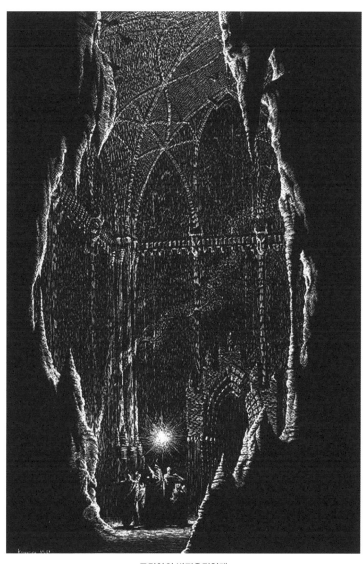

모리아의 반지우정연대

식이었으며, 그가 토해내는 것은 어둠뿐이었다. 그녀는 불쌍한 수컷 자식들과 교미한 후 수많은 사생아를 낳고는 교미한 수컷들은 죽여버렸다. 그리고 그녀의 사생아들은 이 골짜기 저 골짜기에 널리 퍼져 있었다. ……그러나 쉴롭의 욕망은 골룸의 욕망과는 달랐다. 그녀는 탑이나 반지, 또는 정신과 손으로 만들어낸 물건에 대해서 알거나 그런 것들을 좋아하지 않았다. 그녀가 원하는 것은 오직 다른 생물들의 죽음이었으며, 자신만이 홀로 생명의 포식을 누리는 것이 그녀의 유일한 바람이었다. 그렇게 해서 산맥도 더는 자신을 가로막지 못하고, 어둠도 자신을 담을 수 없을 만큼 부풀어오르고 싶어 했다.(Lord2 322-323)

여성 중에서 인간은 에오윈뿐이지만, 호빗은 로벨리아 사크빌 배긴스(Lobelia Sackville-Baggins)와 로지, 요정은 갈라드리엘과 아르웬이다. 이러한 여성들은 남성들을 보좌하는 역할로 나오고, 남성과의 관계에서도 성적인 측면의 묘사는 없어서, 프로도와 샘의 동성애를 방불케 하는 우정과 유사한 애정 묘사도 볼 수 없다. 톨킨은 섹스를 모두의 평화와 자유로운 생활을 방해하기 쉬우므로 억제해야 할 요소 중 하나라고 보았다.

갈라드리엘은 리븐델의 통치자인 엘론드의 장모이며 아르웬의 외할머니이기도 한데, 키가 크고 아름다우며, 강인한 육체와 정신과 의지의 소유자로, 『반지의 제왕』에서는 간달프를 잃고 모리아를 탈출한 반지우정연대를 따뜻하게 환영하고 로슬로리엔에 받아

미래를 보여주는 거울을 보는 프로도

들여 일행들에게 휴식을 제공하고 무기를 선물한다. 그리고 프로
도와 샘에게 과거와 현재와 미래를 보여주는 거울을 보게 한다.

　프로도가 절대반지를 꺼내어 갈라드리엘에게 보여주며 절대반
지를 받아줄 것을 청하는 바람에 갈라드리엘은 반지의 시험에 처
한다. 절대반지의 주인이 되면 악한 사우론을 무찔러 평화를 가져
오고 평생의 야망이었던 지배자가 될 수 있겠지만, 반지의 힘을 사
용하게 된다면 처음의 의도가 아무리 선하더라도 결국은 타락한
폭군이 될 수밖에 없다. 이 점을 잘 알고 있었던 갈라드리엘은 결
국 반지의 유혹을 이겨낸다. 그렇게 과거의 과오와 미련을 떨쳐낸
갈라드리엘은 반지전쟁이 끝난 후 고향인 발리노르로 돌아가게 된
다. 갈라드리엘은 가운데땅에서 위대한 존재의 하나이지만 그곳의
위험을 느끼면서도 자신의 땅에서 움직이지 않고 반지우정연대를
돕는 여신의 역할을 도맡았다. 마치 집안을 지키는 어머니처럼.

　갈라드리엘의 외손녀이자 엘론드의 딸이고 아라곤의 배우자가
되는 아르웬은 갈라드리엘처럼 아름답고 현명하면서 더 활동적이
고 적극적이다. 나즈굴이 돌아다니고 있어서 위험함에도 불구하고
아라곤을 찾아 그를 돕고, 나즈굴의 추격을 피해 프로도를 리븐델
로 데려간다. 그러나 그 후 그녀는 이라곤의 소중한 연인으로서만
수동적으로 묘사되고 그녀는 아라곤을 일편단심으로 사랑하고 그
를 인도하는 여인으로만 나온다. 결국 인간과 결혼하면 불로불사
라는 요정의 능력을 상실함에도 그녀는 아라곤과 결혼한다.

　앞의 두 여인이 요정인 것과 달리 인간인 에오윈은 로한의 왕 세

앙마르의 마녀왕, 페일 킹, 블랙 캡틴으로도 불리는 나즈굴의 군주.
마지막 전투에서 에오윈의 칼에 죽는다.

오덴의 질녀로 어머니와 연인인 앞의 둘과 달리 전사로 전투에 뛰어든다. 그녀도 아라곤을 사랑한다. 아라곤은 그녀에게 아이와 여성을 보호하는 일도 훌륭한 것이라면서 그녀가 전투에 나서는 데 반대한다. 그녀의 오빠인 에오메르도 마찬가지로 반대한다. 세오덴 왕은 펠렌노르 평원 전투에 참여하기 전에 그녀에게 왕위를 맡기지만, 그녀에게 이는 새장에 갇히는 것을 뜻할 뿐이다. 결국 에오윈은 남장을 한 채 전투에 참여하고 나즈굴의 '위치 킹'을 무찌르는 혁혁한 공을 세운다. 어떤 남자도 자기를 죽일 수 없다고 외치는 킹에게 그녀는 "나는 남자가 아니다."라고 소리치며 투구를 벗는다. 그녀는 호빗이라는 이유로 전쟁에서 제외되는 메리에게 동질감을 느껴 그를 전사로 인정해주고 함께 전투에 참여한 터였다.

그런데 에오윈은 치유의 집에서 곤도르 섭정의 아들인 파라미르와 사랑에 빠져 왕위를 포기하고 곤도르에 귀의하여 독자들을 당황스럽게 한다. 이를 강인한 여성 에오윈의 퇴보로 볼 수도 있으나, 왕위든 사랑이든 그녀의 주체적인 선택이라고 볼 수 있지 않을까?

그 밖에도 몇몇 여성이 등장한다. 호빗인 로벨리아 사크빌 배긴스는 빌보의 친척으로 명문가에 부자이면서도 품위 없는 행실 탓에 비난을 받지만, 호빗 마을 샤이어를 엉망진창으로 만드는 사루만의 부하들에게 유일하게 우산을 휘두르며 항의했다가 잡혀가기도 한다. 나중에 샘의 아내가 되는 로지 코튼은 평범한 여성이지만 유혹을 이기고 샘의 정신적 기둥이 되는 여성 호빗이다.

『반지의 제왕』이 보여주는 평화 회복의 아나키즘

샤이어에는 정부가 없으며 호빗들은 완벽하게 잘 산다. 그들은 조화롭게 일하고 생산하며, 자발적으로 참여하는 공동체의 합의를 통해 개인적으로 분쟁을 해결한다. 그들은 복잡한 노동을 분업해서 마무리할 줄 알고, 친교를 나누며 자발적인 질서를 발전시킨다.

한편 로한에는 왕이 있지만 왕의 역할은 본질적으로 민간 군사 계약 조직의 CEO다. 세금 징수에 대한 언급은 없고 에도라스와 황금당의 왕은 어쩐지 편안하게 지탱되고 있다. 이는 로히림이 야인이나 오르크 같은 외세의 위협으로부터 방어하기를 바라며 자발적으로 귀족을 지원한다는 것을 나타낸다. 강요 없는 국방이다.

곤도르의 귀족과 정부의 의도는 의심할 여지 없이 고귀하지만, 그들은 영원히 권력욕(Boromir)과 편집증(Denethor)에 사로잡혀 있다. 실제로 곤도르 정부에서 가장 명예로운 사람은 물론 파라미르다. 그는 정치에 전혀 관여하지 않고 권력을 거부한다.

반면 주요 악인 모르도르, 아이센가드, 오르크는 정부와 사회의 계층 구조를 영속시키는 존재들이다. 사우론과 사루만은 본질적으로 강압적이고 가학적이며, 그들의 오르크 하수인들은 정기적인 노예 노동을 고용하고, 의식적으로 권력이 올바르다는 식의 문화를 퍼뜨린다. 실제로 『반지의 제왕』에 등장하는 모든 문제의 근원은 권력의 반지에서 비롯된다. 톨킨의 생각에 따르면 권력은 세상이 직면한 가장 큰 악이다. 톨킨은 또한 아무리 적은 권력이라고 해도 "권력은 그 자체로 해롭다."라는 것을 인식하고 있었다.

아나키즘의 유일한 목적은 시민을 보호하는 것이지 결코 시민을 통제하는 것이 아니다. 인종이나 국가를 막론하고 모든 시민은 자연스럽고 편안하며 합리적이기 때문에 자신이 좋아하는 방식과 장소에서 생활한다. 톨킨이 생각하는 무질서한 사회 집단이란 사물의 자연 질서를 있는 그대로 존재하게 허용하는 것으로, 이것이 가능할 때 개인은 최대의 행복을 얻는다고 보았다. 그 결과 결코 강제로 분리되지는 않지만, 일반적으로 동질적인 문화가 풍부해진다.

자연적으로 정렬된 이러한 질서는 단 한 명의 개인이라도 강제로 부자연스럽게 자신의 자리에 들어가거나 빠져나가는 사회의 경직되거나 강제적인 구조에 반대한다. 가운데땅의 많은 '사악한' 문화가 이러한 관행의 보기다. 톨킨의 캐릭터 중에서는 최선의 의도로라도 자신의 소원을 이행하기 위해 무력(군사적, 정치적, 문화적)을 사용하려는 사람은 누구나 악의 그림자로 분명히 표현된다. 가령 곤도르의 보로미르는 동포들을 구하기 위해 프로도 배긴스로부터 절대반지를 강제로 빼앗으려고 한다. 그러나 보로미르는 다른 사람의 행동을 통제하기 위해 무력을 사용하는 것 외에도 이 권력을 그의 아버지인 국가에 양보하려는 의도로 이를 수행한다. 따라서 이 행위는 악의적인 것으로 제시되어 보로미르의 몰락으로 이어진다.

타인에 대한 권력은 도덕적으로 일치하는 선택이나 해당 영역의 시민이 내릴 수 있는 모든 결정에 가장 큰 영향을 미친다. 어떤 국가로부터의 자유를 장려하는 폭력적인 행동은 도덕적으로 선한 반면, 국가의 통제에 굴복하는 가장 순진한 행동(전쟁 중 대부분의 호빗의 수동적 태도 같은 것)도 도덕적으로 악하다.

톨킨의 세계에서 가장 진정한 형태의 아나키는 인간, 엘프, 드워프, 영혼 및 그사이의 모든 것이 세계에 대한 책임을 스스로 지게 만드는 강제적 성격에 있다. 그들은 어떤 형태로든 주장되는 권위나 통치와는 별도로, 또는 그럼에도 불구하고 영웅적으로 행동할 수 있다. 병사들은 명령을 받았기에, 충성스럽기 때문에, 또는 선택의 여지가 없었기에 어둠의 군주 사우론에 맞서 집결한 것이 아니다. 그들은 영웅적인 일, 즉 평화로의 복귀를 공동 목표로 삼았기에 모여서 행동한 것이다. 이 같은 평화는 자연스럽게 정렬된 질서로 복귀하는 것이기에 의미가 있다. 권력에 미친 사루만과 같이 전쟁 후에도 여전히 엄격한 통치를 고수하는 사람들은 예외없이 쓰러진다.

톨킨의 아나키 세계에서는 사회적 의미와 다른 영웅주의는 무의미하다. 인간의 군대는 국가가 아니라 동포에 대한 의무 때문에 악과 싸운다. 이기적으로 자신의 지위를 높이거나 의도적으로 다른 사람에 대한 권력을 획득하려는 것은 모든 결정의 기본 도덕성에 부정적인 영향을 미친다.

대부분의 선량한 개인은 어떤 왕이나 권위의 신임을 받지만, 이는 사회의 자연 질서에 대한 개인의 동의에 의해서만 가능하다. 곤도르의 관리인 데네소르는 다른 사람들에 대한 자신의 권력에 집착했고 이로써 몰락을 자초한다. 그러나 전쟁 후 데네소르를 대신한 아라곤은 사람들로부터 이 권력을 이양받았다. 받아들인 것이지 취한 것이 아니다. 이러한 차이점이야말로 톨킨의 세계에서 선과 악을 진정으로 구분해주는 것이다.

아나키는 우리의 공통된 본성에 의해 우리를 하나로 모으는 따뜻함이다. 이러한 아나키의 가장 가까운 모습은 완벽한 조화의 영역인 호빗의 마을 샤이어에 있다. 호빗은 인간의 정치적 계략, 드워프의 물질적 탐욕, 엘프의 영원한 냉담함에서 훨씬 더 멀리 떨어져 있으므로 가운데땅의 모든 생물 중 가장 목가적인 삶을 살고 있다.

샤이어에서 정부의 유일한 집행자는 시장과 우체국이다. 유일한 정부 서비스는 우편과 시계다. 모든 갈등은 각 가족의 관할권에 맡겨진다. 톨킨에게 이것은 완벽함이다. 정부의 통제가 없고, 시민이 제정한 대로 시민에 대한 서비스만 제공된다.

가장 아나키적인 존재는 톰 봄바딜이다. 그는 엘프도, 인간도, 호빗도, 영혼도 아니다. 마이아르족의 가장 현명한 간달프조차도 그가 누구인지, 어디서 왔는지 모른다. 아는 사람은 아무도 없다. 톰은 독립적이고 조화로우며 예의 바른 자인 동시에 인간, 엘프, 드워프의 자해적인 사회적 스펙트럼에서 완전히 벗어나 행동한다.

호빗들이 유쾌한 톰 봄바딜과 함께 있는 동안, 그는 그들이 위험에 처했을 때 그를 소환할 운율을 그들에게 가르친다. 물론 바로 다음 장에서는 어린 호빗들이 곤경에 처하는 모습을 볼 수 있다. 그들은 운율을 낭송한다. 톰은 노력하지 않고도 그들을 구하는 것처럼 보일 뿐만 아니라, 그들이 혼자 일을 수행하도록 내버려 두기 전에 단검을 정비한다. 톰이 사용한 이 전술은 독자의 눈에는 기발해 보인다.

기독교 아나키즘은 역설적인 '반정치적 정치적 입장'이다. 그것은 예수 그리스도 안에서의 계시에 나타난 신의 임재가 인간 해방을 위한 필수 조건이라고 본다. 권력은 위험하고 파괴적이다. 정치는 필연적으로 진정한 믿음을 위험에 빠뜨린다. 예수는 저항 세력에 대해 잘 알고 있었지만 그들과 함께하기를 거부했다. 정치 권력은 선을 위해 봉사하고 진정으로 종복으로 변할 때만 받아들여질 수 있다. 아나키즘의 핵심 명령이 자유인 탓이다.

톨킨은 극도로 가난한 사람들과 노동자 계급에 부패한 영향이 미치는 것을 보았다. 그것은 환경을 파괴하고 전통적인 노동 기대를 훼손했을 뿐만 아니라, 권력과는 무관한 개인이라도 언젠가는 자신의 상사가 됨으로써 다른 사람에 대해 최소한의 권력이라도 추구할 수 있기에 물질주의적 욕망을 불러일으켰다. 어렸을 때 그가 이상화했던 단순한 세계는 '샤이어'로 표현되었고, 전쟁과 비인간화된 기계의 가공할 파괴력은 공동체를 통제하는 소수의 자본가로, 즉 악명 높은 반지가 행사하는 모든 유혹적인 힘으로 구현되었다.

톨킨은 자본주의, 파시즘, 백인 우월주의, 여성 혐오 등과 같은

유쾌한 호빗 톰 봄바딜

시스템을 남성이 자신의 권력 욕구를 충족시키기 위해 억압받는 사람들을 이용하도록 유도하는 '권력에 굶주린 시스템'으로 보았다. 톨킨에게 아나키는 자연의 평화를 상징했고, 완전한 조화 속에서 살며 정치적 권력에 대한 최소한의 필요조차 인정하지 않는 것이다. 이는 정당한 통치를 무자비하게 파괴하는 것이 아니라 권력 체계를 때로는 폭력적으로 해체하는 것이다. 톨킨의 목표는 모든 권력 시스템에 그 정당성을 보여달라고 큰 소리로 요구하고, 그들이 그러한 정당성을 제공하지 못하면 마틴 루터 킹이 "들이보지 못한 언어"라고 불렀던 방식으로 말하고자 했다.

현대 언어학의 아버지이자 아나키 생디칼리스트인 놈 촘스키(Noam Chomsky)가 말하듯이, "제도적 구조는 내부적 필요에 따라 자유롭게 탐구하고 창조할 수 있는 기회를 강화하는 한 합법적이다." 톨킨에게 아나키는 자연의 평화를 회복하기 위해 노력하는 모든 행동을 의미한다. 그는 촘스키처럼 자신의 자연 질서가 인종, 계급, 국적에 따라 정렬되는 것이 아니라 모든 사람이 공유하고 채택하고 사랑할 수 있는 언어와 문화에 따라 정렬된다고 믿었다.

『반지의 제왕』의 아나키스트들은 평화를 확립하거나 악을 파괴하기 위해 정치적 또는 군사적 힘을 추구하지 않지만, 끔찍한 상황이 필요할 때 그것을 휘두를 수는 있다. 그것은 모두 국민의 명시적인 의지에서 비롯된 풀뿌리 조직에 의해 생성된 정치적 또는 군사적 혁명에 의존한다. 목가적인 샤이어부터 악몽 같은 모르도르에 이르기까지 가운데땅의 자연 상태는 정치권력에 대해 매우 도덕적인 암시를 동반한다. 톨킨의 세계에서 모든 군사 행동은 풀뿌리 공동체가 권력에 의해 실존적으로 위협을 받고 자신을 방어하기 위해 필요한 것을 활용할 때만 도덕적으로 선한 것으로 간주된다.

그렇다면 아라곤이나 프로도가 어둠의 군주 사우론의 군대에 대항했던 것처럼 우리는 어떻게 영웅적으로 행동할 수 있을까? 답은 하나다. 정당하지 못한 권력 체제에 맞서 진정한 풀뿌리의 깃발 아래 단결하여 함께 일어서야 한다.

맺음말

자유와 평등의 연대를 염원하며

나는 이 책의 머리말에서 무소유와 무권력을 향한 자유와 평등의 우정공화국을 만들고자 톨킨과 루이스에 대해 책을 쓴다고 했다. 그러나 처음부터 그들을 좋아하지는 않았다. 1990년대에 윌리엄 모리스를 공부하면서 그가 톨킨과 루이스에게 커다란 영향을 미쳤음을 알았지만, 모리스와 달리 그들이 사회주의나 아나키즘을 싫어한 우파 보수주의자들이라고 생각해 그들을 좋아하지 않았다. 그 뒤 2001년부터 삼 년간 『반지의 제왕』 영화가 개봉되었을 때도 극장에 가서 보지 않았다. 그 몇 년 뒤 추석이나 신년에 텔레비전으로 방영되는 것을 보았는데, 대부분 전쟁 장면들이어서 역시 흥미를 느끼지 못했다.

그러다가 1998년에 쓴 모리스 평전을 2007년에 다시 내게 되면서 모리스가 톨킨이나 루이스의 작품에 영향을 주었다는 점에 여러 가지 의문이 들어 소설과 영화를 다시 보았다. 그때 소설과 달리 영화에서는 전쟁 장면이 원작보다 과도하게 묘사되었다는 점을 알게 되었다. 영화로서의 재미를 더한 것이겠지만, 원작과 달리 영화에서는 오르크를 무찌르는 장면을 비롯하여 전쟁 신들이 너무나도 잔인했다. 그 밖에도 원작과 영화의 차이는 크지만, 그 점을 여기서 언급할 필요는 없다.

앞에서도 말했듯이 톨킨의 작품들, 특히 『반지의 제왕』은 출판 당시부터 지금까지 많은 비판을 받았다. 루이스도 마찬가지였다. 그들의 작품은 20세기 문학의 흐름과는 크게 벗어나 있으니 그 흐름을 탄 사람들에게는 그야말로 케케묵은 시대착오적인, 옛날 동화의 권선징악을 다룬 것처럼 유치하게 보일 수밖에 없을 것이다. 나도 과거에는 물론이고 지금도 그렇게 생각한다. 그러나 적어도 대중에게 받아들여진 작품임에 틀림없고, 그 내용이 무소유와 무권력을 향한 것이라는 점에서 살펴볼 가치가 있다고 생각한다.

내가 마지막으로 다시 강조하고 싶은 점은 자유와 평등, 자유와 자치와 자연에 입각한 우정의 사회, 우정의 공화국을 이 땅에도 세워야 한다는 점이다. 이제 칠십 년 넘은 세월을 지내오면서 그동안 우정을 맛보지 않은 것은 아니었으나, 톨킨과 루이스의 우정을 부러워할 정도로 나의 우정은 깊지도 넓지도 못했다. 내가 잘못 살아온 탓이겠지만, 세상이 우정을 허용하지 않게끔 변한 것도 무시할 수 없다. 가령 어떤 토론회에 참석하면서 그곳에 온 사람들과 즐겁게 환담하면서 우정을 나눌 기회가 있었으나, 모두 핸드폰에 얼굴을 처박고 있어서 말 한마디 제대로 건네지 못했다.

　모두 핸드폰에 파묻혀 그것이 강요하는 소유와 권력을 추구하는 시대가 되었다. 이런 시대에 얼굴을 들고 상대방을 쳐다보아야 우정이든 애정이든 사랑이 생겨난다고 권해봐야 헛소리에 불과할지 모른다. 그래서 이 책을 맺으면서 기쁨보다도 슬픔이 앞선다. 그래서 다시 외친다.

　핸드폰을 버려라! 얼굴을 들어라! 친구를 찾아라! 바로 네 앞에 있다. 앞 사람의 손을 잡아라!

　나는 얼마 전 어느 대학의 수업에서 교수와 학생들이 평어를 사용했다는 기사를 읽었다. 나는 반대로 수업 시간은 물론 수업 외에도 학생들에게 경어를 사용했다. 가끔 젊은 엄마들이 아이들에게 경어를 사용하는 것을 보고도 기뻤다. 내가 싫어하는 어느 독점재벌기업에서 경어를 사용하기로 했다는 기사에도 기뻤다. 평어보다는 경어 사용이 좋겠다는 생각이지만, 이는 구어와 문어를 구별하게 하는 문제점이 있다. 언어의 민주화, 대화의 민주화가 민주주의의 기본이다. 그래서 우리의 대학을 비롯하여 우리나라가 자유와 평등의 우정 유토피아가 되길 나는 원한다. 그리고 그 우정이 무소유와 무권력을 향한 자유와 평등의 연대이기를 바란다.

삽화 출처

『나니아 연대기』 삽화 출처

https://en.wikipedia.org/wiki/The_Chronicles_of_Narnia

『반지의 제왕』 삽화 출처

*Frodo and Sam guided by Gollum through the Dead Marshes

-https://commons.wikimedia.org/wiki/File:Frodo_and_Sam_guided_
  by_Gollum_through_the_Dead_Marshes_by_Alexander_Korotich.jpg

*Frodo looking into the Mirror of Galadriel by Alexander Korotich.
  jpg-https://upload.wikimedia.org/wikipedia/commons/4/4f/Frodo_
  looking_into_the_Mirror_of_Galadriel_by_Alexander_Korotich.jpg

*Gandalf fighting the Balrog on the bridge of Khazad-dûm.jpg -https://
  commons.wikimedia.org/wiki/File:Gandalf_fighting_the_Balrog_on_
  the_bridge_of_Khazad-d%C3%BBm.jpg

*Gwaihir the Eagle rescues Gandalf from Orthanc. Scraperboard illustration
  by Alexander Korotich, 1981

-https://commons.wikimedia.org/wiki/File:Gwaihir_the_Eagle_rescues_
  Gandalf_from_Orthanc_by_Alexander_Korotich.jpg

*Melkor-https://upload.wikimedia.org/wikipedia/commons/b/bb/
Morgoth_-_Melkor.jpg

*The Fellowship of the Ring in Moria-https://upload.wikimedia.org/
wikipedia/commons/1/1d/The_Fellowship_of_the_Ring_in_Moria_
by_Alexander_Korotich.jpg

*참나무방패 소린-https://upload.wikimedia.org/wikipedia/
commons/6/67/Thorin_in_blue_mountains.jpg

*Tom Bombadil frees the Hobbits from Old Man Willow-
https://upload.wikimedia.org/wikipedia/commons/1/1e/Tom_
Bombadil_frees_the_Hobbits_from_Old_Man_Willow.jpg

*Orcs driving a Hobbit.jpg-
https://upload.wikimedia.org/wikipedia/commons/3/3f/Where_
there%27s_a_whip_there%27s_a_will_-_Orcs_driving_a_Hobbit.jpg

*Witch-king of Angmar by Alexander Korotich-
https://upload.wikimedia.org/wikipedia/commons/a/ab/Witch-king_of_
Angmar_by_Alexander_Korotich_1981.jpg

순수와 자유의 브로맨스
J.R.R. 톨킨과 C.S. 루이스

초판 1쇄 2024년 5월 30일

지은이 박흥규
디자인 유랙어

펴낸이 이채진
펴낸곳 틈새의시간
출판등록 2020년 4월 9일 제406-2020-000037호
주소 경기도 파주시 하늘소로16, 105-204
전화 031-939-8552
이메일 gaptimebooks@gmail.com
페이스북 @gaptimebooks
인스타그램 @time_of_gap

ISBN 979-11-93933-00-8(03840)